KB170088

나의 삶은
모든 것이
기적이다

임사체험이 내게 가르쳐준 것들

나의 삶은 모든 것이 기적이다

유진우 지음

한국경제신문i

1장

•

태어나면서 마주한 죽음

2장

•

우리가 태어나 힘든 시련을 겪는 이유

3장

인생에 위대한 변화를 불러오는 긍정의 힘

4장

있는 그대로의 나를 사랑하라

1장

•

태어나면서 마주한 죽음

태어났지만 죽은 아이

3년 전부터 전 세계를 휩쓸고 있는 코로나19라는 유래를 찾아보기 힘든 전염병으로 너나없이 퍽퍽하던 삶이 더욱 살아가기 어려워진 게 지금의 슬픈 현실이다. 가히 '아비규환(阿鼻叫喚)'이 아닐 수 없다. 그래서일까? 요즈음 우리 주위의 사람들을 살펴보면 "나는 왜 이렇게 불행할까?", "나만 왜 이렇게 사는 게 힘들지?" 또는 "정말 먹고살기 힘들어 죽겠네"라는 말을 더 많이 하게 된 것 같다.

예전의 나 또한 많은 세월을 그렇게 신세 한탄만 하면서 살았다. 그러나 그렇게 신세 한탄만 해서는 삶은 조금도 나아지지 않는다. 오히려 우주의 어두운 에너지 파장을 끌어들여 점점 더 어렵고 힘들어질 뿐이다.

지금껏 살면서 누구에게도 말하지 않았던 나만의 이야기가 독자 여러분에게 희망의 불씨가 되었으면 한다. 그런 희망의 불씨가 어둠을 뚫고 나와서 인생의 성공자가 되기를 바라는 간절한 마음을 담아 이 책을 쓴다.

독자 여러분은 자기 자신을 얼마나 사랑하고 있는지 자문해보기 바란다. 왜냐하면, 내가 나를 사랑해야 남들도 나를 사랑해주기 때문이다. 이것은 우주의 진리이자 원칙이다. 이기심을 가지라는 말이 아니다. 진정으로 나를 위해주고 아껴주어 자존감을 높이라는 말이다. 지금 우리가 갖추고 있는 모습은 육신이라는 옷을 빌려 입고 있다가 목숨이 다하는 날, 돌려주고 떠나야 하는 영혼이기 때문이다.

나는 태백산 문수봉 아래 지독히도 가난한 집에서 태어났다. 그야말로 찢어지게 가난한 화전민 빈농의 집이다. 1960~1970년대에는 살아갈 곳이 마땅치 않아 깊은 산속에 들어가 나무를 베어내고 밭을 일구어 살아가는 화전민이 굉장히 많았다고 한다. 우리 집 또한 마찬가지였다. 아버지는 당장 살아갈 돈이 없으니 산판(산에서 벌목하는 일) 일을 해서 돈을 벌어 오겠다며 집을 나가신 뒤, 몇 년씩 소식조차 없이 돌아오지 않으셨다. 어린 시절, 몇 년 동안 아버지의 얼굴도 못 보고 존재조차 모른 채 살다가 같이 살기 시작한 것은 세 살 무렵 정도로 기억한다.

나는 마을과 조금 떨어져 있는 외딴집에서 어머니 혼자의 몸으로 출산하셨다. 그러나 태어나긴 했지만 숨을 쉬지 않았고, 이에 사산아를 낳았다고 생각한 어머니는 '며칠 후 기운 돌아오면 묻어줘야지' 하는 마음에 이불에 둘둘 말아서 윗목에 밀어두었다고 하셨다. 어머니는 당시 '임신 기간 열 달 동안 제대로 먹지를 못해서 아기가 배 속에서 죽었구나'라고 생각하셨다고 한다.

그렇게 혼자 몸으로 출산은 했으나 먹을 것이 아무것도 없었다. 그런데 기운마저 없어 식량을 구하러 갈 수조차 없었다고 하셨다. 어머니는 굶은 채 3일간 꼼짝도 못 하고 누워 있는데, 우리 집과 제일 가깝던 아랫집 아주머니가 해산할 때가 다 된 새댁이 며칠째 보이지 않자 걱정되어 어머니를 찾아오셨다고 한다. 그렇게 아주머니는 와서 혼자 아이를 낳고 힘없이 누워 있는 어머니를 보게 되었고, 어머니에게 고생했다고 한 후, 아기의 상태를 살피려고 하자, 어머니는 말리시며 "아기가 죽어서 묻어줘야 해요"라고 말하며 우셨다고 한다.

그 말에 너무 놀란 아주머니는 "어디 보자"며 이불을 풀어헤치고 아기를 살폈다. 몇 번을 토닥여도 반응이 없자 '정말 죽었나?' 싶은 불안한 마음이 들었지만, '에이, 설마' 하는 마음이 들었고, 이번에는 엉덩이를 조금 세게 꼬집어보았단다. 그제야 "으앙~" 하고 아기는 울음을 터뜨렸고, 두 분은 "살아 있었네!" 하며 큰 소리로 외쳤다 한다. 그러곤, "다행이다!" 말하며 가슴을 쓸어내렸다고 하셨다. 아주머니는 다시 한 번 큰 소리로 "살아 있네! 살아 있어! 아기가 안 죽고 살아 있네!" 하고 기뻐하셨다고 했다. 아주머니는 "내가 아무리 형편이 어려워도 찹쌀과 미역 좀 구해서 오겠네" 하고는 한걸음에 달려나가셨단다.

얼마 지나지 않아 아주머니는 찹쌀과 미역을 구해왔고 미음을 끓여서 떠먹기 좋을 만큼 식힌 다음, 우리 모자에게 먹여준 덕분에 나와 어머니는 살아났다. 지금은 그 아주머니가 누군지 기억은 없지만, 그 아주머니 덕분에 이렇게 살아 있으니 정말 고마운 분이 아닐 수 없다. 그로부터 며칠 후, 기운을 조금 찾으신 어머니는 울고 있는 나에게 젖을 물렸지만, 먹은 거라곤 아주머니가 끓여준 죽밖에 없으니 젖이 나올 리 없었다. 생각다 못한 어머니는 나를 업고 가까운 마을뿐만 아니라 멀리 떨어져 있는 동네까지 젖동냥을 다녔다고 한다.

어머니는 자신이 젖을 제대로 못 먹여서 더 많이 아픈 것만 같아 속상하다 하시며 눈물을 흘리셨다. 그때는 모두가 어려운 시절이라 젖동냥이 쉽지만은 않았다고 하셨다. 그렇게 너무나 못 먹고 자라서 그런지 정말 나는 거의 매일 아프고, 온몸 구석구석에 종기가 생겨 고름이 차고 얼굴과 머리에는 버짐이 피어 보기 흉했다. 어머니는 그런 아들이 안쓰러워 매일 산에서 나는 약초를 뜯어다가 찧어서 붙여주고 약을 달여 먹이며, 당신이 할 수 있는 온갖 노력을 다 해보았다고 하셨다.

세 살 무렵 아버지가 돌아오셨고, 우리는 꽤 떨어진 아랫마을로 이사를 하게 되었다. 그 집은 아주 오래되었으나 넓고 큰 집이었다. 뒤뜰에는 자두나무 여러 그루도 있었고 디딜방아도 있었다. 담장 옆에 있는 밭에는 밤나무도 있었다. 모든 게 신기하고 좋았다. 여름이면 자두를 따 먹고 가을이 되면 밤도 줍고 머루, 다래를 따 먹는 것이 일상이 되었다. 동네 사람들은 빻을 것이 있으면 우리 집 방앗간으로 와서 방아도 찧고 이야기를 나누기도 했다.

또한, 우리 집에는 동네에서 제일 큰 우물 겸 빨래터도 있었다. 그 우물에도 동네 사람들이 몰려와 공동으로 빨래했던 모습이 떠오른다. 우물에는 가재도 살고 도롱뇽이나 개구리도 살고 있었다. 그때까지 못 보던 것들이 즐비하고, 사람들이 거의 매일 찾아오니 어린 나의 눈에는 모든 것이 새롭게만 느껴졌다. 당시 어머니는 그 집으로 이사 오기 전에 태어난 갓난쟁이 여동생을 업고 일하셨는데, 어린 내가 보기에 무척 힘들어 보이곤 했다.

나는 늘 혼자서 놀게 되었다. 집에서 기르던 셰퍼드 한 마리가 그 당시 나의 유일한 친구였다. 어떤 날은 마당에 풀어놓은 강아지만 한 수탉이 나를 어리다고 얕잡아보고 공격하면 어김없이 나를 보호해주곤 하던 든든한 친구였다. 그 친구를 우리 가족은 '도꾸'라고 불렀다. 도꾸와 나는 산으로 다니면서 토끼 사냥도 하고 꿩을 잡아오기도 했었다. 도꾸는 얼마나 빠른지 꿩과 토끼를 정말 잘 잡아왔다. 우리 집은 먹을 것이 없어 언제나 주식으로 강냉이밥과 감자를 삶아 먹곤 했다. 그래서 토끼나 꿩을 잡으면 항상 어머니께 만두를 빚어달라고 해서 끓여 먹었다. 아버지께서 사냥해온 동물들이나 토종닭을 잡을 때 손질하는 걸 보면서 자연스럽게 어린 나도 곧잘 따라 하며 익혀가고 있었다.

개구리를 잡아 껍질을 벗긴 후 불에 구워 먹기도 했고 가재, 도롱뇽도 잡아먹으며 허기진 배를 채우며 살았다. 물론 계절마다 산에서 나는 열매나 꽃을 따먹기도 했다. 조금 커서는 작은 소나무 꼭대기 가장 부드러운 곳을 부러뜨려 겉껍질을 벗겨내 '송구'라고 하는 얇은 껍집을 씹어 먹기도 했는데, 정말 맛이 좋았다. 시골이 고향인 분들은 머루, 다래, 찔레, 송구 같은 것들은 알고 계시리라고 생각한다. 그때 내게는 13살 위의 형님이 계셨는데, 집안일이 없을 때 가끔 읍내에 나무를 내다 팔고 돌아오는 길에 눈깔사탕을 몇 개씩 사다 주곤 했었다.

그 시절에는 나무로 난방을 했었기 때문에 지게에 장작을 지고 읍내에 나가 팔거나 우물이 없는 집들을 상대로 물지게로 물을 팔러 다니는 사람들이 많았다. 하루는 형님이 읍내에 장작을 팔고 눈깔사탕을 몇 개 사서 왔는데 마침 아버지와 형님이 마주쳤다. 그러자 아버지는 "장작 판 돈 내놔! 왜 멋대로 사탕을 사 오느냐?"라며 호통을 쳤고, 형님은 "동생 주려고 사 왔어요. 남은 돈 여기 다 있어요!" 하면서 돈과 사탕을 아버지께 드렸다. 하지만 아버지는 왜 그리 화가 나셨는지 몰라도 말대꾸한다며 형님을 앞마당 나무에 묶으시더니 장작개비로 죽어라 두들겨 패시는 게 아닌가. 어린 나는 너무 무서워서 사탕이고 뭐고 도꾸와 앞산으로 도망갔다. 놀다가 몇 시간 후 집으로 돌아오니 형님은 그때까지 아버지한테 맞으면서 피를 철철 흘리고 있었다. 어머니가 그만 좀 때리라고, 그러다 애를 죽이겠다고 하면서 말리니까 그제야 아버지는 씩씩대며 담배를 피워 물고 때리는 걸 멈추셨다.

그때의 강렬한 충격은 지금껏 사는 동안 내게 트라우마로 남아 있다. 형님은 며칠을 앓아누워 있다가 아버지 몰래 어머니께 살짝 말씀드리고 서울로 돈 벌러 간다며 떠나버렸다. 그 후로 형님을 다시는 만나지 못했다. 그리고 얼마 지나지 않아 남동생이 태어났고, 연년생으로 여동생도 태어났다.

문수봉 도사님이 알려주신 신기한 세상

소작농으로 사시던 부모님은 집에 아이들만 남겨놓고 밭으로 일하러 다니셨다. 어머니는 일하다 점심 드시러 오시면 동생들 젖도 주고 강냉이밥도 챙겨준 후, 다시 일하러 나가시곤 하셨다. 여섯 살 되던 해 한창 파종하느라 바쁜 농사철의 어느 날이었다. 나는 동생들을 데리고 우물에서 물장난치고 놀다 들어와 감자로 허기를 채웠다. 그러곤 아버지한테 칭찬받고 싶은 마음에 바로 밑의 여동생과 작두로 소먹이를 썰고 있었다. 나는 덩치는 작아도 힘은 셌기 때문에 도전해볼 수 있었다. 소먹이는 주로 마른 옥수수 대를 작두로 조그맣게 썰어서 커다란 가마솥에 넣고 끓여주는 것이다.

커다랗고 무거운 작두를 다루는 것은 주로 어른들의 몫이었지만 도전해보기로 한 것이다. 작두는 무겁기도 하고 날카로워서 조심해야만 한다. 그렇게 여동생과 어느 정도 썰어가고 있는데 옆에서 놀던 남동생과 작은 여동생이 옥수수 대를 작두에 자꾸만 집어넣는 것이었다. 나는 너무 걱정스러운 마음에 다치니까 저만큼 물러나서 놀고 있으라 했다. 그런데 작두를 내리는 찰나 작은 여동생이 작두에 손을 넣는 것이었다. 그 순간 나는 내려가던 작두를 멈추려고 했으나 내 힘으론 도저히 멈출 수가 없어서 그대로 내리고야 말았다. "아뿔싸!" 순간 나는 무서워서 어쩔 줄 모르고 멍하니 작은 여동생의 손을 보고만 있었다.

잠깐의 정적이 흐르고 작은 여동생은 죽는다고 울기 시작했고 울음소리에 정신이 들은 나는 여동생의 손을 자세히 볼 수 있었다. 손가락 두 개가 잘려나가고 한 개는 덜렁거리고 있었다. 어린 내가 봐도 무섭고 끔찍한 광경이었다. 지혈하는 방법을 몰라서 마당에 굴러다니는 비닐을 주워 손을 동여매주고 잘린 손가락을 주우려고 했으나 살아 있는 벌레처럼 빠르게 달아나는 손가락을 잡을 도리가 없어 결국 잃어버리고 말았다. 잘린 손가락이 그렇게 빨리 뛰어가는 모습을 본 적이 없었기에 보고 있는 자체가 엄청나게 무서운 일이었다. 무서워서 같이 울고 있는 동생들한테 "부모님께서 물어보면 여동생 혼자 놀다가 그랬다고 거짓말을 해라!" 하고 일러두고는 아버지의 무서운 매질이 두려워 도망을 갔다.

작은 여동생의 너무나 크게 우는 소리에 도망가며 뒤돌아보니 부모님은 달려와 여동생을 살피셨다. 곧바로 아버지가 나를 찾아 쫓아 오셨다. 집으로 끌려온 나는 정말 혼이 나갈 정도로 매질을 당하다 번쩍 들려 던져졌는데, 그 이후의 기억이 없다. 나는 그 일로 여동생한테 평생 씻을 수 없는 죄를 짓고야 말았다. 여동생은 평생을 손가락이 없어 주먹을 쥐고 손가락을 숨기며 살아야 했기 때문이다. 이 글을 통해서 여동생에게 사과의 마음을 전한다. "동생아! 오빠가 평생 마음고생하게 해서 미안했다."

그날 나는 첫 번째 임사체험을 하게 되었다. 꿈을 꾸고 있는 줄 알았으나 깨어나 생각해보니 그곳은 저승길이었다.

처음 가보는 곳인데 길도 없고 가시넝쿨이 가득한 산길을 신발도 없이 피가 흐르는 발로 누군가를 따라 한참을 갔다. 그 사람을 놓칠까 봐 무서워서 정신없이 따라가다 보니 어느덧 평탄하고 정리가 잘되어 있는 엄청나게 넓고 깨끗한 정원이 나타났다. 저 멀리 암벽으로 펼쳐진 산이 보였고 커다란 바위 밑엔 자그마한 암자가 있었다. 그곳에는 수염이 아주 길고 머리는 중간이 대머리에 양쪽으로 가지런히 늘어뜨린 백발노인이 계셨다. 그 노인께서는 "많이 아프지? 나는 문수봉 도사인데 네 할머니 부탁으로 너를 살려주려고 데려왔다. 네가 다 나으면 다시 데려다주마"라고 말씀하셨다. 나는 할머니를 본 적도 없다. 주위를 둘러보니 알 수 없는 이름 모를 약초와 신비한 꽃들이 지천으로 널렸었다.

그곳에는 아주 가냘프고 예쁘게 생긴 여자아이도 있었다. 도사님은 내게 어린 여자아이를 가리키며 잠시만 같이 놀고 있으면 탕약을 끓여오겠다 하시며 어디론가 나가셨다. 얼마의 시간이 지나고 돌아오시더니 그 여자아이와 내게 끓여온 탕약을 주시며 마시라고 하셨다. 그러곤 "언제나 아프면 이곳으로 오너라" 하시면서 머리를 쓰다듬어주셨다.

그 손길이 얼마나 편안하고 부드러운지 마치 목화솜을 두르는 느낌이었다. 나는 그렇게 하루를 누워 있다가 깨어났는데 또 혼날까 무서워서 눈을 뜰 수가 없었다.

그것을 시작으로 내게도 아버지의 무서운 매질은 시작되었다. 그런데 그때부터 내게 이상한 현상이 생겨나기 시작했다. 내가 여자로 느껴질 때가 있었다. 그러면 영락없이 여자아이 목소리가 들리곤 하는 것이었다. 처음엔 누가 나를 부르나 싶어서 주위를 두리번거려 보았지만 아무도 보이지 않았다. 그러면서 꿈도 많이 꾸기 시작했다. 그러고 나면 얼마 후 똑같은 현상을 겪는 일이 많아졌다. 그 당시 가장 뚜렷이 남았던 기억은 내가 아버지의 지포 라이터를 훔쳐서 마른 옥수수 잎을 가지고 불장난하며 놀다가 우리 집을 태우는 꿈을 꾼 것이다.

그런데 초여름 어느 날, 정말로 내가 불을 내서 우리 집을 태우고 있었다. 아버지는 읍내에 가시고 어머니만 계셨는데, 동네분들 모두가 물동이를 가지고 몰려와 우물까지 일렬로 늘어서서 불을 끌 수가 있었다. 나는 무서워서 다시 도망을 갔는데 읍내에서 돌아오는 아버지와 마주치고 말았다. 아버지는 어디를 가냐고 묻길래 아버지 마중을 나왔다고 거짓말을 하고는 같이 집으로 돌아왔다. 집에서 벌어진 광경을 보고 놀라신 아버지는 어머니께 왜 그런 거냐고 물으셨고, 어머니는 내가 불을 냈다고 사실대로 말씀하셨다. 순간, 나는 죽었구나 하고 무서워서 벌벌 떨었다. 그러나 이번엔 어쩐 일인지 아무런 말씀도 안 하시고 동네 사람들이랑 같이 진화작업만 끝내셨다.

어느 날은 놀다가 들어왔는데 도꾸가 입에 거품을 뿜으며 쓰러져 있어서 놀란 눈을 하고 어머니께 어떻게 된 일이냐고 물어보았다. 어머니는 "도꾸가 꿩을 잡아서 물어뜯었는데, 아마 독극물을 먹은 꿩을 잡았나 보다"라고 말씀하셨다. 그날 저녁, 도꾸는 그렇게 이 세상을 떠나고야 말았다. 유일한 친구인 도꾸가 죽은 것이 너무 슬퍼서 몇 시간을 울다가 잠들었다.

안 좋은 일들은 연거푸 일어나는 법이란 것을 얼마 뒤 깨닫게 되고 말았다. 우리나라에 처음으로 라면이 출시되고 얼마 지나지 않아서의 일이다. 어느 날 저녁, 어머니는 국수를 끓여주셨는데 거기엔 꼬불꼬불한 면이 들어 있었다. 처음 보는 면발에 신기해하며 먹어보니 정말 꿀맛이었다. 어머니께 이것이 무엇이냐고 여쭤보니 라면이라고 말씀하셨다. 그 후로 어머니가 국수를 끓일 때면 나는 라면만 골라서 먹다가 혼나는 일이 많았다. 당시 내게 그 정도로 맛있었던 라면은 자신을 먹어달라고 유혹의 손짓을 하고 있었다.

하루는 방에서 선반을 올려다보니 처음 보는 종이상자가 눈에 띄었다. 아직 어려서 글씨를 모르던 나는 그 종이상자가 무엇인지 궁금해서 궤짝을 밟고 올라가 상자에 들어 있는 물건을 꺼내어 보았다. 그것은 어머니가 끓여주시던 라면이었다. 나는 그저 먹고 싶다는 마음에 라면 봉지를 손에 들고 뒤뜰로 가서 허겁지겁 깨물어 먹기 시작했다. 처음으로 먹어본 생라면의 맛 또한 꿀맛이 아닐 수 없었다. 그렇게 라면 한 봉지를 다 먹고 아무 일도 없었던 것처럼 신나게 뛰어놀았다. 그렇게 3~4일쯤 지난 뒤에 아버지께서 부르는 소리에 달려 가보니 아버지는 "너, 라면 훔쳐 먹었지?" 하시고는 나를 때리기 시작했다.

한참을 정신없이 맞다가 죽겠구나 싶어서 형님이 쓰던 방으로 도망가서 책상 밑에 숨어 있는데, 여기저기 나를 찾아다니시던 아버지는 내가 숨어 있는 방문을 여는 것이 아닌가. 방문을 보는 순간 아버지와 눈이 딱 마주치고 말았고, 순간 나는 숨이 멎는 줄 알았다. 아버지의 손에는 칼이 들려 있었기 때문이다. 나는 사력을 다해 도망치려고 책상 밑에서 나와 다른 문을 열고 죽어라 뛰었다. 그런데 그 문은 평소에 내가 아무리 열려고 해도 문고리가 너무 빡빡해 열리지 않았던 문이다. '오늘은 어떻게 이렇게 쉽게 열렸지?' 나는 이상하다는 생각이 들었다. 그러다가 금세 이유를 알 수 있었다. 내가 문고리를 잡고 열려고 하는 순간, 알 수 없는 힘이 보태져서 쉽게 열린 것이다.

그렇게 나는 앞산으로 도망가 이틀하고도 반나절을 숨어 있었다. 첫날은 아버지가 또다시 나를 찾아올까 봐 겁나서 바짝 긴장해 잠도 오지 않았다. 죽을 만큼 무섭고 서러웠지만 들킬 것이 두려워 크게 울 수도 없었다. 둘째 날은 낮이 되면서 긴장이 풀려 배도 고프고 잠도 쏟아지기 시작했다. 나는 허기진 배를 채우기 위해 이것저것 닥치는 대로 따서 먹었다. 어린 내가 아는 것은 거의 없었기에 눈에 보이는 대로 따서 먹는 수밖에 별다른 도리가 없었다. 그러나 얼마의 시간이 지난 후 목이 심하게 잠기고 숨을 쉴 수가 없었다. 소리를 지르려고 했지만, 목소리도 나오질 않았다. 나는 눈알이 튀어나오는 것 같은 느낌이 들면서 그대로 까무러치고 말았다.

그날 어린 나는 두 번째 임사체험을 하게 된다. 어떤 어린 누나가 나를 데리고 가는데 개울을 따라가기도 하고 바위산을 넘어가기도 했다. 그런데 신기한 것은 그 누나는 발이 땅에 닿지를 않고 둥둥 떠 있는 것과 같이 걷는 것이었다. 나는 맨발로 죽을힘을 다해서 뛰어가고 있는데 말이다. 저만치 앞서가는 누나를 보면서 같이 가자고 아무리 소리를 질러도 말이 나오질 않아 답답해 미칠 지경이었다.

그렇게 며칠이나 걸려서 도착한 그곳은 전에도 왔었던 문수봉 도사님이 계시는 암자였다. 도사님은 나를 보더니 아무런 말씀도 없이 알 수 없는 약초와 구슬처럼 생긴 알약을 주시면서 먹으라는 눈짓을 하셨다. 그것을 받아먹고 나니까 거짓말처럼 목의 통증도 없어지고 숨도 편하게 쉴 수가 있었다.

귀신과 노는 게 사람보다 재미있네

도사님께서 “아프면 다시 찾아오라고 했지만 그렇다고 이렇게 빨리 오면 어쩌나?”라고 말씀하셨다. 누나가 안 보여서 나를 데려온 누나는 어디에 있냐고 도사님께 물어보니 “그 아이는 네가 모르는 너희 누나인데 죽어가는 너를 보고 안타까워 너를 데려다주고 다시 떠났다” 하고 말씀해주셨다. 그렇게 나는 우리 가족에 대해서 새로운 사실을 알게 되었고, 어머니를 통해서 사망한 누나의 존재를 확인할 수 있었다. 누나는 일곱 살에 아버지를 따라 상갓집에 갔다가 상문살을 맞아서 죽었다고 했다.

그렇게 나는 다시 살아났고 3일째 되는 날 깨어나 무서움을 무릅쓰고 집으로 돌아왔다. 돌아와서도 무서운 마음에 들어가지 못하고 외양간 다락에 숨어 있다가 밤에 몰래 형님 방으로 다시 들어가 잠을 청할 수 있었다. 다음 날 부모님이 밭으로 일하러 나간 뒤 부엌으로 가서 남아 있던 감자로 허기를 채우고 개울가로 가재를 잡으러 나갔다. 그런데 그 이후로 이상한 현상이 나타나기 시작했다. 전에 겪었던 일이나 보았던 많은 것들이 슬라이드 지나가듯이 머릿속에 떠오르는 것이었다. 그러면서 내가 어른이 된 듯한 느낌마저 드는 것이었다. 오랜 시간이 흐른 뒤에 생각해보니 나는 그때부터 유달리 기억력이 좋아졌던 것 같다. 문수봉 도사님은 어린 나에게 그렇게 깨달음을 주시고 죽어가던 생명을 살려주셨다. 일곱 살 여름 장마 때는 집에서 조금 떨어진 개울을 건너다 불어난 물살을 이기지 못하고 휩쓸려 떠내려갔는데 5리쯤 떨어진 아랫마을에서 구해준 일도 있었다.

여덟 살이 되어 국민학교(지금의 초등학교)에 입학했는데 아이들이 정말 많이 있어 굉장히 놀랐다. 그때까지 살면서 읍내에 나와본 일도 없었거니와 그렇게 많은 사람이 모여 있는 것을 본 적이 없었기 때문이다. 그런데 입학 첫날부터 친구들은 나와 몇몇 친구들을 보고 거지라고 놀리는 것이었다. 구멍 난 옷을 입고 왔다고 놀리고, 고무신을 신고 왔다고 놀렸다. 놀림 받던 친구 중 한 명은 놀리는 친구 한 명을 붙잡아 흠씬 두들겨 패주고 있었다. 나는 그 모습을 보면서 대리만족을 하고 있었다. 맨날 아프고 덩치는 왜소한데 말도 잘하지 못했기에 스스로 겁먹고 위축되어 덜덜 떨고만 있었기 때문이다.

그때는 1학년도 도시락을 준비해가야만 하던 시절이었다. 그러나 나는 도시락을 싸갈 수가 없었다. 먹을 것이 없는 형편에 도시락을 싸가려면 강냉이밥으로 도시락을 쌀 수밖에 없었다. 창피하다는 생각에 도저히 강냉이밥을 싸갈 수 없었다. 점심시간만 되면 도시락을 못 가져온 아이들은 운동장에 나가서 수돗물로 허기진 배를 채우는 게 당연한 일상이었다. 마음씨 착했던 1학년 선생님은 도시락이 없는 학생이 눈에 띄면 그 학생에게 당신이 드시던 도시락을 남겨주시곤 하셨다. 우리에겐 정말 천사 같은 선생님이셨다. 그 선생님은 훗날 학교를 그만두시고 목사님이 되셨다.

그 당시 학교에서는 각자 집에 있는 재산을 조사하고, 부모님 직업을 조사하는 가정 조사를 실시했다. 나는 출석번호가 앞자리여서 네 번째로 선생님이 질문하셨는데, 많은 질문 중에 두 가지만 대답할 수 있었다.

선생님 : 아버지 직업이 뭐니?

나 : 네? 직업이 뭐 하는 건데요?

친구들 : (키득키득) 그런 것도 모르냐? 바보~

선생님 : 아버지가 무슨 일을 하시느냐고.

나 : 아~ 농사짓고 계세요!

선생님 : 그럼 짐승은 어떤 것들이 있는지 말해봐라.

나 : 황소 두 마리 하고 암소 세 마리 있어요.

선생님 : 그럼 너희 집 부자네.

그래서 나는 선생님께 "소가 있으면 왜 부자인데요?"라고 물었다. 선생님은 "돈이 많으니 그렇게 소가 많은 거야!"라고 하셨다. 나는 곧바로

"우리 집 돈 없어요! 돈이 없다고 신발도 안 사줘서 여름이고, 겨울이고 고무신만 신고 다녀서 동상도 걸렸었는데요"라고 했다. 그랬더니 친구들은 또 한바탕 웃고 난리가 아니었다. 궁금한 건 못 참는 성격이기에 집으로 바로 가서 물어보아야 했지만 그럴 수가 없었다. 나 혼자만 즐기는 비밀놀이가 있었기 때문이다.

그 놀이는 어느 날 하굣길에 힘들어서 쉬어가려고 들렸던 공동묘지에서 시작되었다. 잘 가꾸어진 묘지 하나에 앉아 있다가 살짝 잠이 들었는데 어떤 형이 재미난 이야기를 해주며 "이곳에 자주 오면 다른 친구도 놀게 해줄게!"라고 하는 것이었다. 처음엔 꿈을 꾸었다고 생각했다.

다음 날 하교 때 생각나서 다시 가 보았는데 몇 분 동안은 아무런 일도 일어나지 않았다. 나는 그냥 집으로 가려고 일어섰는데 약간 따스한 기운이 주변에 느껴지더니 꿈에 보았던 그 형이 내 또래 여자아이와 함께 나타났다. 그러면서 "나는 매일같이 네가 학교 다니는 걸 보고 있는데, 네 눈에는 내가 보이지?" 하고 묻는 거다. 나는 "앞에 있는데 당연히 보이는 것 아니겠냐?"라고 대답했다. 내 대답에 그 형은 "우리는 죽은 사람들이야!"라고 하는데 하마터면 무서워서 기절할 뻔했다. 그런데 나는 그들에게서 포근함도 함께 느끼고 있었다. 정말 신기했다.

나는 '내가 귀신을 볼 수가 있구나! 아무에게도 말하지 말고 나 혼자만 알고 있어야지!'라고 생각했다. 나는 그들과 함께하는 놀이도 재미있고 그들에게 느껴지는 포근함이 좋았다. 그들은 못생기고 더럽다고 놀리는 일도 없었기에 그들과 함께하는 시간에 매료되었다.

나중에 집에 도착해서 엄마에게 "학교에서 선생님이 우리 집에 소가 많아서 부자라고 하던데, 엄마는 왜 맨날 돈이 없다고 그래요?" 하고 물으니 엄마는 "그 소들은 우리 집 소가 아니고 다른 집 소야!" 하신다. 내 머리로는 이해가 되지 않아서 다시 질문을 이어서 했다. "남의 집 소인데 왜 우리가 키우고 있어요?" 엄마는 "우리가 그 소들을 키우다가 송아지를 낳으면 그 송아지 한 마리를 우리가 수고비로 받는 거야! 그것이 우리 집 소가 되는 거야. 촌에서 돈 없는 집들은 전부 그렇게 남의 소를 키워주고 송아지 한 마리씩 받는 거야!" 하시면서 알기 쉽게 설명해 주셨다.

그제야 나는 물러 나와 외양간에 남아 있는 황소 한 마리를 끌고 풀을 먹인다며 산으로 데리고 나갔다. 그런데 평소에는 말을 잘 듣던 황소가 그날은 무엇 때문에 기분이 안 좋은지 계속 말썽을 부리는 것이었다. 몇 시간을 황소와 씨름하다가 힘은 떨어지고 화는 나고 해서 '밧줄로 뿔을 동여매면 온순해진다'라던 말이 생각나 묶으려고 하니 더욱 난리를 쳤다. 그래도 나는 '너를 이길 거야!' 하면서 뿔을 묶기는 했는데, 소가 더욱 거칠게 날뛰더니 나를 향해 돌진해오는 것이 아닌가. 나의 턱밑을 뿔로 받아서 펄쩍펄쩍 뛰는 바람에 나는 저만치 나가떨어져 버리고 말았다. 턱 밑은 구멍이 뚫려서 손가락이 들어갈 정도가 되었고, 피가 흐르는 걸 보고 무서워서 울다가 정신을 잃어버렸다. 주위가 어두워질 때쯤 소가 걱정된 아버지가 찾으러 나오셨고, 쓰러져 있는 나를 보고 깨워 집으로 간 후에 치료를 해주셨다.

아버지는 옛날에 서당에 다니면서 한문을 배우시고 침술도 배웠던 분이라서 가족은 물론, 동네 사람이나 심지어는 다른 동네에서도 아버지를 찾아오셨다. 한방이나 한문 또는 무속과 행정, 그리고 기계와 건축 등 다방면에 재능이 많아서 아버지를 찾아오는 손님들이 많았다. 덕분에 나는 언제나 아버지를 따라다니며 산신제, 굿, 또는 고사 지내는 광경을 많이 볼 수 있었다. 옛날에는 병원도 없었지만 있다고 해도 산동네에서 읍내까지 간다는 건 사실상 불가능했다. 종기가 많았던 나는 수시로 아버지께 붙들려 메스처럼 생긴 침으로 종기를 도려내곤 했었다.

하루는 학교가 끝나고 집으로 돌아오니 부모님이 심하게 다투시고 계셨다. 어머니는 대성통곡을 하시며 울고 계시고, 아버지는 연신 담배만 피우며 역정을 내고 계셨다. 심상치 않은 분위기에 숨죽이며 듣고 있자니 어머니는 "어디를 가야만 한다!" 하시고 아버지는 "가기만 하면 죽여버리겠다"라고 말씀하시는 분위기가 보통 심각한 일이 아닌 듯 보였다. 그러다 결국 어머니는 포기하셨는지 울면서 부엌으로 들어가 흙바닥에 벌렁 누우셨다. 그래도 아버지는 눈도 깜짝 않고 할 일만 할 뿐이었다. 어머니는 굉장히 화가 나셨는지 담배를 한 대 피워 물으셨다.

어머니가 담배 피우는 모습을 그때 처음으로 본 것이라 굉장히 무서웠다. 담배 피우는 어머니를 보신 아버지는 "어디서 담배를 피우냐?"며 소리를 지르셨고, 이에 질세라 어머니도 악다구니를 쓰시면서 "내 새끼가 죽어서 가겠다는데 못 가게 하고, 다녀와 달라니까 그것도 싫다고 하면서 이깟 담배 피우는 게 무슨 대수야?"라고 하시면서 다시 싸우셨다.

나는 두 분이 싸우면서 하는 대화를 들으면서도 도무지 무슨 말을 하는지 알 수가 없었다. 나중에서야 어릴 적 내가 보았던 죽도록 매 맞던 형님이 서울에서 사망했으니 시신을 수습해가라고 병원에서 전보가 왔다는 것을 알게 되었다. 사인은 싸우다가 둔기에 맞아서 사망한 것이었고, 아버지는 그런 자식 필요 없다며 당신도 안 가고 어머니도 못 가게 했던 것이다. 그 일로 어머니는 화병을 얻으셨고 알코올 중독자가 되어 훗날 나와 나의 큰아들까지 고초를 겪는 계기가 되고야 말았다.

처음 간 서울이 내게 일깨워준 것

그로부터 몇 달이 지난 어느 날 아침, 등교하는데 어머니께서 네가 태어난 윗동네로 초가집을 사서 수리해 이사 가기로 했다고 하시면서, 학교 끝나면 전에 살던 동네로 오면 되니까 그렇게 알고 학교 잘 다녀오라고 하셨다. 나는 학교가 끝난 후 내가 태어난 동네로 찾아갔고, 그 이사는 내가 오랜 세월 고향을 싫어하는 계기가 되었다. 이사하는 날부터 초가지붕을 걷어내고 슬레이트로 지붕 교체 작업을 했고, 열흘 정도 걸려서 수리를 했다.

어머니는 돈을 벌기 위해서 그 집으로 이사한 것이라고 말씀하셨다. 내가 "어떻게요?"라고 물으니 "장사도 하고 하숙도 할 거야! 그러니까 네가 심부름 많이 해줘야 한다!"라고 하셨다. 나는 알겠다고 대답했다. 집수리가 어느 정도 되었을 때 하숙생 아저씨들이 하나둘 들어오기 시작했고, 나의 할 일은 정말 많이 생겨났다. 가장 기본적인 일은 주전자에 막걸리를 담아서 광산 사무실이나 기계실 또는 채굴하는 현장으로 배달하는 것이었다.

나름 호기심을 채워주는 재미난 일도 있었다. 그 당시는 재미있다고 생각했지만 커서 생각해보니 아주 섬뜩한 일이었다. 그것은 굴착기로 구멍을 뚫고 그곳에 폭약을 장착한 후, 도화선 심지에 불을 붙이고 굴 밖으로 도피하는 작업이었다. 30초가 지나면 "꽝! 꽝!" 하며 폭약이 터지면서 바위들이 산산조각이 나고 흙먼지를 내뿜었다. 지금 생각해보면 굉장히 아찔한 일이 아닐 수 없다. 어린아이한테 아무렇지 않게 괜찮다고 하면서 그 일을 시켰으니 말이다.

어리지만 내가 하는 일은 정말 많았다. 나열해보자면 나무하기, 연탄 만들기, 농사짓기, 석탄 주워오기, 하교 마치고 장보기 등이었다. 겨울에는 태백산 문수봉에 올라가 쓰러진 아름드리 나무를 주워서 눈 위에 굴리며 오다가 나무에 깔려 죽을 뻔했던 일도 있었고, 광차에 부딪혀 머리가 깨지는 일도 자주 겪었다.

2학년이 되면서 내게는 중요한 심부름 두 가지가 과제로 주어졌다. 하나는 하루 내지는 이틀 사이로 하교 시간에 양조장에 들러서 막걸리 한 말을 등짐 져서 집으로 오라는 것이었고, 또 다른 한 가지는 광부들 월급날이 되면 읍내 시장에 가서 과자, 라면, 국수, 빵 등 여러 가지를 장을 봐서 막걸리 여러 통과 함께 집으로 옮기는 것이었다. 처음에는 막걸리 한 말을 받아서 등짐을 지고 일어나려고 하는데 흔들려서 일어나는 것이 어려웠다. 그러다가 물지게 지던 기억을 살려서 중심을 잡아보니 쉽게 일어날 수 있었다. 그러나 15리가 넘는 산길을 가야 한다고 생각하니 다리에 힘도 안 들어갈뿐더러 여간 난감한 일이 아닐 수 없었다. 첫날은 어찌어찌 혼자 5시간이 넘게 걸려서 집에 도착해 그대로 뻗어버리고 말았다. '다시는 이런 심부름 안 한다거나 시키지 말라'고 말하고 싶었으나 입이 떨어지지 않았다. 왜냐하면 아버지는 그 당시 가족을 부양하기 위해서 정말 많은 일을 하고 계셨기에 어린 나이였지만 자식된 도리로 못하겠다고 말을 할 수가 없었다.

그 후에 같은 동네 사는 친구 한 명을 꼬셔서 과자와 아이스크림을 사주고 막걸리 좀 교대로 같이 등짐 지고 가자 했더니 쉽게 그러자고 대답하는 것이었다. 나는 그 친구 말만 믿고 막걸리를 지고 함께 길을 나섰다. 하지만 그 친구는 이런저런 핑계만 대면서 먹을 것만 다 먹고 나서 "그런 일 하면 골병 든다" 하고는 약 올리며 먼저 가버리는 것이었다. 미치도록 화가 나 뒤쫓아가서 때려주고 싶었으나 막걸리를 가지고 그럴 수는 없는 노릇이었다. 이 일은 내가 인간관계를 형성하는 데 큰 영향을 주었다. 내 안에 사람에 대한 불신이 크게 자리했기 때문이다. 너무나 충격이 커서 아무도 안 믿는 버릇이 생겼다.

그렇게 나는 빠르게 어른이 되어갔고 상점을 하다 보니 어른들과 노는 일도 많아졌다. 친하게 지내던 어른들이 술친구 해달라며 불러서 술을 먹이고는 술 취해서 해롱대는 모습을 보며 즐거워도 하고 기분 좋다고 용돈을 주기도 했다. 그 돈으로 점심에 빵을 사 먹기도 하고 공책을 사기도 했었다. 부모님은 돈이 없다며 육성회비나 각종 납부금을 주신 일이 거의 없었다. 그 시절 교사들은 육성회비나 각종 납부금을 내지 않으면 부모님을 모셔오라고 했고, 부모님이 안 오시면 앞으로 불러내 반 전체 친구들 앞에서 창피를 주며 때리곤 했다. 특히 남자 교사들이 아주 무식하게 때리곤 했었다.

4학년 때 담임은 여교사였는데, 유달리 나를 싫어했다. 언제 한번은 옷이 없어서 못 갈아입는다고 했는데, 툭하면 나를 불러 세워서는 더럽고 냄새난다며 모욕적인 언사를 일삼고 수시로 나를 때렸다. 그때부터 나의 자존감은 더욱 바닥을 쳤고 학교 가는 게 싫었다. 그러다 학교가 싫어진 결정적인 계기가 발생한다. 월말고사에서 3등을 했으나 커닝한 것 아니냐며 상장은커녕 망신을 주는 것이었다. 나는 기억력이 좋아서 공부한 대로 시험을 보았는데 말이다.

그 이후, 나는 집에는 학교에 간다며 거짓말을 하고는 몇 달씩 등교를 안 하고 혼자 산에서 귀신들과 놀았다. 5, 6학년 때도 돈을 못 내서 혼나는 게 싫어 학교를 많이 빼먹었다. 그러다 오랜만에 학교에 가면 친구들은 내게 산에서 도를 닦다가 왔냐고 놀리곤 했다.

누구에게나 초등학교 시절, 선생님이 "너희들에게 어떤 꿈이 있는지 발표해보라"라고 한 경험이 있을 것이다. 그때 나는 주저 없이 "버스 운전사요!"라고 말했다. 순간, 교실 안은 웃음바다가 되고 말았다. 다른 친구들은 대부분 자신의 꿈을 대통령, 의사, 교사, 판사, 과학자 등이라고 말했는데, 나 혼자만 버스 운전사라고 했으니 그럴 만도 했을 것이다.
그 시절 나의 꿈이 버스 운전사가 된 데는 이유가 있다. 힘들고 어려워하는 나는 무시하고 지나가면서도 젊은 아가씨들은 태워주는 운전사의 행태에 분노하고 원망하는 마음이 있었기 때문이다.

당시 우리 집은 산속 광산촌에서 하숙을 겸한 구멍가게를 하고 있었다. 그 때문에 나는 초등학교 2학년 때부터 아버지의 심부름으로 읍내에 장을 보러 가서 물건을 학교 앞까지 모아 15리가 넘는 집으로 가져가는 일을 자주 했다. 그 물건들을 집으로 가져가는 것은 읍내와 광산을 오가는 출퇴근 통근 버스나 석탄을 실어 나르는 덤프트럭이 실어줘야만 가능한 일이었다. 그러나 버스나 덤프트럭 운전사들은 대부분 나를 보고도 못 본 척 무시하고 지나가기 일쑤였다. 그들은 젊은 여자나 아가씨는 태워달라고 손짓하지 않아도 일부러 태워주었다. 싫다고 하는데도 굳이 타고 가라며 길을 막아서기도 했다. 반면 아무리 내가 애원하고 매달려도 운전사들은 그냥 지나가버릴 뿐이었다.

오직 한 분의 기사님만이 언제나 나를 보고, 어린것이 기특하고 대견하다며 물건을 실어주고는 하셨다. 그분이 출근을 안 하고 쉬는 날이면 나는 영락없이 길 위에서 밤이슬을 온몸에 맞으며 노숙해야만 했다. 처음에는 어두워지면 아버지가 나를 찾으러 오실 거라고 믿었다. 하지만 밤이 깊어질수록 기다림과 배고픔에 기대는 서러움과 분노로 바뀌어갔다. 끝내 아버지는 나를 찾으러 오시지 않으셨다. 나는 밤새 무서움과 서러움에 몸서리치며 어른들을 향한 서운함과 원망만 키워갔다. 그 후로도 나는 여러 번 그런 일을 겪었고, 나중에는 덤덤하게 당연하다는 듯이 받아들이게 되었다.

역설적이게 그런 일을 겪고 난 후 내게는 처음으로 '꿈'이라는 것이 생겼다. '나도 크면 버스 운전사가 될 것이다. 나를 무시한 너희들보다 훨씬 멋있는 운전사가 되어 이름을 날릴 것이다. 그리고 책을 써서 세상에는 사람을 차별하는 사람들이 정말 많구나, 하고 알릴 것이다!'라고 생각한 것이다.

나는 이렇게 가난하고 고생스러운 고향 태백이 싫었다. 날마다 돈 때문에 싸우다가 어머니를 때리는 아버지에게 "당신이 아버지라고 할 수 있냐?"며 덤비다가 죽을 만큼 맞기도 했다. 그래서 초등학교를 마친 후, 친한 친구 한 명과 돈을 벌기 위해 어머니께 부탁해서 받은 3,000원을 들고 무작정 서울로 상경했다. 하지만 청량리역에 내리자마자 취직시켜준다는 사기꾼의 꼬임에 넘어가 나와 친구는 차비와 남은 돈을 몽땅 털렸다. 그렇게 서울과 쓰디쓴 첫인사를 해야만 했었다. 빈털터리 신세가 된 우리는 막막해서 울음도 나오지 않았다.

당장 잠잘 곳을 찾아야 했다. 이곳저곳 식당들을 뒤지며 취직시켜달라고 간청했다. 그러나 생판 초면인 우리를 받아주는 곳은 어디에도 없었다. 그렇게 정처 없이 걷던 우리는 청량리를 벗어나 홍릉에 다다랐다. 목이 말라 어느 신문 지국에 있던 젊은 형에게 물 좀 얻어 마실 수 있냐고 하니까 들어오라고 했다. 그러곤 빵과 우유를 물과 함께 주면서 먹으라고 했다. 온종일 물 한 모금 마시지 못한 우리는 허겁지겁 빵과 우유를 먹어 치웠다. 그 형은 "너희들, 시골에서 왔구나" 하고 단숨에 우리의 처지를 알아보았다. 하긴 우리만 모르고 있었지, 아무리 깨끗한 옷을 골라 입고 왔다고 한들, 우리의 행색이 영락없는 촌놈이었을 테니까 말이다.

다음 날, 우리는 그 형이 취직시켜준다는 곳으로 따라갔다. 그곳은 아주 작은 중국집이었다. 그곳 사장님은 일꾼이 한 사람만 필요하다고 했다. 하지만 우리는 둘 다 안 써 주면 여기서 일할 수 없다고 했다. 그러자 사장님은 한참 동안 고민하신 후, 둘 다 받아주겠다고 하셨고, 그렇게 친구와 나는 같이 일할 수 있었다.

죽음을 맞이할 때 내게 찾아온 수호령

난생처음 해보는 돈 버는 일이라는 생각에 설레어서 양파 까고 청소에 배달까지 열심히 일했다. 잠자리는 가게에 야전침대를 놓고 잤다. 그렇게 열흘쯤 일하고 난 어느 저녁에 사장님은 "둘 중 한 명은 장사가 안 되어 도저히 데리고 있을 수가 없겠어. 너는 자전거를 못 타서 배달하기 힘드니 이왕이면 네가 나가줬으면 좋겠어!"라고 내게 말하는 것이었다. 알겠다고 대답은 했지만 무섭고 서럽고 막막해서 잠이 오질 않았다. 거의 뜬눈으로 밤을 밝히고 아침이 되니 품삯은커녕 아침밥도 안 주고 버스표 두 장만 주면서 알아서 가라는 것이었다. 나는 며칠 만에 또다시 서울의 야박함에 치를 떨면서 중국집을 나섰지만, 아는 곳도, 갈 만한 곳도 없었기에 서럽게 울면서 무작정 걷기만 했다. 온종일 걸어서 도착한 곳은 서울역이었고, 시계를 보니 밤 12시가 되어갔다. 사람들은 통금에 걸리면 파출소에 잡혀간다면서 다들 부리나케 뛰어가고 있었다.

나 역시 마음이 급해져 어디서 밤을 새워야 하나 고민하며 두리번거렸다. 가방 하나 달랑 들고 두리번거리던 나는 이번에도 하이에나의 먹이가 되고 말았다. 한눈에 봐도 촌놈이 분명했던 나를 향해 어떤 형이 오더니 “너, 시골에서 올라와 갈 곳이 없지? 재워줄 테니까 나를 따라와!” 한다. 내가 잔뜩 겁을 먹고 쭈뼛쭈뼛하니 빨리 가자고 재촉한다. 당장 잠잘 곳도 없고, 마땅히 갈 곳이 없었던 나는 ‘될 대로 되라지, 죽기밖에 더하겠어’라는 심정으로 따라나설 수밖에 없었다. 그렇게 해서 따라간 그곳은 서울역 건너편 동네였다.

허름한 건물로 들어가 한쪽에 있는 방으로 나를 이끌었는데, 그곳에는 벌써 다른 사람들 몇 명이 앉아 있었다. 잔뜩 겁을 먹고 한쪽 구석에 앉아 있으니 배고픈데 먹으라며 빵과 우유를 던져주었다. 허기가 졌던 나는 서러움과 고마움에 눈물을 흘리며 그것들을 순식간에 먹어 치웠다. 낯선 사람들과 처음으로 한방에서 자려니까 좀처럼 잠이 오질 않아 뒤척이고 있는데, 옆방에서는 나를 데리고 왔던 형이 어떤 여자에게 뭐라고 하더니 잠시 후 여자의 신음소리가 크게 들리는 것이다. 그때는 뭔지 몰랐지만 좀 더 커서야 그 신음소리가 어떤 소리였는지 알게 되었다.

새벽녘에야 잠이 들었는데 아침 일찍 깨우는 소리에 일어날 수밖에 없었다. 모두 밖으로 나오라는 말에 우르르 몰려 나갔고, 한참을 걸어 어느 골목에 이르니 한 명씩 누군가에게 넘기는 것이 보였다. 그렇게 마지막으로 남은 나를 또다시 어디론가 데리고 가더니 어떤 사람에게 “따끈따끈하니까 잘 키워보라”며 넘겼다.

그날은 내가 생애 처음이자 마지막으로 인신매매를 당하던 날이었다. 나를 데리고 간 그곳은 이른바 양아치 소굴이었다. 그곳에서 나는 정말 매일 얻어맞았다. 처음 그곳에 잡혀오면 대부분 앵벌이를 시키는데, 지하철역 계단, 전동차, 음식점, 술집, 시장 등 장소는 굉장히 다양했다.

그들이 시키는 대로 일을 잘해서 돈을 많이 벌어다 주어야만 무서운 매질을 피할 수 있었다. 그렇게 일을 잘하고 솜씨가 있어 보이면 소매치기 수법을 가르치기 시작하는데, 처음에는 시장, 다음에는 전동차, 다음에는 극장이나 공연장을 일터로 삼는다. 그 역시도 제대로 못 하면 그날은 여지없이 죽도록 매를 맞았다. 매질을 당하지 않으려면 동물적 감각을 최대한 발휘해서 돈 냄새를 잘 맡는 능력을 키워야 했다.

거기서 능력을 인정받으면 다음은 상점이나 사무실을 터는 구역으로 넘어가는 구조였다. 그들의 조직은 가히 기업형 범죄조직이었다. 나는 매 맞는 것이 두려워 정말 사력을 다해서 열심히 했다. 앵벌이를 잘하니 소매치기 수법을 가르치기 시작했고, 시장에서 주로 여성들 핸드백을 터는 것을 시켰다. 한 달 정도 지난 어느 날, 나는 감시가 소홀한 틈을 타 도망을 쳤지만 1시간도 안 되어서 잡히고 말았다. 다시 끌려간 나에게 바로 구타가 시작되었고, 나는 차라리 죽여달라고 빌다가 정신을 잃고 말았다.

그때 내 몸에서 빠져나온 나는 온몸과 얼굴에 피범벅이 되고, 눈은 알아볼 수 없을 만큼 멍들고 부어 있는 내 모습을 내려다보고 있었다. 그런데 갑자기 처음 보는 얼굴의 할머니와 할아버지가 나타나 내 몸을 어루만져주시면서 “우리는 너의 4대조 할아버지와 할머니다”라고 하시고는 커다란 산삼 한 뿌리를 주시는 것이었다. 그러면서 “어서 이거 먹고 일어서야만 나중에 우리를 다시 만날 수 있다”라고 하셨다. 그때는 그 말씀이 무슨 뜻인지 전혀 이해를 못 했지만 무조건 “감사합니다!” 하고 머리를 조아렸다.

그렇게 쓰러져 있었던 시간이 짧게만 느껴졌으나 3일이나 지난 뒤였다. 그분들은 나의 수호령이셨다. 양아치들은 내게 다시 한번 도망가면 아예 죽여버리겠다고 협박했고, 나는 다시는 도망가지 않겠다고 다짐을 한 후에 풀려날 수 있었다. 그 후, 그들의 감시는 더욱 철저해졌고, 나는 순종하는 것 말고는 다른 방법이 없었다.

나는 어느 정도 회복된 후 다시 현장에 투입되었고, 정말 살기 위해 몸부림쳐야만 했다. 그 당시 전철은 1호선뿐이어서 우리의 구역은 서울역에서 용산역 구간이었다. 나는 그들에게 잡혀서 나쁜 짓을 하며 살고 있었지만, 이곳은 내가 있을 곳이 아니란 생각을 항상 했다.

그렇게 다시 6개월 정도 지난 어느 날, 작업을 나가기 위해 전철을 타려고 서울역으로 향하던 중, 남대문 시장을 지나고 있었다. 그런데 사람들이 많아 밀리는 바람에 혼자 떨어지는 일이 생기고 말았다. 나는 그때를 놓치지 않고 기회다 싶어서 퇴계로 방면으로 죽을힘을 다해서 뛰었다. 얼마나 정신없이 뛰었는지 다리에 힘이 풀려서 주위를 살펴보니 종로3가였다.

지나가는 아저씨를 붙들고 시간을 물어보니 그 아저씨는 시간을 말해주면서 대뜸 자기를 따라가자고 했다. 나는 아무런 생각도 없이 그러겠다고 하고, 그 아저씨를 따라갔다. 지금처럼 사는 것만 아니면 무엇이든 상관없다고 생각했기 때문이다. 그때 아저씨를 따라가면서 처음으로 하나님께 감사 기도를 드렸다.

"하나님! 저에게 도둑놈 소굴에서 벗어날 수 있도록 정신 차리고 살 수 있게 해주셔서 감사합니다!"

아저씨를 따라서 들어간 곳은 면목동에 있는 가방공장이었다. 아저씨는 그 공장 사장님의 친척이었다. 거기서 한 달 반 정도 일하니까 한 달 치 월급을 주었는데, 열다섯 살의 초보 소년공이 받은 금액은 3만 원이 조금 넘었다. 경제적 개념이 전혀 없던 난 그것이 많은지, 적은지조차 몰랐다. 그저 처음으로 받아본 월급이라는 자체가 감격스러울 뿐이었다. 기숙사라는 것 역시 처음 알았고, 모든 게 신기했다.

몇 달 후 겨울이 찾아왔다. 기숙사에서는 난방을 위해 연탄난로를 피우고 있었다. 잠을 자다 숨쉬기가 힘들어져 깼는데, 머리가 깨질 듯이 아프고 냄새가 나면서 구토가 몰려왔다. 나는 이상한 냄새가 난다며 사람들을 깨웠지만, 한 사람 빼고는 모두가 시체처럼 늘어져 있었다. 사태가 심각함을 직감하고 밖에다 소리를 지르려는데 목소리가 나오지 않았다. 기숙사가 2층이라 엉금엉금 기어 나와서 계단을 내려가려고 했으나 그대로 굴러떨어져 정신을 잃고 말았다. 그런데 어떤 할아버지가 번쩍 들어서 잡아주는 느낌이 드는 게 아닌가. 눈을 떠보니 사람들이 입에다 시큼한 무언가를 들이붓고 온몸을 주무르며 얼굴을 때리기도 했다. 그렇게 얼마의 시간이 흐르고 나는 깨어났다. 하지만 몇 사람은 병원에 실려갔다고 한다.

처음 겪었던 일이라 그것이 무엇 때문인지 모르던 내게 같이 근무하던 누나가 연탄가스에 중독되어 죽을 뻔했다고 말해줘서 그게 연탄가스라는 것을 알 수 있었다. 그 일을 겪은 몇몇 형들과 누나들은 여기서 계속 있다가는 죽을 수 있다고 하면서 내게 다른 공장으로 같이 옮기자고 제안했고, 나는 그 형들과 누나들을 따라서 불광동에 있는 공장으로 옮겨가게 되었다. 옮겨간 공장의 사장님 가족들은 정말 친절한 분들이셨다. 월급도 좀 더 많이 주시고 생일을 챙겨주기도 하셨다. 집에서도 챙겨주지 않았던 생일을 챙겨주시니 그저 감격스러울 따름이었다.

무식하니까
이런 거나 하고 살지!

나는 가방공장에 있으면서 아침부터 밤늦게까지 이어지는 작업에 지쳐가고 있었다. 어떤 때는 선적 날짜를 맞추느라 일주일 동안 3시간밖에 못 자면서 졸음 쫓는 약을 복용하며 버티기도 했다. 그러다 졸음을 견디지 못하고 몰래 화장실에 신문을 깔고 자다가 들켜서 혼나는 일도 있었다. 너무 힘들어서 '무슨 일을 해야 이렇게 힘들지 않고 돈을 벌 수 있을까?' 생각했다. 고민 끝에 내린 결론은 '기술을 배우자! 그렇게 해야 돈도 벌고 인간 대접도 받을 수 있겠다'였다.

나는 자동차 정비를 배우려고 알아보기 시작했다. 버스 운전사가 꿈이기도 했고, 자동차에 관심이 많았기에 정비 일을 배워보기로 한 것이다. 그렇게 해서 이곳저곳 찾아다니던 어느 날, 녹번동에 있는 카센터 사장님이 눈이 초롱초롱해서 기술을 빨리 배울 수 있겠다며 배워보라고 하셨다. 하지만 기술을 배우는 동안은 월급이 없다고 했다. 그래도 기술을 배워야 했기에 어쩔 수 없었다.

처음에는 기술자들이 시키는 심부름을 했는데, 처음 해보는 일에다 모든 용어가 처음 듣는 것뿐이니 여간 힘든 노릇이 아니었다. 몇 밀리 스패너를 가져오라고 했는데 몰라서 머뭇거리니 여지없이 공구가 머리로 날아온다. 순간 '다시 돌아갈까?' 하는 생각이 들었지만 참기로 했다. '기술을 배울 때까지는 무조건 참아야 한다!'라고 다짐하며 하루하루 버텼다. 그곳에서도 매일같이 구타가 일상이었다.

6개월 정도 배우니 어느 정도 기술이 생기기 시작했고 시운전까지 할 수 있는 여유가 되었다. 그런데 어느 날, 수리를 하러 온 포니 개인택시의 시운전을 하다가 골목으로 트는 찰나 인도 블록을 타면서 조향장치가 망가지는 사고가 생겼다. 그 차주님께 뺨을 맞고 나니 얼마나 죄송한지 그곳에 더 이상 머물기가 부담되었다. 같이 근무하다 다른 곳으로 옮겨간 형들에게 나도 옮기려고 하니까 알아봐달라고 부탁했다. 그렇게 해서 찾아간 곳은 하월곡동에 있는 카센터였다. 그동안은 월급도 없이 8개월 동안 일했는데, 이곳에서는 많지는 않아도 월급을 준다고 했다. 소개해준 형이 3년 정도 되었다고 거짓말을 해서 취직이 되었으니 나로서는 얼마나 기분이 좋았겠는가.

그곳에서 몇 달을 일하던 어느 날, 올 때마다 나에게 괜히 시비를 걸어 평소 내가 좋지 않게 생각하던 개인택시 고객이 수리하러 왔다. 역시 그날도 시비를 걸기에 참지 않고 쏘아붙였더니 "그렇게 못 배워서 무식

하니까 이런 거나 하고 있지!"라며 내게 악담을 퍼부었다. 나는 자괴감이 들면서 화가 났다. 그날부터 나는 평소에 숨쉬는 게 힘들어지기 시작했다. 그 고객이 했던 말로 인해 어릴 적부터 쌓였던 화병이 더욱 깊어졌던 모양이다. 길게 한숨을 쉬어야만 겨우 숨이 쉬어지는 지경이 오래도록 이어졌다. 그때 나는 말로 사람을 죽일 수 있다는 것을 깨달았다.

자존감이 바닥났기 때문인지 무엇을 먹어도 자주 체하고 매일같이 두통에 시달려 살기가 힘들 정도가 되었다. 그렇지 않아도 나는 소심한 성격이었던지라 더 심한 상처로 남았던 것 같다. 누가 조금만 뭐라 해도 울기 일쑤였고, 체할까 봐 겁이 나서 밥도 안 먹고 물만 마시며 버티고 있었다. 온몸에 기운도 없고 점점 쇠약해져갔다. 당시 내 모습은 가히 아프리카의 굶주림에 지쳐 눈에 초점 없이 바라보는 소년처럼 아주 초라한 모습이었다. 도저히 버틸 수 없어서 혼자 사는 아는 형 집으로 가 일주일 동안 잠만 잤다.

물조차 마시지 않고 일주일을 자고 나니 하늘이 빙빙 돌고 어지러워 견딜 수가 없었다. 다시 살아갈 힘이 좀처럼 생기질 않았다. 어떻게 해야 하나 고민만 하면서 다시 일주일이 흘렀다. 그렇다고 이대로 죽을 수도 없었고, 어디 갈 곳도 마땅히 없으니 다시 일하러 가는 수밖에 없었다. 할 수 없이 그곳으로 다시 가니 사람들이 나를 상대하는 게 많이 부드러워졌음을 느낄 수 있었다. '아픈 만큼 성숙해진다'라고 했던가? 다시 돌아온 나 자신이 정신적으로 조금 성숙해졌다는 걸 실감할 수 있었다.

나는 어른들이 하는 행동을 보면서 서서히 어른들 세계에 물들어갔다. 담배와 술을 배우고 세상의 구조를 알아가며 촌놈의 때를 벗겨내고 있었다. 그러면서 무슨 수를 써서라도 배워야 하고, 돈을 벌어야만 한다는 신념이 생겼다. 가난이 싫어서 돈을 벌겠다고 무작정 상경한 확고한 목표가 있었기에 이렇게 무너져내릴 수는 없다고 나 자신을 채찍질했다. "무식하니까 이렇게 산다"라는 말을 듣지 않으려면 당분간만이라도 귀를 닫고 살아야 한다며 스스로 위로했다.

그때 문득 '그러고 보니 전에 자전거 못 탄다고 중국 집에서 쫓겨났었지! 그래, 그럼 우선 자전거를 배우자!'라는 생각이 들었다. 우선 형들한테 자전거 좀 가르쳐달라고 했더니 그냥 넘어지는 쪽으로 중심만 잘 잡으면 된다고 말로만 이야기해주고 마는 것이었다. 하는 수 없이 혼자 배워야겠다고 마음먹고 그날 밤부터 일하는 곳에 있던 업무용 자전거를 끌고 언덕길에 올라가 한쪽 페달만 밟고 지탱하며 달려보았다. 쓰러질까 봐 겁이 나서 휘청거리다 얼마 못 가서 넘어지고 말았다. 하긴 처음으로 타보는 자전거가 제대로 움직여준다면 오히려 이상한 일일 것이다.

넘어져서 정강이를 부딪혀 멍들고 아파도 눈물을 삼키며 오기를 부렸다. 몇 시간이 지나도록 다시 하고 다시 했다. 그렇게 하다 보니 어느샌가 조금씩 중심이 잡혀갔다. 스스로 뭔가를 터득했을 때의 희열이 고스란히 느껴졌다. 다른 사람들이 자전거 탈 때의 모습을 기억해내면서 그대로 흉내 낸 덕분에 중심을 잡을 수 있었다.

나는 어릴 적부터 학교 공부 말고는 누구에게 배워본 기억이 없었다. 그렇게 기본기를 익히고 숙소로 돌아가니 새벽 2시가 넘어 있었다. 다음 날도 똑같이 연습했다. 그랬더니 제법 익숙하게 탈 수 있게 되었고 그 성취감으로 하늘을 찌를 듯이 기뻤다.

한편으론 '나한테 자극을 주어서 당시엔 죽을 만큼 힘겨웠지만, 그것을 이겨내니 오기가 생겨서 나 혼자 자전거를 배우게 해줬구나!' 하는 생각에 나에게 독설을 퍼붓던 그 손님에게 고마운 마음마저 들기도 했다.

자전거를 익히고 나니 이번에는 오토바이를 배워야겠다는 생각이 들었다. 카센터 옆에 있는 배터리 전문점 사장님에게 50cc 오토바이가 있기에 슬며시 다가가 인사하고, 오토바이는 어떻게 운전하는 거냐고 물어보니 시큰둥하게 대답하며 귀찮아하셨다.

술을 좋아하는 사장님이란 걸 알기에 다음 날 다시 가서 저녁에 일 마치고 오도독뼈에 소주 한잔하자며 추파를 던지니 바로 넘어오셨다. 소주를 마시면서 살아가는 이야기, 주변 사람들 이야기, 고향 이야기 등을 하다 보니 사모님 고향이 나랑 동향이란 걸 알게 되었다. 그날부터 우리는 형님, 동생 사이가 되었고, 오토바이도 빌려 탈 수 있었다.

자동차 운전을 할 줄 알았던 내게 오토바이는 정말 쉬웠다. 몇 시간 만에 바로 숙달된 사람처럼 탈 수 있게 되었다. 그렇게 나 혼자 자동차, 자전거, 오토바이 모두를 익히게 된 것이다. 나 자신한테 그렇게 뿌듯할 수가 없었다. 요즘이야 모든 게 넘쳐나는 세상이지만 1970년대에서

1980년대 중반까지만 하더라도 많은 게 부족한 시절이었다. 그랬기 때문에 평범한 사람이 자동차 운전이나 오토바이 운전을 배우는 것은 아주 특수한 경우였다. 그런 만큼 나의 성취감은 매우 높았다. 그때부터 세상에 대한 자신감이 조금씩 생겨나기 시작했다. 훗날 생각해보니 내게 배움에 대한 욕구가 일어난 것은 당시 살던 곳 근처에 동덕여대 등 유수의 대학이 산재해 있어 이 학교들의 학구열의 영향도 있었던 게 아닐까 싶다.

나는 우주 에너지의 파장과 주파수를 이용해 영적 끌어당김의 시스템을 이용해 살아오고 있기에 이렇게 말할 수 있는 것이다. 잠재의식 속에 있는 생각 에너지를 우주를 향해 발산하면, 그것은 다시 수만 배 증폭되어 나에게 돌아온다. 내가 평소 자주 생각하고 원했던 일들이 어느새 현실이 되어 내 앞에 펼쳐진 순간, 소름 끼치게 놀란 일이 한두 번이 아니기 때문이다. 독자 여러분들 중에도 그런 경험이 있다면 공감이 될 거라 여겨진다. 그런 경험이 없는 분이라면 아주 간절히 원하는 것을 구체적으로 생각하고, 된다는 믿음으로 우주를 향해서 자신의 에너지를 발산해보기를 권한다.

그러면 본인의 생각으로 심어진 의식에 의해 행동하게 될 것이며, 원하는 대로 이루어지는 쾌감을 맛보게 될 것이다. 구세주 김도사의 저서 《150억 부자의 부의 추월차선》에 보면 이런 내용이 나온다.

'생각과 말을 교정함으로써 소망하는 것을 이룰 수 있다. 나의 생각 습관과 말버릇을 고쳐나가기 시작했다. 그러자 정말 희한한 일이 일어나기 시작했다. 좋은 일들이 일어나기 시작한 것이다'.

이 책의 내용처럼 생각하고 믿으면 어느 순간 자신이 원했던 일이 이루어질 것이라 단언한다.

서러우니까 공부하자,
그래야 인간 취급받을 수 있다

얼마 뒤 상도동의 카센터로 옮기게 되었다. 그곳은 분위기가 정말 좋았다. 가족 같은 분위기라는 말이 딱 어울리는 곳이었다. 그곳에선 일하는 게 정말 즐거웠다. 월급도 많아져 내가 평소에 사고 싶었던 옷도 살 수 있었고, 직원이 많아서 일하는 것도 덜 힘들었다. 그리고 그곳은 자동차 전문 상가여서 많은 것을 배울 수 있었다.

'어떻게 하면 진정한 기술자가 될 수 있을까?' 궁리하다가 쑥스러움과 창피함을 무릅쓰고 사장님께 부탁을 드려보았다.

"사장님! 실은 제가 초등학교밖에 못 나와서 공부도 하고 싶고, 정비사 자격증도 따고 싶은데 어떻게 하면 될까요?" 하고 물으니 선뜻 "낮에는 일하고 저녁에는 학원엘 다녀보거라!" 하시는 것이었다. 그렇게 해서 3년 동안 중·고등 검정고시와 자동차 정비 2급 자격증까지 취득할 수 있었다.

그 사장님은 많은 것을 배울 수 있도록 도움을 주셨다. 정말 말할 수 없이 고마운 분이다. 그분이 아니었다면 나는 더 늦게 공부를 시작했을 것이다. 그러나 낮에는 일하고 밤 늦게까지 공부한다는 것은 말처럼 쉬운 일이 아니었다. 다른 동료들의 비아냥과 시샘, 주위 사람들의 따가운 눈총도 감수해야만 하는 심리적인 고통이 있었다.

하루는 아는 형이 모르는 분과 함께 와서는 내게 스카우트 제의를 했다. 자동차 정비 자격증이 있어야 하는 자리인데, 내가 생각나서 이야기해준 것이었다. 나는 3일 정도 고민하다 사장님께 말씀드리니 "자격증 따기를 잘했다! 당연히 가야지! 축하한다"라며 격려해주셨다. 그렇게 나는 다시 한번 이직하게 되었다. 그곳은 한남동에 있는 택시회사였는데, 내게 40만 원이라는 엄청난 월급을 제시했다. 속으로 엄청 좋아서 소리 지르고 싶었다. 그런데 알고 보니 이유가 있었다. 택시회사 특성상 24시간 노예처럼 근무해야만 하는 조건이 붙었다. 하지만 어차피 갈 곳 없는 내가 마다할 이유는 없었다.

나는 밥값도 아끼면 금방 돈을 벌 수 있다는 생각에 정말 최선을 다해서 열심히 일했다. 태어나서 그토록 악착같이 돈을 모으려고 했던 적은 없었다. 김태광 선생님의 《더 세븐 시크릿》에서는 이렇게 말하고 있다.

'비빌 언덕은 스스로 만들어라! 나는 스스로 비빌 언덕이 되기로 했다!'

나는 이 문장처럼 스스로 비빌 언덕을 만들어가고 있었다. 택시회사에서 1년 조금 넘게 일하고 있었는데, 하루는 낯선 사람이 찾아와서 자신이 카센터를 하려고 하는데 동업으로 해보자고 제안했다. 나는 당장 이곳을 그만둘 수 없으니 일주일 후에 다시 오라고 했다. 일주일 동안 많은 갈등을 했으나 적은 돈으로 사업을 할 수 있다는 매력이 나를 이끌었다.

카센터를 경영하면서 또 다른 세상을 만날 수 있었다. 당시의 반월 공단은 한창 개발이 진행 중이라 일이 정말 많았다. 자동차뿐만 아니라 중장비에 선박까지 수리 의뢰가 들어왔고, 무조건 할 수 있다고 한 후에 천천히 익혀가면서 정비하기도 했다. 무슨 배짱으로 그렇게 할 수 있었는지 지금 생각해도 정말 도전 의식 하나는 대단했다!

한번은 작은 운반선 선장한테 선박 정비 의뢰가 들어왔다. 전화로 고장 내용을 듣고 필요한 공구를 챙겨서 선박으로 출장 수리를 나갔다가, 정비를 마무리하면서 정리하고 있었다. 그런데 선장이 내가 내린 것을 확인도 안 하고 배를 출항시켜서 어쩔 수 없이 바다에 뛰어내려 죽을 뻔한 일도 있었다. 어릴 적 개울에서 잠수하던 실력이 나를 살려주었다.

당시 내게는 정말 신기하게 생각되는 일들이 벌어졌다. 같이 근무하면서 별로 친하게 지낸 일도 없었던 사람들이 찾아오는가 하면, 근처 상가의 사장님들이 나이 어린 나를 사장이라 칭해주었다. 나는 그런 것이 처음에는 무척 어색해서 얼굴이 빨개지곤 했다. 근처 다방이나 찻집의 아가씨들도 내게 좋아한다며 추파를 던지기도 했는데, 연애 경험이 전혀 없었던 나는 아가씨들의 접근에 두려움마저 들었다.

당시 나는 사람들이 나이를 물으면 얼버무리기 일쑤였다. 나의 짧은 식견에 나이가 어리다고 하면 무시하고 함부로 대할 거란 걱정이 있었기 때문이다. 그래서 어른처럼 말하며 행동하려고 어른들과 어울려 술집도 가고 난생처음 횟집을 가보기도 했다.

처음으로 가본 횟집은 내게 고통스러운 장소였다. 회라고는 본 적 없던 내가 그것을 먹을 수 있을 것 같지 않았다. 회라는 말조차 들어본 적 없었으니 당연한 일 아니겠는가? 그동안 오로지 일만 하며 살기도 힘겨워서 다른 경험은 해볼 엄두조차 낼 수가 없었다. 그러나 어찌하랴! 촌놈이라고 티 내지 않으려면 먹을 수밖에 다른 도리가 없었다. 처음 먹어보는 회의 식감은 별로였다. 그런데 서너 점 먹어보니 의외로 고소한 풍미가 느껴지기 시작했다.

이런 것 또한 배움이라 여겼다. 그러면서는 '무엇이든 배워놓자! 그러면 언젠가 써먹을 때가 있을 것이다!' 이렇게 마음먹으니 모든 게 배울 것이고 도전해야 할 것으로 보였다. 대부분이 처음 해보는 것투성이였다. 나는 잘 몰랐지만 배워나가며 덤프트럭, 대형버스 등 닥치는 대로 정비해나갔다. 때로는 부품 하나를 빼먹는 실수를 해서 다시 정비해주는 일도 있었지만, 거의 다 별 탈 없이 지나갔다. 내가 겁도 없이 그렇게 할 수 있었던 것은 자격증 공부가 큰 영향을 주었기 때문이었다.

그것들은 아주 훌륭한 도전 소재였으며 내게 무엇이든 해낼 수 있다는 자신감을 가져다주었고, 더불어 자부심을 느끼게 해주었다. 내가 만약 자격증 공부를 하지 않았더라면 자동차의 구조가 거의 다 비슷하다는 것을 몰랐을 것이고, 경험이 없다는 구실로 감히 엄두조차 내지 못했을 것이다.

누군가가 '못살고 도움이 필요한 사람에게는 자선을 베풀기보다는 자극을 주어라! 잡은 물고기를 나누어주는 것보다 물고기 잡는 법을 가르쳐주어라!'라고 말했다. 그 말은 자극을 주어서 스스로 깨우쳐나가는 방법을 터득해 자기 것으로 만들라는 이야기다. 나 또한 쌍욕과 악담을 퍼붓던 개인택시 기사가 아니었다면 악착같이 공부하려고 하지 않았을 것이다. 그리고 그렇게 무모하리만큼 무슨 일에든 도전하려고 하지도 않았을 것이다. 그것은 그 당시 받았던 서러움과 마음의 고통을 상쇄하기에 충분했다. 그때 나는 스스로가 대견하고 기특하게 느껴졌다. 아는 사람 하나 없는 낯선 도시에서 아무도 도와주는 손길 없이 여기까지 왔다는 사실에 나 자신을 믿는 자신감이 생겨났기 때문이다.

부모님께서 지원해주시는 돈으로 학교에 다닌 경우라면 이러한 나의 과정들이 뭐 그리 대단한 것이냐고 반문하며 별것 아닌 것으로 치부해 버릴 수도 있을 것이다. 하지만 어린 나이임에도 스스로 벌어서 생활해야 했고, 학원비도 내야 하는 대단히 버겁고 고단한 일이었다. 몇 년 안 되는 시간 동안 갖은 고생을 하고 생사를 넘나드는 일들을 무수히 겪으면서 헤쳐온 길이기에 더욱 값지고 뿌듯하다.

하루하루 바쁘게 돌아가던 일상에 작은 소용돌이가 일기 시작했다. 임시상가였던 카센터 주변이 확장개발 한다고 하니 세입자들의 반란이 일어난 것이다. 자기네들에게도 상가 입주권을 주지 않으면 요구조건이 성사될 때까지 월세를 동결하겠다며 건물주들한테 선전포고한 것이다. 나와 동업하던 형님도 그들 무리와 뜻을 함께한다며 행동했고, 나는 이러지도 저러지도 못하는 난처한 상황에 처하고 말았다. 나는 어떻게 하냐고 물어도 그냥 기다리라고만 할 뿐, 별다른 대책도 없어 보였다. 상가 주인들은 바로 쫓아와서 월세를 안 낼 거면 당장 짐 싸서 나가라고 난리였다. 세상 물정을 모르는 어린 내가 보아도 그들의 요구는 도둑놈 심보였다. 개발할 당시 세입자라고 입주권을 달라고 하는 것은 건물주 재산을 억지로 나눠달라고 떼쓰는 것으로 보였기 때문이다.

졸지에 나는 낙동강 오리알 신세가 되고 말았다. 동업하는 형한테 나는 나갈 테니 내가 준 보증금을 돌려달라고 했다. 그랬더니 "지금은 돈을 다 써서 줄 수가 없으니 기다리면 돈을 주겠다"라고 하는 거였다. 앞이 막막해졌다. 집도, 절도 없이 오갈 데 없는 나더러 무작정 기다리고 하면서 배짱을 부리니 별다른 방법이 떠오르지 않았다. 도움받을 사람도 없고, 도움받을 곳이 있는 것도 아니니 한숨만 나올 뿐이었다. 그렇게 나는 또다시 나락으로 떨어지고 말았다.

한고비 넘어 마음 놓고 있을 때 찾아온 죽음의 그림자

힘들고 서럽던 고비를 넘어서 이제는 안정이 되었다고 마음 놓고 있을 때 운명의 장난처럼 다시금 시련이 문턱을 넘어 죽음의 그림자로 다가오고 있었다. 도망간 동업자를 찾아서 반월, 안양, 군포, 시흥까지 뒤지며 두 달 넘게 수소문했으나 어떤 흔적도 찾을 길이 없었다. 그러는 사이 가지고 있던 돈마저 바닥을 드러내고 있었다. 못난 자신을 꾸짖으며 하루에도 수십 번씩 죽고 싶다는 생각만 간절했다.

나는 동업자를 조금 더 찾아보기로 하고 만화방을 전전하며 막노동을 하다가 일이 없으면 다시 찾으러 다녔다. 예전에는 지금의 PC방처럼 만화방에서 숙식을 해결할 수 있었다. 그렇게 다시 한 달을 찾아 헤매고 다녔지만 결국 찾을 수 없었다. 허탈했다. 수중의 돈은 거의 바닥난 형편에 여기저기를 떠돌다가 처음 서울 올 때 내렸던 청량리역까지 오고 말았다. 그동안 살아왔던 수도권을 전부 더듬고 더듬어 처음 내렸던 장소로 돌아온 것이다. ‘어디로 가볼까?’ 고민만 하다가 하루가 또 지났다.

이제는 결정해야만 한다고 생각하고 역 대합실 안으로 들어갔다. 고향으로 가기 싫은 건 분명하니 다른 노선을 살펴보았다. 경춘선이 눈에 띄었다. ‘그래, 춘천으로 가자! 소양강에 가서 빠져 죽자!’라고 생각하며 경춘선 열차표를 끊었다. 막상 죽으러 간다고 생각하니 선뜻 기차에 오를 용기가 나지 않았다. 출발 시간을 알리는 방송이 들리자 무엇에 홀린 듯 기차를 타러 걸어갔다. 개찰구를 지나 육교로 올라가는데 저만치 앞에서 장발 단속을 하는 게 보였다. 조금 긴 나의 머리가 신경 쓰였다.

아니나 다를까 나와 눈이 마주친 경찰이 “어이, 거기!” 하면서 내게 오라고 손짓한다. 나는 속으로 ‘머리카락을 잘리면 창피해서 어쩌지?’ 하는 걱정이 들었다. 순간 뒤쪽에서 빠르게 뛰어오는 여자의 구두 소리가 들려온다. 나는 일부러 느릿느릿 걸어가고 있었다. 나를 기다리던 경찰은 뒤쪽에서 뛰어오던 아가씨의 치마가 짧은 걸 보더니 나는 내버려두고 그 아가씨를 잡는다. ‘이때다’ 하고 나는 냅다 뛰어서 잽싸게 열차로 들어가버렸다. 그 시절을 살아오신 분들은 기억하겠지만, 그때는 경찰이 가위와 자를 가지고 다니면서 장발이나 짧은 치마를 단속하던 시절이었다.

기차가 출발하기 전부터 삼삼오오 모여 앉은 젊은 승객들로 인해 기차 안이 매우 소란스러웠다. 승객 대부분이 대학생으로 보이는 사람들뿐이었다. 같은 또래의 사람들이지만 동질 의식은 전혀 느껴지지 않고,

오히려 이질감만 느껴졌다. 나는 지금 죽으러 가는 여정인데, 그들은 통기타를 튕기며 신나게 노래를 부르고 있다. <고래사냥>, <모닥불>, <아침이슬> 등 다른 승객들은 없는 것처럼 끊이지 않고 목청껏 노래를 불러 제낀다. 한편으론 '나의 마지막 가는 길에 노래를 불러주고 함께해줘서 고맙다!'라는 생각도 들었다.

기차는 강촌역에 다다르고 있었다. 대부분의 젊은 승객들은 강촌역에서 하차했다. 순간 나는 기차를 잘못 탄 것 아닌가 생각했다. 분명 춘천행 기차였는데 거의 모든 승객이 내리는 걸 보고 초행길에 다른 기차를 잘못 탔나 생각이 든 것이다. 그래서 다른 승객분께 물어보니 춘천행이 맞단다. 갑자기 기차 안이 조용해지니 적막감마저 들었다. 내 마음과는 상관없이 차창 밖으로 펼쳐지는 북한강 상류의 경치는 정말 아름다웠다. 저렇게 아름다운 경치를 보면서 죽으러 간다고 생각하니 슬프면서도 한편으론 '마지막 길을 축복해주는구나' 하는 마음도 들었다.

기차는 덜컹거리며 달려 남춘천역에 승객을 내려주고 종착역인 춘천역에 도착했다. 춘천역에서는 나를 포함해 세 명의 승객만이 내렸다. 춘천역을 빠져나와 큰길로 나오니 저만치서 젊은 여자가 재빠르게 내가 있는 쪽으로 다가오며 "총각 아저씨!" 하며 부른다. 주위엔 나밖에 없으니 나를 부른 것이 분명한 것 같아 왜 그러냐고 물으니 처음 본 나에게 대뜸 자기랑 연애하자고 한다. 무슨 말인지 갈피를 못 잡고 멍하니 보고만 있으니까 다시 한번 반복해서 "나랑 연애하자고요!"라고 말한다.

어안이 벙벙했다. 처음 본 젊은 여자가 보자마자 연애하자고 하는데 당황하지 않을 사람이 어디에 있겠는가? 그러면서 '이곳에도 청량리역처럼 사창가가 있나?' 하는 생각이 스쳐 지나갔다.

나의 예상은 적중했다. 대화를 나눠보니 사창가에 있는 아가씨였다. 이런 시골 동네에 그런 곳이 있을 거라곤 전혀 예상하지 못했다. 나는 헛웃음이 나왔다. 나는 지금 죽으려고 이곳에 왔는데, 나더러 본인의 밥벌이를 해달라고 하니 어이가 없었다. 내가 아무런 말도 안 하고 빤히 쳐다보기만 하니 어서 가자고 재촉한다. 나는 죽으려고 왔는데 같이 죽어준다면 오늘 밤 같이 있겠다고 역제안했다. '이쯤 되면 쌍소리를 하면서 물러가겠지'라고 예상하고 던져본 말이었다. 그러나 내 예상은 빗나갔다.

그녀는 "요즘 나도 이리저리 사는 게 힘들어 죽어버리고 싶다는 생각을 하고 있었는데, 오늘은 나랑 연애하고 내일 같이 죽으러 가자!"라고 말하는 것이었다. 나는 잠시 망설였다. 그러곤 '그래! 저승 가는데 동반자가 생겼으니 쓸쓸하지 않게 갈 수가 있겠구나!'라고 생각하며 그녀를 따라갔다. 그녀는 이른 저녁 시간이라서 식당이 한가할 테니까 밥 먹으러 가자고 했다. 밥은 자기가 사겠다고 하면서 따라오기만 하란다. 귀신에게 홀린 것처럼 나는 그녀를 따라갔다.

소주와 곁들여 밥을 먹으면서 그녀와 많은 이야기를 나누었다. 고향 이야기, 가족 이야기, 친구 이야기, 이곳에 들어오게 된 이야기 등을 했다. 자기는 직업소개소를 갔다가 거기 소장이 돈을 많이 벌 수 있는 곳을 소개해주겠다며 꼬셔서 이곳에 팔아넘겼다고 했다. 그런데 본인도 모르는 빚이 생겨서 도망갈 수도, 벗어날 수도 없다는 것이다. 아무리 일을 해도 빚이 줄기는커녕 도리어 많아진다고 했다. 그나마 몇 년을 한 곳에 있다 보니 감시가 소홀해져 춘천에 한해서는 마음대로 다닐 수가 있게 되었다고 말했다. 그런 말을 듣고 있자니 그녀가 불쌍해지면서 '정말 살고 싶지 않겠구나' 싶었다.

나는 그녀에게 오늘 나 하나만 상대해도 가게 주인에게 혼나지 않겠냐고 물었다. 그녀는 상관없다고 말했다. 우리는 밤새도록 많은 이야기를 했다. 오랜만에 사람 냄새나는 사람을 만나 답답하던 마음이 조금은 풀어졌다. 그래도 이 사람과 같이 죽으러 갈 수는 없는 노릇이었다.

아침 일찍 그곳을 나와서 소양강을 따라 하염없이 걸었다. 이른 시간이라 그런지 거리에는 차와 사람이 드문드문 보였다. 소양강 다리 밑으로 걸어 내려갔다. 망설이다가 발이 강물에 닫는 순간, 오히려 마음이 편안해지는 것을 느꼈다. 천천히 강물로 걸어 들어갔다. 가슴 높이만큼 들어가고 있는데, 뒤에서 나를 부르는 여자 목소리가 들린다.

나는 듣지 못한 척 계속 걸어 들어갔다. 빠르게 걷고 있다고 생각했는데 어느샌가 나는 악을 쓰며 다가오는 여자에게 뒷덜미를 잡히고 말았다. 뒤를 돌아보니 어젯밤 함께 있었던 그녀였다. 그녀는 나에게 왜 같이 죽기로 해놓고 반칙을 쓰냐며 화를 내고 있었다. "그럼, 왔으니까 같이 죽자"라고 하니 진짜 죽으러 갈 줄 몰랐고, 혹시나 하고 있다가 깜박 잠이 들었는데 안 보여서 따라왔다고 말하는 것이다. 그러면서 당신이 죽으려고 물속에 들어가는 걸 보니까 무서워서 죽을 마음이 없어졌다고 하는 거다. 그녀는 밖으로 끌려 나온 나를 붙잡고 울면서 우리 죽지 말고 힘들지만 살아보자고 말한다. 가냘프게 보였던 그녀는 보기보다 힘이 셌다. 그렇게 그녀와의 만남이 인연이 되어서 나는 죽으러 찾아간 춘천에 정착하게 되었다.

당장 살 곳이 필요했기 때문에 월세방을 얻으러 다녔다. 그녀는 나와 동행하면서 춘천의 이곳저곳을 안내해주었다. 춘천에 미군 부대가 있다는 것을 처음으로 알게 되었다. 부대 주변에는 가난한 집들이 주로 있었다. 이틀 동안 춘천 전 지역을 뒤지고 다닌 끝에 겨우 방을 구할 수 있었다. 미군 부대 근처의 할머니가 손녀와 함께 사는 집이었다. 돈이 없어 보증금은 나중에 월급 타면 드리겠다 하니까 흔쾌히 허락해주셨다. 처음으로 자취 생활이 시작되었다. 필요한 살림살이는 그녀가 장만해주었다. 만난 지 겨우 5일밖에 안 되었는데, 살뜰히도 챙겨주는 모습에 참 많이 외로운 사람이라고 생각되었다.

이제 일자리를 찾아야 했다. 하지만 그 시절 춘천은 정말 일자리 구하기가 힘들었다. 지역이 좁고 일자리가 귀하다 보니까 좀처럼 그만두는 사람이 없었기 때문이다. 나는 어렵게 공원묘지 막노동 자리를 구할 수 있었다. 하지만 그런 막노동 자리도 텃세가 있는 줄 상상하지 못했다. 그래서 나에게 주어진 일은 주로 시체를 묻어주는 일이었고, 고참들은 마무리 작업을 했다. 하지만 어릴 적 공동묘지에서 귀신들과 어울려본 경험이 있던 나는 오히려 그 일이 즐겁게 느껴졌다.

2장

•

우리가 태어나 힘든 시련을 겪는 이유

그래도 살아야 해

산을 깎아서 만드는 공원묘지의 일은 정말 고되고 힘들었다. 분양가격이 저렴한 곳일수록 일꾼들이 작업하기는 몇 배 더 힘들다. 그리고 그런 곳은 돈 없는 사람들이 분양받는 자리였다. 그런 걸 보면서 죽어 저승길을 갈 때도 돈은 꼭 있어야 하니, 이승이 아무리 힘들어도 돈 없이 죽어서는 안 된다는 것을 깨달았다. 그것은 죽으면서까지 살아 있는 사람에게 빚지고 떠나는 저승길이 되기 때문이었다.

얼마 전까지만 해도 나는 자살을 목적으로 춘천에 왔음에도, 어느샌가 막노동하며 하루하루를 열심히 살았다. 그러면서 '사람들은 왜 자살할까?' 생각해보았다. '사는 게 힘들어서?', '사랑하는 사람과 헤어져서?', 아니면 '가족이나 친지 간의 불화 때문에?' 그것도 아니라면 '범죄를 저질러서?' 또는 '직장에서 멸시당했기 때문에?' 등 여러 가지 이유가 있겠다 싶었다.

그중에 여러분의 마음을 괴롭게 하는 건 어떤 것이 있는지 생각해보고, 사전에 차단해 극단적인 상황을 만들지 마시기를 간곡히 부탁하는 바다.

비가 와서 일할 수 없거나 일이 없는 날이면 직장을 알아보러 다녔다. 석 달쯤 지났을 때 드디어 주물공장에서 공무과에 자리가 있으니 오라고 했다. 고정적으로 일할 수 있는 곳이 생겨 정말 안심되고 좋았다. 거기서는 나에게 먼저 다가와 친구로 지내자는 사람도 있고, 친절하게 대해주는 사람이 많았다. 태어나서 처음으로 모르는 사람들과 친구가 되었다. 나에게 죽지 말라며 말리던 그녀가 고마웠다.

그녀와는 가끔 만나서 영화도 보고, 춘천 명물인 닭갈비도 사 먹고, 날씨가 좋은 휴일에는 공지천도 가고, 소양댐에서 배를 타고 청평사를 가보기도 했다. 그녀는 직업이 주는 이미지와 다르게 정숙하고 검소한 여자였다. 그녀와 나는 자라온 환경이 비슷했다. 찢어지게 가난한 집안 형편도 그랬고, 친구 없이 외롭게 자라난 환경도 비슷했다. 돈 없어서 일찍 돈 벌겠다고 집을 나온 사정도 닮아 있었다. 그래서일까? 우리는 아주 빠르게 가까운 사이가 되었다. 그녀와 가까워지면 가까워질수록 내 마음 한쪽엔 미안함이 자리하고 있었다.

나는 그녀를 그녀가 일하는 곳에서 구해주고 싶었지만 형편상 그럴 수 없었다. 차마 엄두가 나지 않아서 어떻게 해야 나올 수 있냐고 물어볼 수조차 없었다. 그렇게 비겁한 행태로 시간이 흐르기만 기다렸다. 나는 자동차 정비공장으로 이직을 하기 위해 알아보고 있었다. 내가 가장 잘할 수 있는 것이 그것이라 생각했기 때문이다. 그녀와 만나는 기간이 길어질수록 나는 미안한 마음이 커졌고, 그녀는 나를 위하는 마음이 커졌다. 그래서 내가 해줄 수 있는 것은 최대한 해주려고 애썼다. 그래야 조금이나마 미안함을 덜 수 있어서였다.

그녀를 향한 미안함에는 세상을 향한 원망이 서려 있었다. 내 돈을 떼어먹고 도망간 동업자를 원망하고, 나를 이렇게 구렁텅이로 몰아넣은 세상이 원망스러웠다. 나를 좋아해주는 사람에게, 아니 내가 좋아하는 사람에게 무언가 해주고 싶은데 할 수 있는 게 아무것도 없다는 무기력증이 나를 화나게 했다. 비록 어쩔 수 없이 몸 파는 일을 하고 있지만, 처음 본 나를 살려주고 측은지심에 내가 자리 잡을 수 있도록 도와준 그녀다. 그렇다고 나에게 어떤 보상을 바란 것도 아니었다. 그랬기에 나는 미안한 마음이 생겼고, 아무것도 할 수 없다는 것에 분노했으며, 무능한 나 자신은 물론이고 세상을 원망했다.

그 마음은 나를 계속 괴롭히며 힘들게 했다. '지나간 일이다. 인제 와서 되돌릴 수도 없다!'라는 내 처지가 한심하게 느껴졌다. 얼마 후 이력서를 넣어놨던 정비공장에서 오라는 연락이 왔고, 나는 그곳으로 옮길 수 있었다. 정비공장에서 일한 지 두 달 정도 지날 무렵, 공장장이 부르더니 사장님 친척이 운영하는 택시회사에서 정비 주임을 못 구해서 그러는데, 그 일을 맡아주면 보수를 넉넉히 주겠다고 말했다. 이력서를 보니 택시회사 경력이 있어서 특별히 부탁한다는 이야기였다. 택시회사는 24시간 얽매여 있어야 했기에 싫다고 거절했다.

그로부터 얼마 지나지 않아서 이번에는 사장님이 직접 나를 불렀다. 사무실로 가보니 여자 사장님이었다. 월급이 적어서 안 가는 거면 좀 더 줄 테니까 자기네 회사 좀 도와달라고 사정했다. 간곡한 부탁에 나는 어쩔 수 없이 승낙하고 말았다. 24시간 근무하려면 기숙사를 써야 했기에 월세방을 빼고 거기서 나온 돈은 그녀에게 주려고 했더니 그녀는 극구 사양하며 받지 않았다.

택시회사의 생활은 서울과는 다르게 의외로 재미있었다. 서울처럼 일이 많은 것도 아니었고, 기사들도 대부분 친절하게 대해줬다. 어떤 기사는 밤만 되면 일하기 싫다고 들어와선 나더러 몇 시간 운행해서 가지고 가스값만 내면 된다고 했다. 그렇게 밤만 되면 사장님 눈을 피해서 몰래 몇 시간씩 운행을 나가곤 했다. 월급 외에 부수입이 매일매일 생기니까 정말 신나고 좋았다. 출출한 새벽이면 해장국도 같이 먹고, 때론 그녀를 데려와 밥을 사주기도 했다. 그녀와 함께할 때는 춘천댐이나 소양강댐 등 외곽으로 드라이브를 하기도 했다.

외곽으로 나갈 때면 그녀는 “이런 거 한 번도 해본 적 없다”며 어린아이처럼 즐거워했다. 이렇게라도 그녀의 마음을 달래줄 수 있어서 나 역시 기분이 좋았다. 택시회사에 근무하면서 급속도로 많은 사람을 알게 되었다. 대부분은 택시기사였지만 군인, 세무서 직원, 경찰, 회계사, 고물 장수, 선생님, 아나운서, 미군 장교, 선교사 등 정말 많은 사람과 알게 되었다. 그들은 택시에 손님으로 탔거나 공연장이나 술집에서 만난 사람들이었다. 춘천은 강원도청이 있고, 학교가 많으며, 군부대가 많은 탓에 공연이 자주 열렸다. 나는 춘천에서 살게 된 후부터 문화예술 분야에 관심을 많이 가지게 되었다.

아무것도 모르던 촌놈이 공연장을 다니고 연극을 보러 가고 하면서 또 다른 세상에 눈뜨기 시작했다. TV에서만 보던 가수들과 인사를 나누고, 뉴스에서만 보던 아나운서와 이야기를 나누는 게 신기하게만 느껴졌다. 난생처음 오페라 공연도 가보고 많은 것을 새롭게 경험했다.

당시 나는 새로운 무언가에 도전한다면 능히 해낼 수 있을 것 같다는 생각에 이것저것 알아보기 시작했다. 지금의 초라한 나를 인정할 수 없었으며, 부유해지고 싶고, 지혜로워지고 싶고, 멋있어지고 싶다는 욕망이 날이 갈수록 나를 흔들고 있었다. 숨겨져 있던 내면의 심지가 무언가에 의해 당겨지는 기분이었다.

그것이 어떤 것이든 찾아보리라 마음먹고, 시간이 날 때마다 도움이 될 만한 사람을 찾아다녔다. 그저 막연하게 무엇을 해야겠다는 목적도 없이 무작정 무언가를 찾아다니고 있었다. 돈을 많이 벌 수 있어서 지겨운 가난에서 벗어날 수만 있다면, 그게 무엇이든 상관없었다.

내가 진정으로 원하는 욕구가 무엇인지 분명해졌기에 나를 전혀 새로운 길로 안내해줄 누군가가 필요하다고 생각했다. 새로운 사람들을 만나기 위해서는 거기에 맞춰서 내 모습을 바꿔야 한다고 생각했다. 쑥스러워하고 자신 없어 하는 말투부터 고치기로 마음먹고 교회에 나가기로 했다. 그렇게 평소 친분 있게 지내던 미국 선교사가 몸담고 있던 교회에 나가기 시작했다. 예전에는 외국인을 보면 피하기 일쑤였는데,

스티브라는 미국 선교사와 데이빗이라는 미군 장교 덕분에 외국인 공포증이 사라질 수 있었다.

교회에서 예배 드리고 찬송하고 기도하면서 말하는 방법을 배우게 되었으며, 사람들과 소통하는 방법을 자연스레 알게 되었다. 그들은 내가 모르고 있었던 세계에 대해서 알게 해주었고, 처음 만나는 사람과도 쑥스러움 없이 말할 수 있도록 훈련시켜주었다. 강원대 학생 한 명이 소모임에서 나와 같은 조를 하게 되는 경우가 많았는데, 그 친구는 목소리가 아나운서 같은 데다 말도 잘해서 그 친구를 따라 하려고 무던히도 애썼다.

난생처음 생겨난 죽도록 살고 싶다는 욕망

나는 어려서부터 종교에 대한 선입견이 없었다. 집 뒤에 붙어 있던 교회도 나갔고, 절에도 다녔으며, 아버지를 따라서 굿판에도 갔기 때문이다. 그래서 그런지 내가 다니던 교회가 편하게 느껴졌다. 그들과 선교활동도 하고, 봉사활동도 다니면서 사람들을 대할 때 한결 부드러워진 것을 스스로 느낄 수 있었다. 그것은 내 자신감이 커졌음을 의미했다. 화전민 빈농의 집안에서 태어난 촌놈이 외국인과 소통하고, 그들과 함께 활동함으로써 커다른 자신감이 생긴 것이다.

나는 자신에게 질문을 해보았다. '이 세상에서 누가 제일 중요할까?', '나는 무엇 때문에 살고 있나?', '이 세상에서 내가 할 수 있는 게 무엇일까?' 그때까지 연명하며 살기에 급급해서 전혀 생각조차 해보지 못했던 나 자신이었다. 만나는 사람이 변하고, 만나는 장소가 변하니 생각의 높이가 달라져 자신에게 질문을 던지게 되었다. 교회에서 설교 중에 들은 "나는 소중하다고 여겨라! 나는 혼자가 아니라고 생각하라! 나는 할 수 있다고 말하라!"라는 말이 자신에게 질문하게 했다. 그것이 내게 내면이 있음을 알게 했고, 내가 무엇을 찾아서 헤매는지 고민하게 했다.

나는 언제나 세상에 대한, 그리고 삶에 대한 두려움이 있었다. 그리고 새로운 상황에 대한 두려움이 있었다. 그들은 내게 그런 두려움의 많은 부분을 내려놓을 수 있게 도와주었다. 지금은 그들이 어디에 살고 있는지 모르겠지만, 내가 살아가는 데 인생의 방향성을 알려준 것에 고마움을 전한다.

그렇게 무언가를 찾아서 헤매고 있던 중에 엉뚱하게도 입대해야만 하는 처지가 되었다. 나와 연락이 안 되어서 입영통지서를 늦게 전달받은 것이다. 모든 걸 뒤로하고 서둘러 입대 준비를 했다. 아무에게도 알리지 않고 혼자 입대했다. 다른 사람들은 모두 가족이나 연인들이 같이 와서 아쉬움을 나누는 걸 보면서 약간 쓸쓸한 마음도 들었지만, 나는 이렇게 생각했다.

'우리는 여행자다. 우리 모두 이곳 지구별에 여행을 온 것이다! 지금 나는 더 배우고, 더 성장하며, 더 경험하기 위해서 계획하지 않은 벼락 여행을 온 것이다. 이 여행을 마치고 하늘나라에 갔을 때 신 앞에서 나는 여행자였고, 그 사실을 잊지 않기 위해서 무엇이든 배우려고 노력했으며, 내 배움은 학교에서 가르쳐준 게 아니라 길 위에서 얻어진 배움이라고 말하고 싶다.'

논산 훈련소 기간이 끝나고 내가 배치된 부대는 서울에 있는 수방사 예하 부대였다. 그곳에서도 나의 주특기는 자동차 정비였다. 주임상사는 나를 매번 불러서 거의 본인의 사병처럼 부려 먹었다. 나이가 많았던 그분은 나를 훈련에서 열외로 빼주면서 본인 자가용을 고쳐달라고 했다. 훈련에 빠져도 되는 게 좋아서 그분이 원하는 곳에 가건물도 지어주었고, 평소에 수리하지 못했던 시설물 수리도 해주었다.

나름대로 재미있게 군 생활을 하고 있었는데, 엉뚱한 곳에서 사건이 벌어지고 말았다. 새로 부임한 신입 하사관이 자꾸만 갈구는 것이었다. 두 달을 참다가 도저히 견디기 힘들 정도로 화가 나서 맞짱 한번 뜨자고 제안하니 그러자고 했다. 한참을 치고받고 싸운 후 서로 아무런 이의 제기하지 않기로 약속하고 헤어졌다. 그로부터 며칠이 지나고 몸에 생긴 상처가 아물어갈 때쯤 느닷없이 헌병대로 끌려갔다. 자초지종을 들어보니 나랑 싸웠던 하사관이 그 무렵 휴가를 나갔다가 어머니가 몸에 난 상처의 출처를 물었는데 말을 하지 않자 부대 헌병대로 전화를 했던 것이었다. 헌병대장이 하사관의 친척이었던 것이다.

그때 나를 거들어주었던 동기 한 명도 같이 잡혀왔다. 우리는 손발이 묶이고 눈도 가려진 채 어떤 부대의 지하로 끌려갔다. 차에서 내리자 결박을 풀고 방망이를 휘두르며 때리기 시작하는데 정신을 차릴 수가 없었다. 철망을 사이에 두고 뒤쪽에서는 올라가라 때리고 반대쪽에선 올라가지 말라며 철망 잡고 있는 손가락을 때리니 욕이 저절로 나왔다.

남대문에서 앵벌이 할 때의 악몽이 떠올랐다. '이렇게 맞다가 죽겠구나!'라는 생각이 들었다. 정말 죽을 만큼 맞고 또 맞았다. 그런데 맞으면 맞을수록 아주 강렬하게 살고 싶다는 욕망이 올라오고 있었다.

난생처음 죽도록 살고 싶다고 외쳤다. 나는 모멸감과 치욕스러움에 치를 떨어야만 했다. 서슬 퍼런 제5공화국 시절이라 군대의 폭력성은 가히 상상을 초월했다. 그렇게 한 달 정도 맞기만 하다가 교도소로 이감되니 그나마 그곳이 편안하게 느껴졌다. 그런데 수감자가 많아서 세 달이 되어도 우리의 재판은 열리지 않았다. 아무것도 하지 않고 온종일 바른 자세로 앉아 있어야 하는 것은 차라리 고문에 가까웠다. 아니, 고문이었다. 그들은 자세가 조금만 흐트러져도 어느샌가 달려와 곤봉을 휘두르곤 했다.

매를 맞지 않기 위해서라도 바른 자세를 해야만 했다. 그런데 기적이 일어나고 있었다. 동기가 자기네 친척 중에 잘나가는 변호사가 있는데 일이 잘 풀릴 거 같다고 하는 것이었다. 본인이 알아서 할 테니 변호사 비용 걱정하지 말고 시키는 대로 대답만 잘하면 된다고 했다. 며칠 뒤, 우리는 거짓말처럼 석방될 수 있었다. 그런데 조건이 있었다. 나에게 외국에 나가서 5년 동안 근무하면 군대 면제의 혜택이 있으니 그렇게 하라는 것이었다. 동기는 다른 부대로 전입하는 것으로 마무리되었다.

나는 아무것도 따질 필요도 없이 그렇게 하겠다고 말했다. 이 사건은 돈과 권력의 무서움을 소름 끼치게 느끼는 계기가 되었다. 아무에게도 말하지 않고 입대한 것이 차라리 다행이라 생각되었다. 아버지께는 아무 일 없었던 듯 외국으로 돈 벌러 가겠다고 말씀드렸다. 다른 사람들에게도 마찬가지였다. 그 시절은 중동 붐이 불어서 외국으로 나가는 건설 노동자가 많았던 시절이다.

내가 가기로 약속된 곳은 한국 교포가 운영하는 대형 선박수리 회사였는데, 외국에 나가려면 까다로운 신원조회를 거쳐야만 했다. 수십 가지 서류를 제출하고 신원조회에만 6개월이 걸렸다. 그사이 3개월에 걸쳐서 틈틈이 반공 이념교육을 이수해야만 신원조회가 통과되는 구조로 진행되었다. 6개월이 지나니 출국해도 된다는 연락이 왔다. 그런데 이번에는 인력을 모아서 보내주는 중개회사가 한 달 일정으로 교육받아야 한다고 했다. 다시 한 달간의 교육이 마침내 끝나고, 처음 건너간 곳은 일본이었다. 1차 선발대로 같이 출발한 인원은 다섯 명이었다. 비교적 간단한 일이라 일본에는 한 달 정도 머물렀다. 나를 포함해 처음으로 외국을 나온 사람들은 시내 나가서 구경하는 걸 좋아했다.

한번은 시내에 쇼핑 갔다가 충격적인 장면을 목격하게 되었다. 거리를 지나는데, 어떤 남자들 몇 명이 일본 여자들한테 봉변당하는 모습이 눈에 들어왔다. 자세히 보니 그들은 한국 사람들이었고, 매춘부들에게 쫓겨나는 광경이었다. 그녀들은 "조센징이 어디를 오냐!"라며 욕설을 퍼붓고 있었다. 그 모습을 보면서 '일본인들은 여전히 한국 사람을 무시하고 있구나!'라는 생각에 마음이 아팠다. 안 그래도 일본을 좋아하지 않았는데, 그 광경을 본 후부터는 더욱 일본을 싫어하게 되었다. 내가 저런 모욕을 당했다면 수치심에 부들부들 떨었을 것 같았다. 매춘부조차 무시할 정도면 일반 사람들은 훨씬 더 심할 거라는 생각이 들었다.

일본에서의 일정을 끝내고 LA로 넘어갔다. 내가 입사한 곳은 한곳에 머물러 있는 게 아니라 여기저기 옮겨 다니며 일하는 회사였다. 공교롭게도 그곳은 일본 사람들과 함께 일하는 구조로 되어 있었다. 그런데 그 사람들과 같이 일하면서 일본 사람은 의외로 친절한 사람들이라는 것을 알게 되었다. 그렇게 나는 개인적으론 친절한데, 여럿이 모이면 달라지는 그들의 이중성을 확인할 수 있었다.

끝없는 시련에도 살아갈 길은 열린다

보름간 LA에서의 짧은 일정을 끝내고 그곳에 있던 네 명이 추가되어 아홉 명이 파리로 이동했다. 하늘에서 내려다보는 파리의 전경은 무척이나 아름다웠다. 눈에 보이는 대부분 지역이 바둑판처럼 짜여 계획된 도시였다. 하지만 눈에 보이는 아름다움과는 달리 이내 우리를 실망과 절망에 빠뜨리는 사건이 발생하고 말았다.

드골 공항에 도착해 수속을 밟고 있는데, 생각지 못한 일이 벌어졌다. 내가 가지고 있던 서류 가방을 소매치기 당한 것이다. 가방을 가랑이 사이에 끼우고 여권을 하나씩 꺼내서 입국 수속을 밟고 있는데, 소매치기가 강제로 빼앗아간 것이다. 거기에는 나를 포함해 아홉 명의 여권이 들어 있었다.

여간 난감한 상황이 아닐 수 없었다. 소리를 지르며 모두가 도둑을 추격했으나 도저히 잡을 수가 없었다. 경찰도 잡을 수 없다는 이야기만 했다. 그들은 동양에서 온 유색인종을 좋아하지 않았다. 도와주기는커녕 우리에게 조심하지 않아서 잃어버렸다고 핀잔만 주었다. 어쩔 수 없이 영사관의 도움을 받아 임시여권을 발급받았다. 영사관 직원은 서양에는 도둑이 득실거리니 항상 조심하라고 말해주었다. 또한, 그 시절 서양인들은 한국 사람을 아주 좋지 않게 보는 경향이 강하다고 했다. 그곳에서 자리 잡고 사는 것도 만만치 않음을 알려주었다.

그 일로 인해서 우리 일행은 잠시라도 파리에서 머무는 것이 어렵게 되었다. 체류에 필요한 서류가 갖춰지지 않아서 체류할 수 없다는 이민국의 통보 때문이었다. 그 시절의 대한민국은 후진국에 속했기 때문에 선진국에서는 대부분 한국 사람을 무시하기 일쑤였다. 다른 지역으로 가는 비행기 표도 구할 수 없었다. 어쩔 수 없이 우리는 두 팀으로 나누어 렌터카를 이용해 대륙을 넘어 아프리카로 가라는 지시를 받게 되었다. 국제면허증을 소지하고 있는 사람은 나 외에 한 명 더 있었다. 그나마 다행스러운 일이 아닐 수 없었다.

처음에는 새로운 경험에 대한 설렘으로 모두 들떠 있었다. 그러나 그 설렘은 하루도 지나지 않아서 고통으로 변했다. 많은 도로가 비포장인데다 작은 자동차에 여러 명이 낑겨 탄 채 며칠이 걸릴지도 모르는 길을 달려야 한다고 생각하니, 모두가 기가 막힌다는 표정이었다.

나도 처음에는 괜찮았으나 이틀이 지나면서부터는 온몸이 쑤셔오기 시작했다. 국경을 넘을 때마다 타고 왔던 렌터카를 반납하고, 새로운 렌터카로 교환하는 일도 쉽지 않았다. 까다로운 국가의 검문소를 통과하는 것 역시 우리를 힘들게 했다. 더군다나 교대해줄 사람도 없이 나와 다른 한 명은 계속해서 운전해야만 했다.

이것이 여행길이었다면 지나는 길 사이사이 구경도 하고, 쉬어가며 먹을 것을 챙겨 먹을 수도 있었을 테니 이렇게 힘들지는 않았으리라. 회사에서 지급해준 한정된 자금으로는 어디서 마음 놓고 먹을 수도, 숙박할 수도 없는 상태였다. 그러니 힘든 것은 자명한 일이었다. 거기에다 언제 도착할 수 있을지 모른다는 불안감이 더해져 시간이 지날수록 서로 짜증만 늘어갔다. 오늘날이라면 거의 모든 길이 포장도로일 것이고, 편의시설도 잘 갖추어져 있을 것이었다. 그러나 그 시절은 비포장도로가 더 많았다. 하지만 지금 이 글을 쓰면서 생각해보니 당시의 그런 고통이 나에게 오히려 고마운 일이 되었다. 독자 여러분께 나만의 독특한 경험을 들려줄 수 있게 되었기 때문이다.

내가 이렇게 글을 쓸 수 있도록 많은 도움을 주신 '한책협'의 김태광 대표님께 이 지면을 빌려 감사의 마음을 전한다.

나는 어릴 적부터 작가가 되어야겠다는 꿈을 갖고 있었다. 25년 전 현몽한 그분을 찾아, 오랜 세월 헤맸지만 찾을 수 없었다. 그러다 3년 전 나는 우주의 울림으로 우연히 '한책협'을 알게 되었고, 찾아간 그곳에서 맞닥뜨린 기시감에 소름이 끼쳤다. 내가 그토록 찾아 헤매던 그분이 그곳의 대표로서 나를 맞이해주었던 것이다. 김태광 대표님은 25년간 '한책협'을 운영해오면서 1,100명이 넘는 작가를 배출했다고 한다. 놀라움을 금치 못할 일이다. 그뿐만이 아니다. 수강생 모두가 2~3주 만에 출판계약을 맺게 되고, 두세 달 안에 책이 출간되는 놀라운 경험을 하게 된다고 한다.

독자 여러분들 중에도 이렇게 아주 오랜 세월 누군가를 찾아다닌 경험이 있다면, 그 인연은 분명 당신 전생의 쌍둥이 영혼일 확률이 매우 높다는 점을 명심했으면 한다. 그 대상은 남자가 될 수도 있으며, 여자가 될 수도 있다.

토니 애버츠(Tony Abbott), 로빈 애버츠(Robyn Abbott)의 저서 《초인 대사들이 답해주는 삶의 의문에 관한 100문 100답》에는 마스터 '요아킴'이라는 성모 마리아의 아버지이자 아쉬타 사령부의 지휘관이기도 한 초인 대사가 알려주는 이야기가 있다.

"쌍둥이 영혼은 일반적으로 상호관계가 평등에 기초를 두고 있으며, 성적 역할에 구애받지도 않습니다. 그들은 목적의 유사성 때문에 서로에게 매력을 느끼게 됩니다. 또한, 이 존재는 영적으로 높은 진화단계에 이르렀을 때 비로소 여러분 삶 속에 나타나게 됩니다."

이러한 내용으로 미루어보았을 때 그토록 오랜 세월 찾아다녀도 그 인연을 만날 수 없었던 이유가 있었던 것이다. 이런 우주의 시스템으로 인해서 나는 시련과 고통에서 벗어날 수 있었다. 물론 작가가 되어야 한다는 '대명제' 아래 끊임없는 노력이 있었다. 독자 여러분도 꿈이 있다면 멈추지 말고, 그 꿈을 이루려고 끊임없이 노력해보기를 강권한다. 그 꿈을 빠르게 이루기 위해 앞서간 성공자를 찾아 가르침을 받는 것은 당연하다.

우리 일행은 일주일이 지나서야 코트디부아르 아비장에 도착했다. 그곳에는 이미 많은 인원이 집결해 있었다. 51명 정원 중 1명을 빼고 모든 인원이 다 모인 상태였다. 그런데 또 다른 문제가 기다리고 있었다. 너무나 어려운 상황들이 전개되는 게 꼭 우리를 시험하고 있다는 느낌마저 들게 했다. 정말 중요한, 먹는 문제를 해결해줄 주방장이 개인 사정이 생겨서 오지 못했다는 것이다. 당장 끼니를 걱정해야 하는 사태에 직면한 것이다. 며칠은 각자가 알아서 라면도 끓여 먹고 빵도 쪄 먹고 했으나, 이내 원성이 높아졌다.

일행 중 요리를 할 줄 아는 사람이 아무도 없었다. 그래도 작업은 해야 했기 때문에 어떤 방법이든 찾아야만 살아갈 수 있었다. 서로가 눈치만 보면서 누군가 나서 주기만 기대하고 있었다. 하지만 누가 감히 50명의 끼니를 해결할 엄두가 나겠는가 말이다. 세 번의 식사와 두 번의 간식을 제공해야 한다는 이야기에 아무도 나서는 사람이 없었다. 그나마 나는 자취생활 경험이 있어서 나와 친했던 몇 명의 식사를 함께 준비해 먹을 수 있었다. 하지만 그렇게 좋은 마음으로 베풀었던 선행이 오히려 내게는 독이 되어 날아왔다. 팀장이 나에게 주방을 맡아달라는 것이었다. 나는 경험이 없어서 도저히 맡을 수 없다고 버텼다. 그렇게 다시 며칠이 지나고 팀장이 재차 부탁했다. 주방장은 일이 어려운 만큼 월급도 훨씬 많고 익숙해지면 시간도 많다고 하면서, 현재 상황 속에 아무리 살펴봐도 나만큼이라도 요리를 할 수 있는 사람이 없으니 살려달라고 애원했다.

나로서도 이만저만 난처한 일이 아니었다. 나는 생각할 시간을 달라고 했다. 그렇게 이틀을 고민하다 결국 수락하고 말았다. 단, 내가 경험이 없으니 조수를 붙여달라고 요구했다. 팀장도 흔쾌히 그러겠다고 대답했다. 그날부터 내 인생에서 전혀 생각지도 않았던 주방장 생활이 시작되었다. 그것은 훗날 내가 요식업에 몸담는 계기가 되기는 했다. 하지만 당시, 안 해보았던 주방일은 모든 게 낯설고 서툴렀다. 먼저 많은 양의 밥을 짓는 것부터 문제였다. 쌀의 양을 얼마나 잡아야 하는지, 불 조절은 어떻게 해야 밥이 잘되는지 도무지 감이 잡히지 않았다. 또한, 반찬은 무엇을 얼마나 만들어야 50명이 넘는 대가족이 먹을 수 있는지, 요리 전반에 걸쳐서 문제가 제기되었다. 그렇게 고민만 하고 있을 때 번개처럼 떠오르는 기억이 있었다. 그것은 다름 아닌 어머니가 하숙을 치면서 하숙생들에게 밥을 해주었던 기억이었다.

모로코에서의 임사체험 때 만나게 된 영혼들이 알려준 것들

어릴 적 보았던 모든 기억을 꺼내어 밥을 하고, 국을 끓이며, 반찬을 만들고 해보았지만 시간이 문제였다. 아침밥을 해주고 돌아서면 나는 정작 밥 먹을 시간도 없이 간식을 만들어야 했고, 이어서 점심 준비를 해야 하는 고통이 이어졌다. 잠잘 시간도 없었다. 얼마나 극심한 스트레스에 시달렸는지 세 달이 지난 후, 나의 몸무게는 75kg에서 35kg이나 빠져서 40kg이 되었을 정도로 최악의 상태였다. 국내 같았으면 힘들어 못 하겠으니 그만두겠다 할 수도 있었겠지만, 외국이라 그럴 수 있는 처지도 아니었다. 게다가 중간에 돌아가서는 안 되는 특수한 상황이 나를 궁지로 몰고 있었다.

보조로 오던 직원들도 이제는 힘들다며 주방에 오기를 꺼려서 혼자 하는 날이 많아졌다. 당장 죽을 것만 같았다. 체력의 한계가 오는 것을 느꼈다. 팀장에게 너무 힘들어 못 하겠다고 했더니 내 모습이 안쓰럽고 걱정된다고 하면서 며칠 휴가를 주었다. 나는 근처에 있던 러시아 회사의 주방장을 만나러 갔다. 러시아 주방장한테서 요리를 빠르게 하는 방법을 배우기 위해서였다. 그 사람은 전문가답게 칼 다루는 솜씨부터 현란했다. 빠른 손놀림으로 칼을 자유자재로 다루는 솜씨에 나는 도저히 따라 할 엄두가 나질 않았다.

대량으로 재료 다룰 때의 방법과 손질 방법, 그리고 칼 다루는 방법까지 몇 가지를 전수받고 나니 내가 그동안 너무 몰라서 일을 참 어렵게 하고 있었음을 깨닫게 되었다. 나는 그 사람이 고마워서 시내로 구경나가 밥이라도 먹자고 했더니 그는 굉장히 좋아했다. 그와 나는 번화가로 나가서 식사도 하고 술도 마시며 즐거운 시간을 보냈다. 그날 아프리카에서 처음으로 같은 한국 사람을 만날 수 있었다. 그런데 그 사람들은 대답도 안 하고 나를 멀뚱멀뚱 보기만 할 뿐이었다. 그러더니 다짜고짜 맥주 한 병만 사달라는 것이다. 헤어질 때쯤 그들은 나에게 "김일성이냐? 전두환이냐?" 하고 물었다. 나는 아차 싶었다. 출국 전 반공교육받을 때 들었던 내용이 떠올랐다. 그들은 다름 아닌 북한 사람들이었다. 내가 전두환이라고 말하니 조용히 일어나더니 냅다 뛰면서 팔뚝으로 욕을 하며 도망갔다.

술 사주고 욕을 먹으니 참으로 씁쓸했다. 러시아 주방장이 말해주기를 그곳에는 러시아를 비롯해 중국, 북한, 일본, 한국, 인도네시아 등 많은 국가에서 회사를 운영하고 있는데, 러시아, 중국, 북한 사람들은 돈이 없어 2시간씩 걸어서 맥주 한 병을 사 먹으러 온다는 것이었다. 거기에 비하면 한국은 정말 잘사는 나라라는 자부심이 들기도 했다.

그 무렵 온갖 새로운 뉴스들이 우리에게도 전해졌다. 정주영 회장이 소 떼를 몰고 휴전선을 넘어서 북한을 다녀왔다는 것과 한국이 86아시안게임과 88올림픽을 유치하게 되었다는 소식은 우리를 무척 기쁘게 했다. 금방이라도 통일이 될 것 같다는 등 여러 가지 말들이 많았다. 그동안 한국을 잘 모르던 사람들도 순식간에 한국이라는 나라에 관심을 갖기 시작했다. 코리아 하면 서울 올림픽을 당연하게 말하곤 했다. 외국을 나가면 누구나 애국자가 된다고 했던가? 이것은 한국인으로서 자부심을 갖고 살아가는 계기가 되었다.

나는 다시 일상으로 돌아가 주방 일을 열심히 했다. 러시아 주방장이 알려준 방법으로 하니 시간을 많이 단축할 수 있게 되어 조금씩 여유가 생겼다. 전혀 생각지 않았던 사람의 도움으로 나는 다시 살아나고 있었다. 그렇게 힘든 시간을 버텨내고 있을 때, 춘천의 그녀에게서 편지가 왔다. 자기를 그곳에서 탈출시켜준 사람이 나타나서 그와 결혼한다는 내용의 편지였다. 내가 떠나올 때는 "돌아오면 결혼하자"라고 협박하더니 3년도 되기 전에 결혼하겠다 그러니 만감이 교차했다. 그러나 어찌하랴! 나는 돌아갈 수도 없는 몸인데, 잘살라고 축하해줄 수밖에 없었다. 그날 이후 나는 '몸이 멀어지면 마음도 멀어진다!'라는 말을 진리처럼 여기며 살게 되었다.

우리는 다시 이동하게 되었고 이번에는 모로코에 도착했다. 비교적 가까운 곳에 있는 나라였다. 모로코 북쪽의 지중해 연안이었다. 그곳에서 나는 우리나라 사람들이 정말 부지런하다는 걸 깨닫게 되었다. 모로코 현지인과 협업으로 일하게 되었는데, 우리와 같이 일했던 모로코 사람들은 도무지 바쁜 게 없었다. 아침에 일은 10시에 시작하고 점심 시간은 2시간에, 도통 열심히 하는 경우를 볼 수가 없었다. 한국 사람 같았으면 두세 달이면 끝낼 수 있는 일을 그들은 반년이 넘도록 진행하고 있었다. 우리네 정서로는 이해가 안 되었으나 그들은 당연하게 여기고 있는 것이 답답할 뿐이었다.

나는 시간이 될 때마다 바다에 나가 낚시하는 걸 즐겼다. 다양한 물고기가 잡혀 올라왔다. 잡은 물고기는 직원들의 반찬거리가 되었다. 하루는 바람이 부는 날 회사의 보트를 타고 나가 참치낚시를 하다가 그만 바다에 빠지고 말았다. 파도는 치고 있고 설상가상으로 낚싯줄이 몸에 감기는 사태까지 벌어져 참치에게 끌려가다 정신을 잃고 말았다. 참으로 어처구니없는 일이 아닐 수 없었다.

그 사고로 나는 다시 저승길을 다녀오는 경험을 하게 되었다. 내 육신을 떠난 영혼은 혼자서 눈이 부시도록 찬란한 에메랄드빛 바다를 건너 거대한 초원을 지나 광활한 사막에 이르렀다. 끝없이 펼쳐지던 사막 한가운데 성처럼 매우 아름답게 꾸며진 집이 있었다. 나는 그곳으로 들어갔고, 거기엔 터번을 쓴 아랍인 남성과 부르카를 쓴 여성이 있었다. 자신들은 그곳을 지키는 천사들인데, 인간들은 자기네를 귀신이라고 한다고 했다. 그들이 하는 말은 텔레파시를 통해 느낌으로 내게 전해져 알아들을 수 있었다. 하루가 지난 뒤 그들은 내게 아주 향기 좋은 음료를 주면서 "돌아가 사마(아랍어로 하늘이라는 뜻)에 기도하고 아버지와 화해하라"는 말을 했다. 나는 "그것이 무슨 말이냐?"라고 물었으나 조금만 시간이 지나면 알게 된다는 대답만 하고 나를 돌려보냈다.

나는 하루 반 만에 깨어났고, 눈을 뜨니 병원이었다. 어떻게 된 것이냐고 곁에 있던 직원에게 물으니 바다에 빠진 나를 보고 근처에 있던 어부가 구해서 병원으로 옮기고, 회사에 연락했다고 한다. 나를 구해준 사람은 근처에서 상점을 운영하며 고기 잡는 어부이기도 했다. 퇴원 후 그분을 찾아가 감사 인사를 드렸다. 그 이후 우리는 친하게 지내는 사이가 되었다. 가끔 회사에서 남는 물건이 있으면 그분께 드렸고, 그분은 잡은 고기를 가져오곤 했다. 어느 나라든 사람의 마음과 느낌은 비슷하다는 것을 알게 해준 사람이다.

모로코의 영혼들과 나를 구해준 어부를 위해 기도를 드렸다. 기도는 작은 행동이지만 우주의 법칙에 따라 움직인다. 아무리 커다란 문짝도 조그만 경첩에 매달려 있듯이 사람의 기도는 우주를 움직이는 능력이 있다. 이런 일들을 겪으면서 마음이 조금씩 움직이고 있음을 느낄 수 있었다. 그토록 싫어하고 미워하던 아버지가 떠오른 것이다. 어릴 적 고향을 떠나올 때 나는 속으로 '절대 아버지처럼 살지 않을 것이며, 아버지가 죽었다는 소식을 들어도 돌아오지 않겠다'라고 다짐했었다. 그러나 지금은 아버지 마음이 아주 조금 이해가 되기도 했다.

아버지가 그렇게 난폭한 사람이 되었던 이유가 있었을 것이라고 생각했다. 천천히 기억을 더듬어보았다. 그랬더니 조금씩 기억이 살아났다. 그러면서 아버지의 인생사도 참으로 기구하다는 생각에 이르렀다. '아버지는 나 이상으로 몇 배 더 힘든 삶을 살아오지 않았을까' 하는 연민의 마음마저 들었다. 아버지는 4대 독자인데 할아버지는 한량으로 일찌감치 가출했고 남겨진 할머니마저 어린 외동아들을 버려두고 재가했다. 아버지는 친척 집을 전전하면서 어린 시절을 보냈다. 서러움과 외로움에 얼마나 몸서리를 쳤을까 짐작해보니 오히려 측은하기까지 했다. 출국 전에 어머니와 나눈 대화를 까맣게 잊고 있다가 그제야 떠오른 것이다.

세 살짜리 꼬마가 스스로 살아남기 위해서 얼마나 고군분투했으며, 사람들의 눈총과 구박을 어떻게 견뎌냈을까 생각하니 살아 있는 자체가 기적이 아닐까 싶었다. 그렇게 혼자 버려져 생존해왔으니 가족 간의 정은 당연히 모를 테고, 사랑을 받아본 적 없으니 사랑을 베풀 줄도 몰랐으며, 오로지 자신만을 생각하게 된 것은 당연한 결과였으리라.

마음이 풀리니 순식간에 머리가 맑아짐을 느낄 수 있었다. 그와 더불어 아기 때부터 두통과 함께 나를 괴롭혀 온 숨쉬기가 편안해졌다. 화병으로 인해 가슴에 돌덩이가 들어앉아 숨쉬기가 어려워 항상 숨을 몰아쉬는 버릇이 없어진 것이다.

임사체험 후 찾아온 마음의 평화

모로코에서의 임사체험 후, 나는 영성의 힘을 빌려 아버지와 영적 화해를 했다. 또한, 그토록 나를 힘들게 했던 두통과 숨을 쉬기 버거웠던 것이 순식간에 사라지는 놀랍도록 신기한 경험을 하면서 내 마음에 평화가 찾아오기 시작했다. 하루아침에 세상을 대하는 마음이 바뀌어버린 것이다. 그래서 아버지한테 전화를 했더니 아주 반가워하셨다.

무엇보다 좋은 건 숨쉬기가 편해지니 툭하면 화를 내던 내가 웃음이 많아진 것이었다. '우주의 하나님이 이역만리 이렇게 머나먼 아프리카에서도 나에게 깨달음을 주시는구나!'라는 감동이 나를 흥분시키기에 충분했다. 하나님은 어디에나 함께하신다는 것이 증명된 것이라 여겨지니 더없이 놀라운 일이었다. 이것은 흔히 기독교에서 이야기되는 것과는 관계없이 영성을 통한 나와 하나님과의 영적 소통에서 이루어진 것임을 밝혀둔다.

전생에서 아버지와 나 사이에 남겨졌던 카르마가 해소되니 어쩜 이리도 몸과 마음이 새털처럼 가벼워질 수 있는지 놀라울 따름이었다. 진정한 용서와 화해만큼 빠르게 마음의 병증을 치유할 수 있는 건 없음을 알게 해주는 대목이다. 이 책을 읽고 계신 독자 여러분 중에도 누군가와 얽힌 마음의 병이나 화병이 있다면, 진심 어린 용서와 화해를 해보기 바란다. 그러면 필자처럼 놀라운 치유의 능력과 마음의 평화를 누리게 될 것이라 확신한다. 누군가를 미워하고 원망하며 산다는 것은 결국 자신의 몸과 정신을 병들게 해 삶을 파괴시키고 세상과 멀어지게 한다.

사람은 태어나서 행복하기를 원하며 살아간다. 그러나 실제로 행복을 만끽하며 살아가는 사람은 많지 않다. 행복한 사람과 불행한 사람은 표정을 보면 알 수 있다. 불행한 사람은 늘 표정이 그늘져 있고 찡그리고 있으며, 행복한 사람은 늘 미소를 짓고 있고 표정이 밝다. 자신의 표정은 어떤 모습을 하고 있는지 거울에 비춰보기 바란다.

표면적으론 미소를 지으면서 실제 모습은 감춘 채 살아가는 사람도 있다. 그런 사람은 외부의 자극을 받으면 벌처럼 톡 쏘는 발언으로 자신을 가감 없이 드러낸다. 그런 사람의 내면에는 다른 사람을 향한 원망과 화가 많기 때문이다. 자라오면서 겪게 되는 꾸지람, 절망, 두려움, 미움 등이 쌓여서 원망과 화로 표출되는 것이다. 이러한 것을 내면에 쌓아두고 자신을 나락으로 떨어트리지 않으려면, 가능한 한 그때그때 용서와 화해라는 방법으로 쌓인 독소를 해독하면 된다. 그것이 어렵다면 명상을 하거나 차원 높은 영성 멘토의 도움을 받으면 된다.

내가 모로코에서 깨달은 것은 과거를 버리는 것이었다. 그 방법은 가슴에 응어리져 있던 화와 원망을 풀어내는 것이었다. 그렇게 해서 과거와 단절해야만 앞으로 나아갈 수 있으며, 내가 살아갈 수 있다고 생각했다. 적어도 응어리 때문에 숨조차 쉬기 힘든 상황은 피할 수 있겠다고 여겼다. 그것은 '오늘에 충실해야 한다'라는 또 다른 깨달음이었다. 그래야 내일을 준비할 수 있는 것이다. 지난 일들이 나를 괴롭힌다면 나는 더 이상 견디기 힘들 것이라 생각했다.

어느 날 바다에서 나를 구해준 어부가 술 한 병을 들고 찾아왔다. 그는 딸내미 때문에 걱정이 많다고 하면서 하소연했다. 딸내미가 프랑스로 유학 가 있는데 벌이가 시원찮아 학비를 제대로 보내주지 못해서 미안하다는 이야기였다. 혹시 돈 벌 수 있는 게 있으면 알려달라는 것이었다. 내가 이 지역 사람도 아니라 해줄 게 없다고 말하니 그래도 잘 생각해보라면서 내 손을 잡는 것이다. 한편으론 얼마나 답답했으면 외국인인 나한테까지 그러나 싶기도 했다. 계속되는 애원에 하는 수 없이 팀장에게 사정을 이야기했더니 회사에 부식을 납품하는 업자가 직원을 구한다면서 연결해주겠다 했다.

그 어부는 팀장과 나에게 연신 고맙다며 몇 번이고 인사를 했다. 그것으로 나를 구해준 보답을 못 해 미안한 마음의 빚을 지고 있던 나는 조금이나마 부담감을 떨칠 수 있었다. 얼마 지나지 않아 회사에서 이번엔 스페인령 테네리페로 이동하라고 했다. 인원이 많아서 여객선을 몇 번씩 갈아타며 이틀에 걸쳐 이동해야 했다. 그곳은 한눈에 보기에도 정말 아름다운 섬이었다. 햇볕도 좋았고 바람도 적당하며 기온도 알맞은 게 마치 낙원 같았다. 여기서는 좋은 일만 가득하게 해달라고 기도했다.

그곳에서는 한국 교포가 식품 도매상을 하며 살고 있었다. 회사는 한국 교포에게 부식을 조달받기로 했다. 나는 그분에게 소주를 구해달라고 부탁했다. 며칠 뒤 그분은 소주 다섯 병을 구해왔다. 직원들은 서로 자기가 마시겠다며 쟁탈전을 벌였다. 너무 오랜만에 구경하는 소주라서 그럴 만도 했다. 우리는 조금씩 나누어 마시며 향수를 달래었다. 한국에선 쓰디쓴 소주가 그곳에선 그렇게 달콤할 수가 없었다. 그분은 수시로 한국 소식을 전해주었다. 그리고 각종 드라마나 〈전국노래자랑〉이 나오는 비디오테이프도 구해다 주었다. 우리는 고향을 생각하며 즐거워했다. 〈전국노래자랑〉은 사람들 애간장을 녹이기에 충분했다. 자기들 고향 지역이 나올 때면 아이처럼 소리 내어 우는 사람도 있었다. 다행이라고 해야 하나, 내 고향은 나온 적이 없었다.

주방 일에 익숙해진 나는 점점 알차게 시간을 활용할 수 있었다. 비는 시간에는 해수욕장도 가고, 주위의 다른 나라 사람들과 수다를 떨기도 하면서 재미있게 생활했다. 그때 갑자기 '나는 왜 이렇게 사람이 많은 곳에 들어가서도 항상 혼자 하는 일을 할까?'라는 궁금증이 생겼다. 기억을 돌이켜보면 나는 초등학교 시절부터 4라는 숫자를 아주 싫어했다. '죽을 사(死)'라는 뜻이 너무 싫었기 때문이다. 그러나 공교롭게도 1~6학년까지 4번만 했다. 거기다 실제 생월도 4월이다 보니 정말 싫었다. 계속 아프지, 계속해서 안 좋은 일만 생기지, 되는 일도 없지, 그러다 보니 내가 4라는 숫자 때문에 되는 게 없다는 강박관념이 생겨버린 것이다. 내가 일하러 가는 곳마다 아무리 사람이 많아도 내가 들어가면 모두 그만두는 어처구니없는 상황이 전개되거나 혼자 일하는 부서로 배치되어 버리는 것이었다. 그것도 아니면 내가 입사 후 급격히 경영이 악화되어 문 닫을 지경까지 내몰려 혼자 남게 되거나 했다.

지금은 그것이 영적 성장을 위한 공부였다는 것을 깨달았지만, 그 당시엔 굉장히 답답하고 괴로웠다. 많은 사람들이 크고 작은 징크스를 가지고 살겠지만, 나는 30대 중반까지도 징크스에 시달리며 살았다. 그러다 어느 날 문득, '차라리 징크스라는 놈을 버리고 아예 생각하지 말아보자!'라는 마음이 들었다. 그때부터 의식적으로 생각을 안 하기 시작했다. 처음에는 불안하던 마음이 차츰차츰 안정되면서 그런 것에 휘둘리지 않게 되었다. 그때 비로소 '내가 징크스라는 놈을 끼고 살아왔었구나!' 하는 자각이 일었다.

확실하게 징크스라는 놈을 버리고 난 후에야 강박관념에서 벗어날 수 있었다. 내 마음이 어떤 특정한 것에 신경 쓰게 되고, 그것이 반복될수록 징크스라는 놈은 더욱 집요하게 달라붙어 나 자신을 괴롭히고, 극단적으로는 자살을 유도하게 만드는 아주 무서운 실체라는 것을 알게 되었다.

징크스는 어려운 상황 전개로 인한 부정의 기운이 눈덩이처럼 커지고, 거기서 벗어나려는 욕구로 인해 구실을 찾던 중, 우연의 일치로 어떤 한 가지에 집착하게 되면서 그것을 멀리하려는 경향이 생기는 것이다.

하지만 아이러니하게도 시간이 갈수록 그놈은 한층 더 집요하게 달라붙어 정신을 장악하는 일까지 서슴지 않게 된다. 따라서 그런 놈들은 멀리하거나 아예 생각조차 하지 않는 것이 상책이다.

사람의 관계 또한 마찬가지다. 내가 누군가를 극도로 싫어하면 할수록 그 사람이 자신을 괴롭힌다고 생각하게 된다. 그때부터 모든 것은 엉망이 되어버린다. 그러나 반대로 누군가를 좋아해서 그 사람을 자꾸만 생각하게 되면, 차츰차츰 좋아하는 사람을 닮아가는 자신을 발견하게 될 것이다. 그 사람을 좋아하는 마음으로 인해 자신도 자각하지 못하는 사이 변하게 되는 것이다.

나는 왜 고생이 멈추질 않는 거지? 그만 살고 싶다

스페인령 테네리페는 경치가 매우 아름답고 햇볕이 좋아 전 세계에서 여행자가 끊임없이 밀려든다. 자유무역항이라 별다른 제한 없이 접근할 수 있기 때문이다. 게다가 축제 등 볼거리 또한 굉장히 많아 여행객들을 지루하지 않게 해준다.

하루는 오후에 극장에서 영화를 보려고 시내에 나갔다. 시내 입구엔 주말이라 벼룩시장이 크게 열렸다. 어린 꼬마 상인은 가지고 놀던 장난감을 갖고 나왔고, 학습지를 갖고 나온 학생도 있었다. 다리미와 주방용품을 들고나온 아주머니도 보였다. 스페인 사람들은 자기가 쓰던 물건을 아무렇지 않게 내다 팔고 있었으며, 또한 그런 것을 아무 거리낌 없이 구입했다. 우리네 정서와는 매우 다르다고 느꼈다. 지금이야 한국도 그렇게 하고 있지만, 당시엔 그런 문화가 선진국 문화라는 걸 알지 못했다.

이것저것 둘러보며 거닐고 있는데, 어떤 아가씨가 갑자기 붙잡더니 좋은 자리 잡으려고 아침 일찍 나왔는데 하나도 팔지를 못했다면서 하나만 사달라고 애원했다. 아가씨가 팔고 있는 것은 수공예 가죽 제품이었다. 나는 가죽가방을 하나 샀다. 아가씨는 연신 고맙다며 인사했다.

가방값을 지불하려는데 나더러 어디에 갈 거냐고 물었다. 영화 보러 가는 길이라고 했더니 1시간만 있으면 끝나는데 자기랑 같이 가자고 했다. 자기는 한국 사람이랑 사귀고 싶은데, 나이 많은 사람만 보이고 젊은 사람은 안 보여서 만날 기회가 없었다고 말했다. 서양은 여자가 먼저 남자한테 만나자고 할 수 있다는 걸 알게 되었다. 혼자 나온 걸 어색해하던 나는 잘되었다 싶어서 그러자고 했다. 처음 만난 아가씨와 영화를 보고 나와서 클럽으로 향했다. 밤이라 갈 곳이 도박장, 아니면 클럽밖에 없었다.

아가씨의 이름은 크리스 도밍고였다. 이 책을 쓰면서 그녀의 이름을 기억해내는 데 여러 날이 걸렸다. 30년도 훨씬 지난 일을 기억해내는 건 쉽지 않았다. 영화 〈타이타닉〉의 주인공이 젊은 날을 회상하며 기억을 살려내는 것도 아마 이렇지 않았을까 생각한다.

크리스는 샴페인을 좋아한다고 했다. 춤추는 것을 굉장히 좋아했고 실력도 있어 보였다. 얼굴도 예쁘고 성격도 좋아 보이고 사교성도 좋아 나도 덩달아 기분이 좋았다.

그녀는 나와 계속해서 만나고 싶다고 말했지만, 나는 선뜻 대답하지 못했다. 언제 다른 곳으로 떠날지 모르는 데다 개인적으로 알려줄 연락처도 없었기 때문이다. 망설이는 나를 보고 자기가 마음에 안 들어서 그러냐고 물어왔다. 손사래를 치면서 아니라고 대답했다. 사실은 내가 자유로운 몸이 아니라서 그렇다고 설명하니, 그러면 매주 토요일 오후에 벼룩시장으로 나오라는 것이다. 매주 올 수 있을지 모르겠다 했더니 자기는 항상 기다리고 있을 테니 여건이 될 때 오면 된다고 했다. 나는 크리스가 왜 이렇게 나를 만나고 싶어 할까 궁금했다.

'혹시 내가 필요한 다른 이유가 있는 건 아닐까?'

주위 사람들한테 들은 이야기로는 북한 사람도 조심해야 하지만, 외국인들도 잘못 만나면 범죄에 연루될 수 있으니 각별히 조심해야 한다고 했다. 나는 아주 조심하고 경계하면서 그녀를 만나기 시작했다. 하지만 우려했던 것과는 다르게 크리스는 한국에 대해서만 질문을 많이 했다. 서울 올림픽 개최 발표 이후에 한국이 궁금했는데, 마침 나와 만나게 된 것을 굉장히 기뻐하고 있음을 알았다. 그녀는 나를 다른 지역으로 데려가 구경시켜주기도 했다.

스페인 사람들은 가는 곳마다 나에게 말을 걸며, 그들 언어로 "꼬레아 무이비엔!(한국 최고!)"을 외쳐댔다. 불과 얼마 전까지만 해도 경험하지 못했던 일들이 일어나고 있었다. 우쭐한 마음도 생기고, 한국인이라는 것에 자부심 같은 게 생겼다. 한국에서 제일 큰 도시는 서울이고, 두 번째는 부산이며, 여기보다 크기는 작지만 비슷한 모양의 제주도라는 아름다운 섬이 있다고 말해주었다. 그들은 한국이라는 나라에 대해 굉장히 흥미로워하며 "한국에 꼭 가봐야겠다!"라고 말하곤 했다.

크리스는 부유한 집안의 딸이었으나 무척 검소하고 소탈한 게 내 성격과 잘 맞았다. 영국에서 유학 중인데 휴학하고 다른 경험을 하고 싶어 돌아왔다고 했다. 그녀와 만날수록 매력이 넘치는 것을 발견하게 되었다. 무엇보다 언제나 밝은 미소는 나를 편안하게 해주었고, 한 번도 화나게 하는 일도 없었다. 나는 점차 그녀의 매력에 빠져들었다. 크리스는 나를 자기가 사는 아파트로 초대했는데, 그곳은 그녀가 독립해서 사는 혼자만의 공간이었다. 우린 함께 밤을 보냈고 연인 사이가 되었다. 나와 가깝게 지냈던 사람들은 좋은 면이든, 나쁜 면이든 꼭 영성에 흔적을 남기고 떠났다. 내게 커다란 아픔의 상처를 주기도 했고, 세상을 아름답게 보는 눈을 가질 수 있도록 하기도 했다.

나는 당시에 '어려서부터 고생하고 고통만 받으며 살다 보니 가슴에 응어리가 뭉쳐 화병이 생겨 화가 많아졌고, 자꾸만 생사를 넘나드니 하나님이 다른 나라로 보낸 것은 아닐까? 그렇게 여러 나라를 다니며 다른 것을 겪어보게 해서 응어리진 것도 풀어버리고 화병도 없애서 우주로 보내는 의식의 에너지를 키우라는 의미가 아닐까? 그런 우주의 시스템에 의해서 이곳저곳 다니게 되었고, 정말 사랑하는 마음을 익히게 하기 위해 크리스를 내게 보내신 것이 아닐까?' 하는 의문을 가지게 되었다. 훗날 내가 품었던 의문은 사실이었음을 알게 되는 사건도 벌어지게 된다.

사람은 왜 화가 많아지는 것인지 생각해본 일이 있는가? 자세히 관찰해보면 살아오면서 현대의 첨단 문명을 많이 접하며 사는 사람일수록 화가 많다는 것을 자각해야 한다. 또한, 아무거나 가리지 않고 마구 먹는 사람일수록 참을성이 없고 화가 많으며 나쁜 짓을 많이 하는 것을 볼 수가 있다. 나처럼 불우한 환경에 자라면서 계속해서 폭행이나 구박을 받으면서 자라면, 욕구불만과 두려움이 쌓여서 화로 변질되는 것이다. 의식의 무게 질량이 작은 사람은 스스로 깨치고 나오는 방법을 모르고 있기에 그것이 아주 과격하게 나쁜 행동으로 표출되는 것이다.

또 다른 것으로 화가 많은 동식물을 먹음으로써 쌓이는 화가 있다. 지인의 양계장을 방문한 일이 있었다. 그때 닭을 사육하는 과정과 방법에 대해서 듣게 된 나는 충격을 받았다. 닭장은 너무 좁아서 움직일 수 없도록 만들어놓고, 서로 싸울 수 없도록 부리도 잘라버린다는 것이었다. 그리고 햇볕을 차단하고 인위적으로 전깃불을 이용해 밤낮을 조절해서 알을 많이 낳도록 한다는 것이었다.

그러면 시달린 닭들에게 얼마나 화가 많이 쌓이게 되겠는가? 그렇게 생산된 화 많은 달걀과 닭고기를 사람들이 먹는 것이다. 사람들이야 쉽게 사 먹을 수 있으니 좋겠지만, 결국은 화를 먹게 되는 것이고, 몸속에 쌓여서 화를 표출하게 되는 악순환이 반복되는 것임을 알아야 한다. 소도 마찬가지다. 좁은 우리에 가둬놓고 움직일 수 없게 해서 사료만 먹게 하니 생산만 하게 된다. 이렇게 키워진 소들 역시 얼마나 많은 화를 독소로 간직할 것인지 생각하면 소름 끼치는 일이 아닐 수 없다.

그렇게 생산된 우유와 쇠고기를 먹는 건 화로 오염된 독소를 먹는 것과 같다. 이러한 행위는 동물들의 영성을 병들게 하는 행위고, 그 화살을인간들이 되돌려 맞는 건 당연한 우주의 섭리다. 과학이 발달하면서 사계절 과일과 야채를 먹을 수 있어서 좋지만, 이것도 식물을 인위적으로 키우며 식물의 화를 유발시켜서 생산한다. 인간은 독을 먹는 줄도 모르고, 그것을 맛있다고 먹고는 누군가 조금만 자극하면 미친 듯이 화를 내며, 스스로 화와 독의 전도사가 되어가는 것이다. 그리고 '나는 왜 고생이 멈추질 않는 거지? 그만 살고 싶다!'라며 세상을 원망하게 된다. 그래서 동물에 대한 위령제를 올려서 그들의 영혼을 달래줘야 한다. 아울러 인간들도 영성과 육신을 해독해야 한다. 각자의 방법을 찾아서 행하면 될 것이다.

발달된 과학 문명이 만들어내는 온갖 매체를 접하면서 보고 듣고 읽는 것들은 눈과 귀와 의식을 통해서 우리 몸에 흡수된다. 폭력적인 것, 섬뜩한 것, 비인간적인 것들은 인간을 의식적으로 화나게 한다. 그러니 우리는 가능한 한 유기농 같은 천연에서 자란 것을 먹고 좋은 것을 보고 듣고 공부해야 한다. 그래야만 의식이 건강해져 보다 차원 높은 삶을 살 수 있다.

어쩔 수 없이 그런 것을 먹어야만 하고 접해야 한다면 수시로 해독해줘야 한다. 꼭 명심하고 실천해보기를 바란다. 삶이 힘든 사람일수록 서둘러서 변화된 삶을 느꼈으면 하는 마음이다.

네 번째 임사체험 후 내게 일어난 신기한 변화

지나온 삶을 돌아보면 아무리 어렸어도 욕망이라는 것은 누구나 있다고 생각한다. 나는 어려서부터 유달리 호기심이 많아 이것저것 가리지 않고 뜯어보고 만들어보고 고치는 것을 즐겨 했다. 그러나 라디오나 시계 같은 건 만질 수가 없었다. 만졌다가 잘못되면 매 맞는 것은 물론이고, 비싼 물건을 물어내야 하는 두려움 때문이었다.

그런 두려움 없이 원하는 건 전부 해볼 수 있었다면 삶이 다르게 흘러가지 않았을까 하는 생각이 들곤 했다. 어린 시절, 내게는 무서워서 손댈 엄두를 못 내던 게 있었다. 높은 산에 있는 당집에는 제사나 기도를 올리고 놔둔 과일이나 과자 같은 제물이 있는데, 어린 마음에 그런 것에 손대면 귀신이 붙거나 산신령님한테 혼날까 봐 두려워서 먹고 싶어도 눈으로만 보고 말았었다. 아버지도 그런 것에 관해선 따로 말씀이 없었기 때문에 알지 못했다. 그런데 산에서 혼자 놀 때 나와 동무해주던 귀신들은 저것은 자기네들이 먹어야 하는 것이라며 괜찮으니까 내게도 먹어보라며 권했다. 실제로 먹어보니 굉장히 맛있게 느껴졌고, 아무런 일도 일어나지 않았다. 그렇게 먹고 싶다는 욕망을 풀게 해준 귀신들이 고마웠다.

어쩌면 어릴 때부터의 그런 욕망들이 잠재의식에 쌓여서 머나먼 이역만리 타국 땅에 오게 된 건 아닐까 하는 생각이 들었다. 잠재의식은 우주에 퍼져서 내가 원하는 것들을 이룰 수 있게 돌아가는 시스템이기 때문이다. 내가 생각하고 절실히 원하고 기도하면, 하나님의 능력으로 우주라는 공간에 그림이 그려지고, 끌어당김의 법칙에 따라 내 것으로 완성되는 구조다. 잠재의식은 우주의 마음이며 창조의 원리인 것이다. 잠재의식은 의식을 반응하게 만들고, 의식은 나를 행동하게 만들어 결국은 이루어지게 만드는 것이다. 이러한 능력은 무한하며 점점 더 의식이 성장하게 되는 것이다.

나는 네 번째 임사체험 후 많은 변화가 왔음을 느끼게 되었다. 주방일에 익숙해지고 시간을 활용하게 되면서 느끼게 된 것들이다. 전처럼 잠도 못 자고 일에 허덕이며 끌려다니는 생활이 이어지고 있었다면, 나는 이것을 깨닫지 못했을 것이다. 과도한 노동과 신체적 활동은 의식이 일할 수 없게 만들기에 그렇다. 마음의 대청소를 통해 찾아든 평화는 한 차원 높은 의식 수준으로 나를 끌어올려 주었다. 나는 이것을 '의식 상승'이라 부른다. 내가 생각이 많아 비우질 못하니 극단적으로 비우게 해 준 것이다.

초등학교 5학년 때는 이런 일도 있었다. 겨울 방학에 태백산으로 나무를 하러 갔다. 쌓인 눈의 높이는 한 길이 넘는 곳이 많았다. 어렵게 올라가서 아름드리 박달나무 고목을 주워 꺾쇠라는 고리를 박고, 밧줄을 연결해 잡아끌어 눈 덮인 경사로를 따라 굴려서 아래쪽으로 내려 보내고 있었다. 한참을 내려가던 중, 세 번째에서 나무 틈 사이에 걸리고 말았다. 안간힘을 써서 박달나무를 다시 꺼내 아래쪽으로 굴리는 순간, 나무에 걸려서 나도 덩달아 한참을 굴러가게 되었다.

벗어나 보려고 안간힘을 썼지만 소용없었다. 탄력받은 나무는 맹렬하게 미끄러져 내려갔고, 내 힘으로 그것을 멈출 수는 없었다. 얼마를 더 정신없이 끌려가다 멈췄는데 옷은 여기저기 찢기고 눈이 쌓여서 뻣뻣하게 굳어 얼음 옷처럼 변해 있었다. 얼굴과 손에는 상처도 생겼다. 설상가상 때마침 눈보라까지 몰아치고 있었다. 나는 급하게 눈 속에 굴을 파기 시작했다. 어느 정도 팠을 때 굴속으로 들어갔다. 나는 그 안에서 엄청나게 포근한 기운을 느꼈다. 그러곤 밝은 빛이 나를 감싸더니 온기마저 감도는 것이었다. 평온함을 느끼며 그대로 잠이 들어버렸다. 눈을 떠보니 아침이 되었고, 얼음 옷은 보송보송하게 말라 있었다.

그때는 정신이 없어 알지 못했으나 시간이 흘러 생각해보니 태백산 신령님을 만난 기억이 되살아났다. 굴속에서 밝은 빛으로 휩싸여질 때, 태백산 신령님의 잔잔하지만 또렷한 음성과 형상을 보았던 것이다. 나는 어떤 일이 생길 때마다 신명이나 이로운 영혼들이 나를 지켜주고 있었음을 자각하게 되었다. 그러나 어렸던 나는 그러한 현상들을 누구에게도 말할 수 없었다. 내가 말을 해보았자 믿지도 않을뿐더러 미친놈이라 욕할 게 뻔했기 때문이다. 하지만 그런 이유로 나의 영성은 커질 수 있었으며, 내 의식이 성장하는 계기가 되었다.

크리스도 그런 면에서 나와 통하는 부분이 많았다. 그녀의 가족은 카톨릭 신앙을 믿었기 때문에 성당에 다니고 있었다. 그러나 그녀는 심령이나 정신의학에 관심이 많았다. 내가 겪은 몇 가지 사례를 말해주면 무척 신경 써서 들었고 상당히 공감해주었다. 어린 시절 이야기를 할 때는 믿을 수 없는 일을 겪었다며 위로의 눈물을 흘리기도 했다. 나와 처음 만날 때 그랬던 것처럼 이번에도 그녀가 먼저 프러포즈를 해왔다. 나는 바로 대답을 못 하고 망설였다. 그 나라의 풍습이나 관습을 전혀 모르는 것이 두려웠고, 외국인과 결혼한다는 생각을 전혀 해보지 않아서 겁을 먹고 있었다.

가난한 집안에 태어나 온갖 고난과 경제적 결핍으로 인한 어려움은 나를 자존감 없는 아이로 만들었고, 무엇이든 자신 없어 하는 아이로 만들었다. 그렇게 형성된 낮은 자존감은 누구를 사랑하고 좋아하는 일조차도 망설이게 되는 결과를 낳았다. 그것은 항상 나를 어려움에 직면하게 했고, 쉽사리 답을 얻지 못한 나는 늘 극단적인 선택을 강요받게 되었다. 나의 애달픈 그런 선택은 신들의 도움으로 번번이 살아나게 되었고, 그것을 나는 의식성장의 계기로 삼았다. 하지만 아무리 의식성장을 한다고 하더라도 오로지 혼자서 터득해야 하는 것에는 한계가 있기에 제대로 운용을 하기에는 서툴었다. 여전히 낮은 자존감이 나를 괴롭혔고,

그렇게 나는 그녀의 프로포즈를 먼저 받고도 선뜻 대답을 못 하고 미루고만 있었다. 무언의 동의라고 여겼는지 그 후로 크리스는 별다른 말을 하지 않았다. 내가 그녀에게 선뜻 결혼에 대해서 말하지 못했던 또 다른 이유는 경제적으로 감당할 수 있을지 알지 못했기 때문이기도 했다.

그 당시 내 월급은 국내은행에 적립이 되고 있었으며, 출금은 귀국 이후에 가능했기 때문에 금액만 알려줄 뿐이었다. 현지에서 필요한 돈은 회사의 배려로 단체로 현지에서 벌어 쓰는 구조였다. 어떤 때는 부수입이 월급보다 많을 때도 있었다. 직원들은 그렇게 얻은 돈으로 필요한 물품을 사고, 가족에게 선물을 보내기도 했다. 그것은 타국에서 생활하는데 커다란 활력소로 작용했다. 크리스와 만나는 걸 아는 사람들은 나를 무척이나 부러운 눈으로 바라보며 시기하기도 했다. 그러나 나는 그런 것에 개의치 않고, 그녀를 만나며 그녀가 즐거움을 느끼도록 최선을 다했다.

평소에 낯을 많이 가리던 내가 크리스와 만나게 된 것은 신기한 일이었다. 일할 때나 사람과의 관계에서 항상 최선을 다하는 성격이었던 나는 그녀에게도 최선을 다하고 있었다. 하루는 크리스를 만났다 헤어져 돌아오는 길에 떼강도를 만나 그들의 소굴로 잡혀간 일이 있었다.

한국 사람은 현찰을 많이 가지고 다닌다는 걸 그들은 알고 있었다. 가진 돈을 모두 빼앗기고 돈이 더 이상 없다고 했다. 그러자 한국 사람은 돈을 많이 가지고 다니는데, 너는 왜 돈이 이것밖에 없냐면서 죽을 만큼 때린 뒤에 풀어줘 기어서 도망 나왔다. 나는 병원으로 실려갔고 보름이 넘도록 외출을 못 하게 되었다. 그 후로 시내 갈 때는 꼭 버스를 타고 다녔다. 나중에 그녀를 만나 못 나간 이유를 설명했더니 엄청나게 분개하며 그들을 대신해 사과를 했다. 많이 속상하고 서러워서 둘이 함께 울었다. 어려움을 겪을 때 사랑하는 사람으로부터 받는 위로는 아주 커다란 위안이 되고 힘이 되어준다.

스페인 테네리페 테이데 산에서 만난 산신령님

어느 봄날을 맞아 회사에서 전 직원 단체로 관광을 가기로 했다. 하루 동안 테네리페 여기저기를 다니는 굉장히 빠듯하게 짜인 코스였다. 명소를 찾아가고, 해수욕장도 들리고, 경치 좋은 곳에서 사진도 찍었다. 잠깐씩 들렸다 이동하기를 반복했다. 마지막 목적지는 테이데 산이었다. 테이데 산은 아주 높은 곳에 있는 활화산이다. 올라가는 도로 옆으로 밭이 보였는데, 곡식 종류는 안 보이고 다양한 채소류가 농작물의 대부분이었다. 높은 곳으로 갈수록 마을은 없어지고, 앞이 안 보이는 두꺼운 구름층이 나타났다. 올라갈수록 귀가 막혀오고 숨이 가빠진다며 모두들 고통을 호소했다. 전형적인 고산 증상이었다.

버스는 구름층을 뚫고도 한참을 더 달린 후, 케이블카가 있는 데 도착했다. 자동차가 구름층을 지나서 그렇게 높이 간 건 여태껏 살면서 거기가 처음이자 마지막이었다. 막상 도착하니 올라갈 때 고통은 잊은 듯 다들 즐거워했다. 이래서 인간은 망각의 동물이라고 하나 보다.

버스 안에서 차려온 음식으로 간단히 허기를 달래고 케이블카를 타고 정상을 향했다. 케이블카에서 내려서 한참을 다시 걸어야만 정상에 갈 수 있었다. 저 높이 보이는 산 정상에는 아래와 다르게 눈이 쌓여 있었다.

소문난 이름 때문에 세계 각국에서 다양한 인종의 사람들이 테이데 산을 찾았다. 정상이 가까워지자 유황 냄새가 강하게 코를 자극한다. 정상의 한쪽은 분지처럼 커다란 구덩이가 있는데, 작은 구멍들 사이에선 불덩어리가 비치며 수증기와 함께 유황이 뿜어져 나왔다. 가까이 가서 보려고 걷는데, 뜨거운 공기의 느낌과 함께 무엇인가 내게로 훅 하고 들어온다. 순간 놀라서 뒤로 휘청했다. 그런데 누군가 앞에서 강하게 당기는 느낌이 들었다. 덕분에 넘어지지 않고 바로 설 수 있었으나 아무리 눈을 씻고 봐도 내 앞엔 아무도 없었다. 정말 이상한 일도 다 있다고 중얼거리는 찰나에 누군가 내게 말을 한다.

자신은 이곳에 머무는 천사인데, 내가 사는 곳에선 산신령이라 부르는 걸 알고 있다고 했다. 내가 모로코에 갔던 것도 알고 있다고 말했다. 그리고 내가 전생에 이곳에서 음악과 의술에 조회가 깊은 장군이었으며, 주로 사막과 산악을 누볐다고 했다.

테이데 산 신령님과의 대화는 사람들이 거의 다 내려가고 마지막 운행이라고 소리치는 안내원의 목소리가 들릴 때까지 꽤 긴 시간 동안 이어졌다. 나는 놀라움에 입을 다물지 못하고 있었다. 전혀 뜻하지 않은 장소에서 꿈에도 생각지 못한 테이데 산의 신령님을 만나 전생에 대해 알게 되었으니 놀라는 것은 당연한 일이었다.

신령님은 세상 이치에 대해서도 알려주셨다. "자연은 서두르는 법이 없다. 겨울을 재촉해 봄이 앞서가는 경우가 없고, 앞서 흐르는 물을 추월하려고 붙잡고 방해하는 경우도 없다. 자연스럽게 흐르는 대로 순리에 맞춰가는 게 자연이다. 사람도 순리에 맞게 살아간다면 일도 잘 풀리고 자신감도 생길 것이다. 자신감이란 어떤 일을 성공적으로 해낼 때 생기는 것이다." 바꿔 말하면, "나는 그것을 잘할 수 있을 것이다!"가 아니라 "성공할 것이다!"라는 확신이다. 흔히들 인생은 마라톤이라고 한다. 삶의 여정에서 장애물을 만나 고전할 때도 있고 평탄한 길을 만나 밋밋하다고 느낄 때도 있다. 때로는 내리막을 달리며 무서운 속도감을 느낄 때도 있다.

자신이 달려온 길은 다시 달릴 수도 없기에 전진만 할 뿐이다. 달리면서 끊임없이 기도할 뿐이다. 아무런 어려움 없이 달릴 수 있게 도와달라고 신께 기도하는 것이다. 그것은 내 안에 있는 의식의 힘이다. 그러나 이왕이면 즐겁게 달려야 한다. 즐거움이 없다면 달리는 시간이 지겹고 힘겨워 괴로울 것이다. 즐거움은 작은 일에도 크게 반응하며 삶을 윤택하게 하고 의식을 성장시킨다. 인간은 삶의 기억에서 지식을 키워나간다. 그것은 반복되는 우주의 빛의 진동으로 인해 모든 만물에게 동일하게 적용된다.

그런데 인간은 태어나면서부터 인위적 굴레 속에 갇혀서 학습에 의한 강조된 의식의 대물림으로 자연의 순리대로 살지 못하고 있다. 그것은 안주하는 마음을 가지게 했으며, 성공의 길로 가는 데 걸림돌이 되었다. 사람들은 그것을 일상이라 표현하며 스스로 굴종의 틀을 만들어간다. 또한, 그러한 악순환을 당연한 것으로 착각한다. 그러나 성공자들은 반복되어온 굴종의 틀에서 과감히 벗어나 자신만의 의식 세계를 만들어내고 리더의 역할을 한다. 성공자들은 의식과 육신의 피를 썩게 만드는 에고를 발동하지 못하게 만들어버린다. 그래서 건강한 육신으로 거듭나고, 스스로 의식혁명을 통해 우주와 연결되는 에너지의 힘을 키워 리더가 되고, 부를 이루어가는 시스템을 만든다.

인간은 본질적으로 200년을 살도록 태어났으나 굴종의 굴레에 갇혀 에고가 휘두르는 대로 따라가며 살다가 피가 썩고 의식이 병들어 절반도 못살고 현생을 떠나게 되는 슬픈 인생을 수천 년 동안 반복하며 살아오고 있다. 당신도 에너지 증폭 기능이 있기 때문에 마음만 먹으면 변할 수 있다. 그것은 우주 시스템 속 영적 영역의 원리에 의한 것이다. 당시 나는 이런 말들을 이해하는 데 많은 시간이 걸렸다. 시간이 날 때마다 근처 방파제에 올라가 바다를 내려다보며 퍼즐을 맞추듯 하나씩 이해해나갔다.

그때까지 동양인으로 살아온 내가 연거푸 서양인들에 의해 가르침을 받고 깨우침을 얻는 것에 조금 혼란스러웠다. 한국에서는 나를 좋아하는 사람이 거의 없었다. 그런데 외국으로 나오니 신기하리만치 나를 좋아하는 사람이 많았다. 또한, 영적 깨달음을 얻고 성장을 했다. 이런 현상은 나를 더욱 혼란스럽게 했다. 나더러 '이곳에 머물러 살라고 그러는 것인가?' 싶기도 했다. 이역만리 타국 땅에서 무슨 이유로 이렇게 흘러가는 것인지 당시엔 전혀 알 수가 없었다. 그저 신기하고 어지럽기만 했다. 그렇다고 의논할 수 있는 대상이 있는 것도 아니었기에 늘 내겐 어려운 숙제가 던져졌고 오롯이 혼자 풀어야 했다.

그러나 확실한 것은 이러한 체험으로 사후세계는 존재하는 것이며, 그곳에서의 삶도 이승과 별반 다르지 않고, 스펙터클하게 공부하고 연구하며 배움이 있는 곳이라는 것이다. 그렇기에 죽음에 대해 고찰해야 한다. 인간은 지구별에 태어날 때 자신이 언제 죽을지를 계획하고 온다. 하지만 그것을 의식하는 것을 선택하기 때문에 거의 모두가 죽음을 알지 못하게 된다. 그러다가 죽음이 임박했을 때 비로소 예감하게 되는 구조다. 언제 죽음을 맞게 될지 알고 있을 경우, 사회적으로 벌어지는 혼란을 막기 위해 그러한 선택을 해야만 하는 것이다. 그것을 지키지 않으면 육화(환생)할 수 없기 때문이다.

나는 언제나 밝음을 유지하려고 노력한다. 그런 노력 덕분일까? 사람들은 나를 보고 고생이라곤 전혀 안 해본 부잣집 도령 같은데, 왜 이렇게 고생스러운 일을 하느냐고 묻는다. 그러면 나는 그저 "그렇게 보여요?" 하면서 씩 웃고 만다. 수없이 많은 우여곡절과 저승을 넘나들며 살았을 거라곤 상상도 못 하고 항상 밝은 모습만 보이니 그렇게 생각할 수밖에 없는 것 아니겠나 싶다. 이는 내가 덜 힘들게 스스로를 다스리는 방법이기도 하다. 짜증 내고 기분 나쁘게 행동해보았자 싸움만 날 것이고, 그러면 서로가 상처 입고 힘들어진다는 건 삼척동자도 아는 사실이다. 때로는 그러는 나를 보고 모자라 보인다고 비아냥거리는 사람도 있다. 그래도 아주 대놓고 시비 거는 게 아니라면 그냥 웃어넘긴다. 나라고 감정이 없어서 그렇게 실실대고 웃고 있겠는가? 싸움으로 인한 에너지는 순식간에 주변을 암흑으로 만들어버리고, 그것을 다시 회복하는 데는 몇십 배 많은 시간과 노력이 필요하기에 그런 감정에 동조하지 않는 것이다. 그렇게 해서 나 스스로를 지키고 주변도 맑게 하는 게 이로움을 주기 때문이다.

매일같이 떠오르는 지난날의 잔상들

88올림픽에서 한국이 4등을 했다는 믿지 못할 소식이 우리에게도 전해졌다. 직원들은 하나같이 어리둥절한 표정이었다. 세계 스포츠계의 변방에 머물러 있던 한국이 어떻게 올림픽에서 4위를 할 수가 있겠느냐며 믿을 수 없다는 반응이었다. 그렇다고 우리가 당장 확인할 방법도 없었다. 당시만 해도 열악한 통신 환경으로 방송 매체를 접하기 어려웠기 때문이다. 각자의 방법으로 궁금증을 해소하러 다녔다. 결론은 유언비어가 아닌 사실이라는 것을 확인할 수 있었다.

우리는 정말 기뻐하며 "대한민국 만세"를 불렀고, 성대한 바비큐 파티를 열었다. 그 기쁨에는 심각한 부작용이 따라왔다. 힘들어도 묵묵히 일하고 있던 사람들의 향수병을 자극해버린 것이다. 회사와의 계약만료 기간도 다가오고 있었다. 연장해서 더 머무를 것인지, 기간만 채우고 그냥 떠나야 할 것인지 결정해야 했다. 나는 크리스와 결혼해서 그곳에 살려고 생각하고 있었다. 그런데 외국인이 결혼하면 의무적으로 5년을 꼼짝 못하고 그곳에 거주해야만 자격을 인정받을 수 있다는 법적 조항에 부딪혔다. 그것이 나의 마음을 힘들게 했다. 나 역시 향수병이 극에 달한 시점이었기 때문이다. 그러면서 지나온 세월의 잔상이 매일 슬라이드처럼 떠올라 괴로웠다.

엎친 데 덮친 격으로 회사와의 문제가 발생했다. 회사에서 출국할 때 작성했던 계약서보다 적은 금액의 성과급을 지급한다는 내용을 일방적으로 통보해왔다. 직원들 모두가 동요했고 작업을 팽개치고 대책을 의논하기 바빴다. 살아오면서 언제나 정의감이 남달랐던 나는 더 많이 격분했다. 이틀 동안 갑론을박을 벌이며 3:1 비율로 진영이 갈라지게 되었다. 귀국을 불사하겠다는 강경파와 줄어든 성과급을 인정하고 다른 나라로 이동해 다른 팀에 합류하겠다는 수용론자로 분열되었다.

팀장과 나는 강경파를 이끌고 시내 호텔로 이동했다. 회사에서는 4일째 아무런 연락도 없었다. 5일째 밤늦은 시간에 잠들어 있는 호텔 방으로 사장이 나를 찾아왔다. 문을 잠그지 않아서 그냥 열고 들어온 것이다. 사장은 권총을 꺼내어 총구를 내 이마에 들이대고는 "Te vor a matar!(너를 죽여버릴 거야!)"라며 소리쳤다. 순간 놀라긴 했지만 그런 것에 겁먹을 나도 아니었다. 어차피 어느 정도 험한 일이 생길 거라고 예상했고, 투쟁이란 불가피하게 누군가 대가를 치러야만 하는 일이라 생각했기 때문이다. 그래서 나는 겁먹지 않고 당당하게 죽여보라고 말했다.

내가 눈도 깜짝 안 하고 죽여보라 하니까 사장은 차마 방아쇠를 당기지 못하고 총을 내리며, 왜 주동자가 되어서 자기를 힘들게 하냐고 물었다. 나는 강한 어조로 반박해나갔다. 나는 회사에서 먼저 계약서와 다른 조건을 이야기했으니 우리의 정당한 권리를 행사하고 있는 것이라고 말했다. 옆방의 소란에 놀란 팀장이 합류했고, 2시간가량 이야기한 끝에 우리의 주장대로 애초 계약서에 명시한 지급액을 받기로 했다. 그와 더불어 서류가 준비될 때까지의 체류비도 지급해주기로 합의했다.

사장은 권총을 들이대면 겁먹고 물러설 줄 알았는데, 나처럼 눈 크게 뜨고 덤비는 사람은 처음 보았다며 내게 사과했다. 그 말은 이런 방법을 나한테 처음 쓴 게 아니라는 걸 말해주는 방증이었다. 강경파 일행은 그렇게 20여 일을 호텔에 머물며 귀국 준비를 해나갔다. 나는 크리스를 만나서 그간의 사정을 이야기하고, 여건이 안정되면 다시 돌아오겠다고 약속했다. 그러나 한편으론 그것이 가능할지 회의적이기도 했다. 그 시절에는 평범한 사람이 개인적인 일로 외국을 나가는 것이 상당히 어려웠기 때문이다.

그렇게 나는 귀국하게 되었다. 5년 만에 돌아온 한국은 정말이지 놀라울 만큼 변모해 있었다. 고립된 생각을 많이 하던 사람들의 생각도 개방적으로 바뀌어 있었다. 프랑스에서 보았던 물건들이 국내의 슈퍼마켓에도 진열되어 있는 것을 보고, 급격히 많이 달라지고 있음을 실감했다. 가족들도 많이 달라져 있었다. 출국할 때의 모습은 거의 찾아볼 수 없었다. 그것은 올림픽이라는 국제스포츠 행사를 치르면서 세상을 대하는 사람들의 눈높이가 바뀌었다는 것을 대변해주고 있었다. 그러나 변하지 않은 단 한 사람이 있었다. 바로 아버지다. 아니, 변하긴 했는데 아주 열악한 상황으로 변해 있었다. 태백에 혼자 남아 생활하고 계셨다. 도시로 이사한 가족도 있었고, 남동생은 직업군인이 되어 있었다. 그런 와중에 광산에 다니던 형님 한 분은 붕괴사고를 당해 다리를 많이 다쳐 2년째 병원에 입원해 있었다. 어린 나이에 결혼했던 다른 한 명은 이혼하고, 아이는 어머니께 맡겨놓은 채 여기저기 떠돌고 있었다. 어머니는 손주를 데리고, 남동생의 연천 부대로 들어가 살고 계셨다. 내가 어려움을 겪으며 살고 있던 사이, 나머지 가족들도 많은 어려움을 겪으며 살아가고 있었던 것이다. 그런 모습은 나의 마음을 다시 힘들게 만들었다. 어디서부터 풀어나가야 하는지 갈피를 잡을 수가 없었다.

머리도 식히고 생각도 정리할 겸 귀국할 때 서비스로 받았던 국내선 티켓을 이용해 제주도로 혼자만의 여행을 떠났다. 10대 후반, 친구들과 떠났던 무전여행과는 느낌이 달랐다. 그때는 서울역에서 목포행 완행 밤 기차를 타고 12시간 걸려서 도착한 후, 다시 최저가 여객선을 타고 12시간이 걸려서 제주도로 갔다. 돈이 없으니 최대한 적은 비용으로 가장 멀리 가보는 게 목적이었다. 지루하고 불편한 완행열차와 심하게 출렁이는 작은 여객선이었던 탓에 멀미하는 친구도 있었지만, 낭만이 있었기에 멋진 추억여행이 될 수 있었다.

반면 혼자 비행기를 타고 가는 여행은 별로 즐겁지 않았다. 순수하게 즐기러 온 여행이 아니었기에 더욱 그랬다. 가족들 모두가 너무 많이 변해버린 상태로 사는 모습이 낯설고 어색했다. 바로 밑의 여동생이 벌써 남자를 만나 동거를 한다는 말에 놀랐다. 5년이라는 시간이 그렇게 많은 걸 바꿔놓을 줄 몰랐다. 가장 마음이 아팠던 건 부모님이 따로따로 떨어져 사는 상황이었다. 부부 싸움을 해서 그런 것도 아니라고 했다. 이혼한 자식 때문에 손주를 돌보려고 그렇게 살고 있다 하니 더욱 화가 났다. 왜 그렇게 무책임하게 자식을 맡겨놓고 떠돌아다니는지 나로서는 도무지 이해할 수가 없었다.

어려서부터 자식에게 무관심한 부모를 원망하는 마음이 컸기에 더 많이 화가 났다. 부모에게는 자식을 만들어놨으면 책임지고 양육해야 할 의무가 있다. 또한, 보살펴줘야 하고 책임지는 게 인지상정이다. 그런데 어쩌면 저렇게 나 몰라라 자기 생각만 하고 사는지 울화가 치밀어 올랐다. 일주일 동안 제주도 곳곳을 둘러보며 생각하고 또 생각해봐도 뚜렷한 해결책이 떠오르지 않았다.

선뜻 돌아가야겠다는 마음이 들지 않았다. 사색의 시간만 늘어갔다. 정답게 살아가기를 바랐던 내 마음이 과했던 것일까? 아니면 기대가 커서 그랬던 것일까? 좀처럼 마음이 안정되지 않고 불안하기만 했다. 그렇다고 제주에 계속 머물 수도 없으니 머리가 아팠다. 열흘쯤 있다가 일단 돌아가서 행동하기로 했다. 서울로 돌아와서도 어쩌질 못하고 다시 한 달 정도가 흘렀다. 다른 건 어쩌지 못해도 최소한 부모님은 함께 사시게 해야겠다는 생각이 들었다. 태백과 연천을 몇 번 오가며 돌보던 손주는 아빠가 책임지라고 돌려주고, 부모님을 다시 붙여놓았다. 조금 마음이 안심되었다. 그러곤 출국 전까지 살던 춘천으로 향했다. 궁금했던 지인들을 만나고 친구도 만나면서 한 달 넘게 그곳에 머물며 살아갈 궁리를 해보았다. 하지만 마땅한 일도 없었고 사람을 구하는 회사도 없었다.

낙심한 마음을 안고 서울로 돌아왔다. 무엇이든 해야 했기에 기계를 만드는 조그만 회사에 들어가 물품구매 담당을 배치받았다. 한국으로 돌아왔지만, 여전히 나는 혼자였다. 의식성장을 했다고 생각했으나 계속해서 벌어지는 일들이 예전 어렵던 시절로 되돌리는 것만 같아 내 의식은 또다시 서서히 무너져가고 있었다. 하루가 멀다 하고 또다시 지난 시절의 잔상들이 한 컷 한 컷 떠올랐다.

사는 데 회의가 오기 시작했다. 괜히 돌아왔다는 생각이 들었다. 크리스와 했던 약속을 지키려고 출국에 대해서 알아보았으나 여행 비자로 가는 건 불가능에 가까웠다. 지금 같았으면 어떻게든 출국했겠지만, 순진하기만 해서 세상 물정에 무지했던 당시의 나는 누구에게 도움을 요청할 줄도 몰랐고, 방법을 알아봐달라고 부탁할 생각조차 못 했다. 나라에서 어렵다고 하니까 그런 줄로만 알았었다. 그래서 뭐든지 배워야 하고 경험해보아야 하는 것이다.

얼마 후, 춘천에 사는 친구가 결혼한다며 연락을 해왔다. 사회에서 만났지만 친한 친구니까 당연히 간다고 했다. 처음 있는 친구의 결혼이라 아는 친구들 대다수가 모였다. 예식을 마치고 피로연에 갔는데 그곳에서 신부 친구 한 명이 나한테 관심을 보여왔다.

3장

•

인생에 위대한 변화를 불러오는 긍정의 힘

이제 나는 더 이상 자살하지 않을 거야

바쁘게 회사생활을 하다 보니 가족들이 어떻게 사는지 관심 가질 여력이 없었다. 기계공장의 특성상 지방 출장이 많아서 시간 내기가 어려웠다. 수도권은 매일같이 돌았으며 대구와 창원에도 대기업 거래처가 있어서 자주 갔다. 하루는 토요일 일과를 마치고 야간을 이용해 경주를 들렀다가 창원으로 향하는 출장길에 나섰다. 새벽에 경주에 들러 A/S 건을 해결하고, 울산을 통과해 창원으로 가려고 다시 자동차로 달렸다. 그런데 방어진을 지날 무렵 졸음이 쏟아지기 시작했다. 해안가 언덕을 통과하면 조금이라도 쉬어가야지 생각하며 정상에 올라선 순간, 눈은 뜨고 있으나 뇌의 기능이 멈추었다.

자동차가 왼쪽 낭떠러지로 향할 때 누군가 무서운 힘으로 잡아당기는 느낌이 들었다. 눈을 떠보니 오른쪽 산비탈의 배수로 철조망 기둥을 여섯 개나 부러뜨리며 사고가 난 것이다. 나는 그대로 정신을 잃고 말았다. 한참 후 다시 정신이 돌아와 시계를 보니 40분이 지나 있었고, 차에서 내려 살펴보니 아찔했던 현장 모습에 잠이 확 깨었다. 방호막도 제대로 없는 도로의 바다 쪽은 높이가 100미터는 넘어 보이는 낭떠러지였다. 한순간 졸음운전으로 즉사할 뻔했다고 생각하니 등골이 오싹한 게 초여름인데도 갑자기 한기가 느껴졌다. 차를 살펴보니 앞 유리는 박살 나고 앞부분도 많이 망가진 상태였다.

아침에 창원 기아 공장에 A/S를 해주기로 했는데 어쩌지 하면서 걱정이 되었다. 가는 날이 장날이라고 때마침 일요일 새벽이라 레커차를 부를 수도 없었다. 지금이야 보험사에 전화해서 긴급출동 요청만 하면 바로 해결되겠지만, 당시에는 긴급출동 자체가 없었다. 그래도 한참을 걸어서 마을까지 간 다음, 이 집 저 집 두들기며 도움을 요청했다. 대여섯 집을 다니니 한 분이 레커차 기사 연락처를 주었다. 하지만 레커차 기사분은 몇 번을 전화해도 받지 않았다.

마지막으로 한 번만 더 해보자는 마음으로 다시 했더니 그제야 전화를 받는다. 그날은 마침 울산 전 지역 레커차 기사들의 야유회가 있어서 준비하고 있다고 했다. 전화벨이 하도 많이 울려 시끄러워서 받았는데, 출동하긴 어렵다는 대답이었다. 나는 서울에서 내려오다 사고가 났는데 끌어다 달라고는 안 할 테니 배수로에 빠진 것만 올려달라고 사정했다. 그랬더니 딱 그것만 해준다는 조건으로 승낙을 받고 기다렸다. 20분 정도 지나자 레커차가 도착했고, 차에 넓은 밧줄을 걸어서 끄집어내주었다.

레커차 기사는 현장을 보더니 하마터면 낭떠러지로 떨어져 죽을 뻔했다면서 위로해주었다. 그러곤 병원부터 가보라고 했다. 내가 다쳤냐고 물어보니 머리에서 피가 흐르고 있다고 말해주었다. 손으로 만져보니 유리가 곳곳에 박혀 있고 피가 흐르고 있었다. 나는 그런 상황인 것도 모르고 오로지 책임을 완수해야 한다는 일념으로 레커차를 찾아다니고 있었던 것이다. 레커차 기사분은 다행이라고 하면서, 수고비도 실비로 조금만 받겠다고 했다. 나는 몇 번이나 고맙다고 인사한 후, 시동을 걸어보니 이상 없이 걸렸다. 차를 옮기려고 움직여보니 그런대로 갈 수 있을 정도는 되었다.

나는 살살 운전해서 가기로 마음먹고 창원으로 향했다. 기아 창원공장에 도착해 A/S를 마치고 나니 기운이 하나도 남아 있지 않았다. 2시간을 공장 벤치에 드러누워 잠이 들었다. 누군가 깨워서 눈을 떠보니 내가 수리한 기계의 담당자였다. 업무 이야기를 끝내고 자동차를 보더니 저런 차를 어떻게 끌고 왔냐고 놀라며 그만하길 천만다행이라고 위로해주었다. 일은 끝냈지만, 앞 유리도 없고 핸들도 제대로 안 움직이는 자동차를 몰고 서울로 갈 수는 없는 노릇이었다. 수소문해서 정비공장에 차를 맡기고, 서울로 가기 위해 터미널로 향했다. 배가 고팠으나 먹고 싶은 마음이 들지 않았다.

중간에 기차로 바꿔 타고 가면서 생각에 잠겼다. '낭떠러지로 떨어지려는 사고의 순간에 나를 당겨서 구해준 힘은 누구일까?' 속으로 '누구신지 말씀해주세요!'라고 외쳤다. 잠깐의 시간이 흐른 뒤 멀리 아련하지만 또렷하게 '너를 지켜주는 할아버지다!'라는 목소리가 들렸다. '고맙습니다! 할아버지!' 하고 인사를 했다. 그런데 갑자기 지금 근무하는 회사에 계속 있다가는 어떤 사고든 사고로 죽을 것 같은 느낌이 들었다.

다음 날 출근하니 회사에 비상이 걸렸다. 아침 일찍 기계 A/S를 나갔던 직원이 기계 안에 들어갔다가 다른 사람이 기계를 돌리는 바람에 중태에 빠졌다는 것이다. 순간 머릿속에서 '어제 내가 이런 말을 들으려고 죽을 것 같은 생각이 들었나?'라는 의문이 생겼다. 어떤 예시(豫示)임에는 분명한데, 어떤 것인지 짐작이 안 되었다. '무조건 조심하자!' 마음먹고 업무에 들어갔다.

점심때쯤 생각지도 않은 사람에게서 회사로 전화가 왔다. 춘천의 친구 결혼식 피로연에서 만났던 신부 친구였다. 이번 주말에 만나고 싶다는 연락이었다. 주말에 내가 춘천으로 가겠다고 약속을 잡고는 전화를 끊었다. 옆에서 듣고 있던 경리가 어떤 여자인지 궁금해한다. 나는 "미스 김보다 모르는 사람이라 일단 만나보고 알려줄게!" 했더니 "왜 나한테는 데이트 신청 안 해요?"라면서 질투의 눈길을 보내왔다.

주말에 춘천으로 내려가 전화했던 사람을 만났다. 처음으로 만나는 자리라 어색할 거라 짐작했는데, 의외로 애교도 있고 발랄한 느낌의 여자였다. 그래서 전혀 어색하지 않게 오히려 즐거운 시간을 보낼 수 있었다. 춘천에는 걸으면서 데이트할 수 있는 코스가 많다. 그녀는 공원을 거닐며 산책하기를 좋아했다. 공지천도 거닐고 어린이회관 무대에서 공연 관람도 했다. 나한테 어떻게 연락하게 되었냐고 물으니 자기 친구가 만나보라고 연락처를 주어서 연락하게 되었다고 대답했다. 의외이긴 하지만 연락해줘서 고맙다고 인사하고, 실제로 만나니까 어떻게 보이냐고 물어보았다.

그녀는 호기심이 많아 보이고, 결혼하면 굶기는 일은 없어 보일 것 같다고 말했다. 그 말을 듣는데 당황스러웠다. 오늘 처음 만났는데 보자마자 그런 생각을 하냐고 반문하니 친구가 결혼해도 괜찮은 사람이라고 말해줘서 연락했다는 대답이 돌아왔다. 좋게 말해준 친구한테 고맙다고 전해달라고 말했다. 그녀는 친구는 별로 없고 회사만 다니고 있어서 세상 물정을 모르는데, 하루빨리 결혼해 집에서 벗어나고 싶다고 말하며 눈시울을 붉혔다. 괜히 마음이 짠해졌다.

그 후로 그녀와는 한 달에 서너 번씩 만나며 데이트를 즐기게 되었다. 만날수록 외로움을 많이 탄다는 느낌이 강하게 들었다. 어떤 마음의 상처가 있다고 느꼈다. 나는 회사생활과 연애를 하느라 오랫동안 가족들을 챙기지 못하고 있다는 생각이 불현듯 밀려왔다. 조만간 태백 본가에 가봐야겠다고 마음먹었다. 두 분을 붙여놓고 그동안 살펴보질 못했다.

며칠 후 주말에 태백으로 내려갔다. 그런데 그날 나는 무기력증에 빠져버리고 말았다. 두 분이 얼마 안 가 다시 헤어져 살고 있다는 아버지 말에 온몸에 힘이 빠지고 다리가 무너져 내려 털썩 주저앉고 말았다. 바빠서 못 와본 사이에 상황은 오히려 안 좋게 되어 있었다. 내가 화를 낼

까 봐 말도 없이 이전 상태로 되돌아간 것이었다. 아버지는 다시는 같이 살지 않겠다며 역정을 내셨다. 참으로 난감하기 이를 데 없었다. 가족들에게 허탈감과 배신감이 들었다. '어떻게 수습해야 하나?'보다는 '어떻게 내 마음을 추스르지?'라는 걱정이 먼저 들었다.

서울로 돌아오면서 인천에 사는 친구에게 연락했다. 그 친구가 회사에서 생활하고 있어서 월세방이 비어 있었기 때문이다. 친구에게 내가 당분간 비어 있는 방을 써도 되겠냐고 물으니 흔쾌히 사용해도 좋다고 말해주었다. 아무도 모르는 곳에 그냥 숨어버리고 싶었다. 당시엔 휴대폰이 없던 시절이라 일반전화로만 연락이 가능했다. 대신 삐삐가 있었으나 연락을 안 하면 그만이었다. 일주일 동안 두문불출하고 틀어박혀 고민만 하고 있었다. 하지만 도저히 살아갈 자신이 없었다. 가족들과 살가운 사이도 아니었는데 왜 그렇게 허탈하게 느껴지는지 의문이 들기도 했지만, 살고 싶지 않다는 마음만 강하게 들었다. 아마도 가족들이 화목하게 사는 걸 보면서 외로웠던 어린 시절을 보상받고 싶었던 마음이 있었던 것 같다.

약국에 가서 수면제 한 병을 사서 들어왔다. 유서를 쓰기 시작했다. 그런데 유서의 내용은 전혀 엉뚱한 방향으로 가고 있었다. 가족들을 원망하는 유서를 쓰다가 찢어버리고, 예전 춘천의 그녀를 그리워하는 글로 바꾸어 썼다. 죽으면서 가족을 원망하면 어머니께 또 다른 상처를 주는 것 같았다. 그러곤 수면제 한 병을 통째로 먹고 잠이 들어버렸다. 매일 전화하던 내가 일주일째 연락이 없자 친구는 자신의 방으로 나를 찾아왔고, 죽어 있던 나를 119에 신고해 병원으로 데려갔다. 그렇게 나는 심폐소생술로 살아났고 그로부터 일주일 뒤 저승에서 다시 돌아왔다. 깨어났을 때 드는 마음은 '이제 나는 더 이상 자살하지 않을 거야!'였다.

내 삶을 송두리째 망가뜨린 결혼생활

일주일 뒤 깨어났을 때 사지는 침대에 결박되어 있었다. 움직일 수 없으니 답답해 미칠 노릇이었다. 마침 들어오는 친구에게 과정을 전해 들을 수 있었다. 친구는 일주일이 넘도록 내가 연락이 없어서 찾아갔더니 문은 잠겨 있는데, TV는 켜져 있어서 뭔 일이 났구나 싶었다고 했다. 문고리를 뜯고 들어가니 방바닥엔 온통 토해놓은 오물투성이에 내가 팔다리는 꺾여 돌아간 상태로 숨을 쉬지 않아 무서워서 바로 119를 불렀다고 했다. 병원에 도착해서 심폐소생술을 한 후, 다행히 살아났다고 설명해주었다. 살려놓으니까 왜 살려놓았냐며 의사며 간호사를 무차별적으로 폭행하고 기물을 부시고 해서 어쩔 수 없이 결박해놓았다고 했다.

그 말을 듣고 나는 내 영혼이 이미 다 보았는데, 내가 잘못 본 것인 줄 알았다고 했다. 실제로 병원에 도착했을 때, 내 영혼은 몸에서 빠져나와 위에서 내 모습을 내려다보고 있었다. 친구는 “여자 때문에 죽으려 했냐?"라고 물었다. 아니라고 했지만, 믿지 않는 눈치였다. 유서를 그렇게 써놓았으니 믿지 않는 건 당연했다. 예전의 그녀인데 지금의 여자친구라고 생각하는 것 같았다. 수첩을 뒤져서 여자친구한테 연락해두었다고 말했다. 쥐구멍이라도 파서 들어가고 싶은 심정이었다. 창피해서 여자친구 얼굴을 어찌 볼까 걱정되었다. 나는 스스로 난처한 일을 만들고 말았음을 직감할 수 있었다.

다음 날 여자친구가 큰 가방을 들고 병원으로 찾아왔다. 여자친구는 연락해서 만나면 되지, 왜 이렇게 했냐며 나를 나무라듯이 말했다. 내가 유서를 이상하게 썼으니 뭐라 할 말이 없었다. 가방은 뭐냐고 물어보니 이렇게 사경을 헤매는데 걱정스러워서 같이 살려고 왔다고 말했다. 정말 어처구니없었지만 오랜만에 보니 반갑기는 했다.

병원에 있는 동안 또 다른 걱정거리가 생겼다. 팔다리에 마비가 와서 움직일 수 없었다. 팔다리가 꺾여진 채 며칠이 지났으니 쉽게 풀리지 않겠다 싶었다. 앞으로 어떻게 살아야 되나 걱정이 몰려왔다. 바람을 쐬고 싶어 휠체어를 타고 1층으로 내려갔다. 정원으로 향하는데 누군가 아는 체를 하며 나를 부른다. 외국에서 근무할 때의 팀장이었다. 어쩐 일이냐고 물으니 가까운 지인이 입원하고 있어서 문병을 왔다가 내가 보여서 반가운 마음에 불렀다고 했다. 나도 반갑다고 인사한 후, 퇴원하면 만나자고 말하고 헤어졌다.

나는 3일 후 움직여지지 않는 팔다리를 질질 끌며 병원의 만류에도 불구하고 퇴원했다. 더 이상 누워 있을 이유가 없다고 생각했고, 자살에서 실패한 게 창피해서 견딜 수가 없었다. 간호사들이 수군거리는 걸 목격하니 나 자신이 초라하게 느껴졌다. 의도했던 일은 아니지만, 나는 여자친구와 동거를 시작하게 되었다. 당장 방을 얻어야 했기에 걷기 힘든 몸으로 방을 구하러 다녔다. 우선 조그만 다가구주택에 다닥다닥 붙어 있는 방 하나를 급하게 마련했다. 워낙 단련된 맷집과 근성이 있어서 그런지 몸은 생각보다 빠르게 회복되어 3~4일 사이에 절룩거리며 걸을 정도가 되었다. 여자친구는 집 근처의 작은 공장에 취업했다. 나도 얼른 일자리를 다시 찾아야 했다. 나를 보고 무작정 찾아온 여자를 책임져야 한다는 의무감이 발동했다. 어떻게든 책임지는 게 남자의 도리라고 생각했다.

때마침 전에 근무하던 회사의 공장장이 만나자고 연락을 해왔다. 그 사람은 알고 보니 나와 고향이 같았다. 그래서 나한테 연락하게 되었다고 했다. 조그맣게 공장을 차렸으니 와서 도와달라고 했다. 다음 날부터 그곳으로 출근해 일하기 시작했다. 먼저 근무하던 회사와 같은 거래처가 대부분이라 어렵진 않았다. 그런데 두 달이 되어도 수금이 안 된다며 월급을 주지 않았다. 고향 선배고 뭐고 당장 그만두고 병원에서 만났던 팀장을 찾아갔다. 단도직입적으로 일자리를 알아봐줄 수 있냐고 물었다. 팀장은 고맙게도 이왕이면 괜찮은 자리로 알아보고 연락을 줄 테니 며칠만 기다려보라고 했다.

집으로 돌아와 여자친구에게 괜찮은 일자리 알아보고 왔으니까 너무 걱정하지 말라고 안심시켰다. 형편없는 몰골로 있는 나 자신이 초라하고, 여자친구에게 미안했다. 며칠 뒤 여자친구가 출근하고 나서 나는 선배가 운영하는 공장에 찾아가 밀린 월급을 지급해달라고 했다. 돈이 없어 모두 지급하긴 어렵고, 일부만 받아가라며 30만 원을 주었다.

이거라도 받아서 다행이라 생각하며 집으로 돌아왔다. 그런데 돌아오니 집 안이 온통 난장판이었다. 도둑이 든 것이다. TV며 삐삐까지 남김 없이 깨끗하게 훔쳐갔다. 불안하고 무서워 경찰에 신고했다. 경찰의 탐문 조사 결과, 근처의 아홉 집이 동 시간대 전부 털렸다고 했다. 그러나 이런 좀도둑은 찾기가 힘들다고 이야기했다. 허탈하고 불안해 이사해야겠다고 마음먹고 근처의 다른 집을 알아보기 시작했다. 마침 골목길 건너에 전셋집이 싸게 나와 그곳으로 옮기기로 했다. 여자친구가 전셋집은 자신이 마련할 테니 걱정하지 말라고 했다. 여간 미안한 일이 아닐 수 없었다.

이사를 하고 일주일이 지났을 무렵, 팀장한테서 연락이 왔다. 경기은행에 특채로 들어갈 수 있도록 해놓았으니 최대한 빨리 필요한 서류를 만들어오라고 했다. 상고도 안 나온 내가 어떻게 은행을 들어갈 수 있냐고 하니 상고나 경영계열 사람은 거의 없으니 걱정하지 말라는 것이다. 어차피 입사하면 연수를 받아야 하니 그때 익히면 된다고 했다. 나는 그것이 가능하다는 걸 처음으로 알게 되었다. 일단 알겠다고 하고 전화를 끊었다. 바로 입사서류 준비에 들어갔다. 그런데 또 다른 문제에 부딪혔다. 재산세 4만 원 이상 내는 연대보증인 두 명을 세워야 하는데, 당시는 상당한 고액의 재산세 금액이었기에 나로서는 불가능하게 여겨졌다.

궁리 끝에 그동안 다니던 거래처 사장님들을 한 분씩 찾아가 사정했다. 15명 정도를 만나니 다행히 해결할 수 있었다. 연수가 끝나고 지점 배치까지 다시 한 달 정도 공백이 생겼다. 그사이 결혼식을 올리기로 하고 속전속결로 준비해나갔다. 예식은 춘천에서 올리기로 하고, 가족들한테 통보했다. 그런데 아버지가 어머니와 마주치기 싫다는 확고한 의지를 내비치시며 참석하지 않겠다는 것이었다. 하는 수 없이 아버지 자리는 다른 형님이 앉기로 했다.

그런데 결혼식 전날 이상한 일이 벌어졌다. 신부가 연락이 안 되는 것이다. 처가에서는 아무런 걱정이 없어 보였기에 안심을 하기로 했다. 그런데 느낌이 썩 좋지는 않았다. 다음 날 결혼식을 마치고 피로연이 늦어져 춘천에서 1박을 해야만 했다. 그다음 날 제주행 비행기를 타려면 새벽에 택시를 타고 김포공항으로 가야 해서 미리 지인에게 예약해두었다. 술에 많이 취해서 잠든 탓인지 갈증 때문에 잠이 깼는데 아내가 보이지 않았다. 정말 이상하다고 생각하며 뒤척뒤척하고 있는데, 2시간쯤 지나서 들어오는 것이 보였다. 당장 물어보고 싶었으나 신혼여행을 망치고 싶지 않아 아무것도 묻지 않고 그대로 다시 잠을 청했다. 다행히 신혼여행은 무사히 다녀올 수 있었고, 별 탈 없이 순조로운 생활이 이어졌다. 입사 후 대출을 받아서 인천에 신축 빌라를 분양받아 이사도 다시 했다.

그런데 결혼생활 1년이 지날 무렵부터 아내의 행동이 눈에 띄게 이상해지기 시작했다. 집에만 있기 심심하다며 취업을 하겠다고 하더니 점점 귀가 시간이 늦어지고 의상도 요란하게 입고 다녔다. 뒤를 추적해보았더니 아버지뻘 되는 남자와 바람이 났던 것이었다. 그것이 들통난 후, 한동안 얌전하게 행동하며 지내는 게 느껴졌다. 그러던 중, 다시 한 달 정도가 지난 어느 날 아내가 임신했다고 말했다. 나는 기뻐서 어쩔 줄 몰랐다. 나의 외로움을 덜어줄 자식이 생긴다고 생각하니 가슴이 벅차올랐다. 나는 아내를 최대한 편하게 해주려 노력했다. 그런데 어느 날, 퇴근하고 집에 오니 아내가 누군가와 달콤한 통화를 나누고 있는 게 아닌가!

남편이 온 줄도 모르고 통화를 하다가 내 모습을 발견하곤 소스라치게 놀라며 전화를 끊는다. 나는 바로 수화기를 집어 들고 재다이얼을 눌렀다. 그러자 상대방 남자가 "자기, 왜 그래?"라고 말을 하는 것이 아닌가. 피가 거꾸로 올라오면서 머리에 현기증이 일었다. 나는 그 남자한테 지금 당장 우리 집으로 오지 않으면 찾아가 죽여버리겠다고 말하고 전화를 끊었다. 아내는 바로 잘못했다며 무릎 꿇고 빌기 시작했다. 나는 징징거리는 거 듣기 싫으니까 이따가 불륜남 오면 말하자고 했다. 15분쯤 지나니 불륜남이 찾아왔다. 나는 두 사람에게 내가 보는 앞에서 너희가 평소에 만나서 하는 행실을 해보라고 했다. 그들은 아무 말도 없었다. 나는 그들이 죽을 만큼 미웠다.

절망의 끝에서도 놓아서는 안 되는 것

아내의 계속되는 불륜에 나는 패닉 상태가 되었다. 어떻게 임신 중에 그럴 수 있는지 도저히 이해할 수가 없었다. 나는 두 사람을 불륜으로 경찰에 고소했다. 그러자 아내는 임신을 무기로 두 번 다시 그러지 않을 테니 용서해달라며 경찰관 앞에서 각서까지 써서 제출했다. 어쩔 수 없이 다짐을 받고 나서 고소를 취하해주었다. 하지만 동네에 소문이 퍼져 그곳에서 더 이상 살기가 어렵다고 생각되어 전세를 주고 멀리 떨어진 동네로 이사했다. 그렇게 출산할 때까지 아무 일 없이 흘러갔다.

은행에서는 신권을 수령하기 위해서 한국은행조폐공사를 정기적으로 간다. 그곳에는 전국의 모든 은행 직원들이 다 모인다. 그런데 그 무렵부터 외환보유고 상황이 심상치 않다는 이야기가 들렸다. 그 이야기를 듣고 문제의 심각성을 직감한 나를 포함한 몇몇 직원은 사표를 쓰기로 했다. 은행을 그만두고 나서 바로 기계설비 하청 사업을 시작했다.

기계라면 뭐든지 자신이 있었기에 무난히 시작할 수 있었다.

업무의 특성상 지방 출장이 대부분이었다. 아내는 또다시 집에만 있기 심심하다며 아무 가게나 하나 차려주면 좋겠다고 요구해왔다. 마음이 썩 내키지는 않았지만, 아기도 어리고 하니 별일이야 있겠나 싶어서 그 당시 유행하던 비디오테이프 가게를 차려주었다. 그로부터 7~8개월쯤 지났을 때 지방 출장에서 밤늦게 집에 돌아오니 아내는 안 보이고 돌도 안된 갓난아기 혼자 침대에 엎어져 있는 게 아닌가! 순간 나는 불길한 예감이 스쳐서 아들을 데리고 근처 집들을 뒤지기 시작했다. 그러다 세 번째 찾아간 이층집에서 아내의 신음이 들리는 것이었다. '혹시나 했더니 역시나'라고 아내는 또다시 뒷집 남자와 불륜을 저지르고 있었다. 화가 머리끝까지 차올라 참을 수가 없었다. 문을 발로 차고 쳐들어가 그들을 바로 경찰에 신고해버렸다. 경찰은 밤이 늦었으니 날이 밝으면 경찰서로 나오라고 하고, 안 나오면 연행해가겠다고 하면서 돌아갔다.

다음 날 경찰이 찾아왔는데 상간남은 이미 야반도주하고 없었다. 허탈하고 다시 화가 치밀어 올랐다. 아내는 자기가 미쳤었다며 다시 한번만 용서해달라고 몇 시간째 무릎을 꿇고 빌었다. 아들도 어리고 일도 해야 하니 머리가 아파왔다. 이틀을 고민하다가 다시 고소를 취하해주고 이사 준비를 했다. 가게를 넘기고 아내에게 이젠 제발 말썽 피우지 말고 집에만 있으라 했더니 알겠다며 미안하단 말과 함께 걱정하지 않아도 된다고 했다. 심각하게 이혼을 고려했지만 실패한 인생으로 낙인찍히고 싶지 않아서 참으며 살기로 마음먹었다.

그런 나의 마음을 하늘이 시기를 한 것일까? 3년 뒤 지방 출장에서 돌아오는 길에 고속도로에서 대형 교통사고를 당하고 말았다. 서해안 고속도로가 생기고, 일부 구간만 개통한 톨게이트에서 뒤에 오던 차량이 내가 몰던 승합차를 들이받은 것이다. 자동차는 세 바퀴를 구르며 맥주 깡통처럼 찌그러져 버렸다. 연속해서 뒤집히는 상황에서는 안전벨트도 소용이 없었다. 모든 게 박살나면서 차에 머리가 깔려 죽을 것 같았다. 안간힘을 쓰면서 머리를 다치지 않으려고 했지만, 힘이 빠져서 더 이상 버틸 수가 없었다. '내 삶이 여기까지인가 보다' 생각하며 팔의 힘을 풀어버렸다.

그 순간, 또다시 어떤 강력한 힘이 머리를 받쳐주는 걸 느끼며 정신을 잃고 말았다. 눈을 떠보니 병원이었다. 머리를 움직일 수가 없었다. 그 무렵은 이동통신이 우리나라에 처음으로 생겨났던 시기였다. 나는 업무상 출장이 잦은 관계로 상당히 값비싼 휴대폰을 하나 장만했었다. 집에다 전화하려고 간호사에게 내 물건이 없냐고 물어보니 아무것도 없다는 것이었다. 119구조대가 사람만 구해서 병원으로 왔나 보다고 했다. 간호사에게 집에 전화 좀 해줄 수 있냐고 하니 기꺼이 해준다고 했다. 잠시 후 알려주신 번호로 연락을 드렸다고 알려왔다.

그러나 아내는 나타나지 않고 이틀 후 세 살 된 아들만 병실에 나타나 반가워했다. 나 자신이 서럽고 한심하게 느껴져 눈물이 흘렀다. 나는 그렇게 1년을 병원 침대에 누워 있었고 움직이기 힘든 상태라 세 살 아들이 나의 간병인 노릇을 해주었다. 그런 아들을 기특하다며 병원에 있던 많은 이들이 예뻐해주었다.

입원한 지 6개월이 지날 무렵 대통령 선거가 다가왔다. 그런데 불과 며칠이 지난 뒤, 나라가 망했다며 온통 시끄러워졌다. IMF가 터져버린 것이다. 내가 다니던 경기은행이 공중분해 되는 상황을 보면서 미리 그만두길 정말 잘했다고 생각하며 가슴을 쓸어내렸다.

병원에 입원해 있는 동안 상대방 보험사와 소송이 붙었다. 달리던 중에 난 사고는 무조건 과실이 있다는 상대 보험사 직원의 말에 동의할 수 없다며 소송을 낸 것이다. 딱 1년이 지났을 때 퇴원하게 되었고 집으로 돌아올 수 있었다.

아내는 1년 동안 단 한 번도 병원을 찾아오지 않았다. 내가 병원에 누워 있는 동안 대놓고 불륜을 저지르고 있었다. 인생살이가 비참하게 흘러가고 있었다. 나는 불륜의 흔적들을 찾아 자료를 모아서 이번에는 검찰에다 고소장을 제출했다. 아내는 검찰에서 소환을 통보하자 그날로 짐을 싸서 도망가버렸다. 그때 알아낸 아내의 바람기는 가히 충격적이었다.

특정 종교를 믿던 부모님 영향으로 아내는 어릴 때부터 다니던 교회가 있었다. 그곳에서 초등학생 시절부터 지도교사라는 신분의 어른이 아내의 친구 한 명과 아내를 성노예를 만들었다고 한다. 그러곤 섹스에 관한 온갖 기술을 터득시켰고, 그로 인해 아내는 남자 없이는 단 하루도 살 수 없는 지경이 된 것이다. 다음 날 아내는 전화를 걸어와서는 뻔뻔하게도 고소를 취하해달라고 했다. 나는 만나서 이야기를 들어보고 결정하겠다고 하니 아내는 약속 장소로 오겠다고 했다. 약속 장소에 가보니 먼저 와서 기다리고 있었다. 나는 아내에게 왜 그렇게 바람을 피웠냐고 물었다. 아내는 내 예상대로 남자 없이 못 사는 몸이라 그랬다고 했다.

인제 와서 숨길 일도 없고 오히려 편안하게 말하겠다며 말을 이어나갔다. 내가 이상하게 여겼던 결혼식 전날에도 남자와 자고 왔으며, 결혼식 당일에도 몰래 나가 남자와 만났다는 것이었다. 온몸에 소름이 끼쳤고 구역질이 나왔다. 그럼 나와 결혼은 왜 했냐고 물었다. 부모님 때문에 망가져버렸으니 집을 벗어나면 괜찮아지겠지 하는 마음에 결혼했다고 했다. 그래서 처음 얼마 동안은 괜찮았는데 시간이 지나고 생활이 안정되니까 다시 본능이 발동하게 되었다는 것이다. 처음으로 들키기 전에도 내가 잠들면 몰래 나가 술집에서 마음에 드는 남자와 자고 들어오기도 했다는 이야기를 거리낌 없이 말했다.

아내의 말을 들으면서 나 자신이 너무 등신 같다는 생각이 들었다. 아내의 불륜 상대는 나이를 불문하고 누구든 마음에 들기만 하면 그만이었다. 한편으론 아내가 참으로 가여웠다. 차라리 창녀로 나서지 그랬냐고 물으니까 차마 그럴 용기는 없었다고 한다. 그럼 왜 나를 선택해서 괴롭혔냐 했더니 자기한테 잘해주고 착해서 잘 살아보려고 했는데 몸

뚱이가 발작을 일으켜 어쩔 수 없었다며 울면서 용서를 빌었다. 정말 불쌍하다고 느꼈다. 그래서 꼭 끌어안아 토닥여주었더니 창피함도 모르고 통곡했다. 솔직한 이야기를 해줘서 내가 결정을 내리는 데 도움이 되었다.

내 운명도 참 기구하다는 생각이 들어서 나도 같이 눈물을 흘렸다. 바로 검찰청으로 함께 가서 고소를 취하해줬다. 합의이혼을 하기로 결정하고 나니 오히려 마음이 홀가분해졌다. 그때까지 미루어왔던 일들을 전부 정리하기로 했다. 가지고 있던 집 세 채 중 하나를 아내한테 주면서 어찌 되었든 그동안 아이 낳고 사느라 고생했다며 고맙다고 말했다. 아내는 울면서 감옥 가지 않게 해준 것도 미안한데, 이렇게 하면 더 미안해서 어쩌냐고 했다. 보험사와의 소송은 6개월이 더 지나서 끝이 났다. 이기긴 했지만, 소송비용과 병원에 누워 있느라 못 갚은 채무를 재산 정리를 통해서 모두 정산하고 나니 겨우 원룸 얻을 보증금 정도만 남았다.

인천 송도에 빌라 월세를 얻어서 이사했다. 근처에 살고 있던 지인이 알선해준 집이었다. 그녀는 경기은행 시절 같이 근무했던 이혼녀였다. 그녀는 마땅한 일자리가 없어서 이곳저곳 식당을 전전하며 아르바이트를 하며 생활하고 있었는데, 우리 집에 자주 들러서 이것저것 챙겨주고 아들도 살뜰히 돌봐주곤 했다. 그녀는 술을 무척 좋아했다. 거의 매일 술을 사 와서 마시자고 했다. 한 달 정도 지날 무렵 그녀가 내게 같이 살면 어떻겠냐고 슬며시 물었다. 나는 아이가 있지만, 당신은 혼자인데 그래도 되겠냐고 물으니 자기 아들처럼 잘 키울 테니까 걱정하지 말라고 했다. 나는 아무리 절망적이어도 아들을 버릴 수는 없었다.

다음 날 우리는 자동차를 몰고 전국 일주를 떠났다. 병원에 누워 있던 1년 동안 가족조차 누구 하나 찾아주지 않았는데, 그녀는 가끔씩이라도 와서 챙겨주고 아들도 돌봐준 게 고마웠다. 서산 갯벌에서 굴도 캐고, 대천해수욕장에서 모래놀이도 하며 즐겁게 여행했다. 남해안을 지나 해안선을 타고 동해안으로 올라갔다. 속초를 지나 거진항까지 올라갔다가 내려오면서 아버지 얼굴이라도 뵙고 가려고 태백으로 향했다. 몇 년 동안 찾아가지 못해서 죄송한 마음이 많이 들었다.

신들은 내게 해답을 말해주지 않았다

아버지도 내가 찾아오지 못한 사이에 많이 변해 있었다. 어머니한테 이혼해줄 것을 요구했지만 거절하자 소송까지 불사하며 이혼을 하셨고 다른 여자랑 살고 계셨다. 그런데 아버지 건강이 많이 안 좋아지신 게 마음을 아프게 했다. 가능하다면 태백에 내려와 아버지 근처에 살다가 아버지가 돌아가시면 장례를 치르고 다시 떠날 수 있었으면 하고 생각했다. 그러나 당장 어떻게 할 수 있는 방법이 없었다. 고민만 하면서 용연동굴 관람을 하기 위해 매표소로 향했다. 우연히도 그곳에서 인천 살 때 근처에 살았던 후배를 만났다. 내가 보증을 서줬는데 말도 없이 도망을 가버린 친구였다.

그는 나를 보더니 깜짝 놀라며 콘크리트 바닥에 무릎을 꿇고는 죄송하다고 빌었다. 아마 내가 자기를 잡으러 왔다고 생각한 모양이었다. 나는 당장 떼어먹고 도망간 돈을 갚으라고 윽박질렀다. 후배한테 지금 당장 갚는 게 어려우면 한 달에 얼마씩 갚겠다는 지불각서를 쓰라고 요구했다. 후배는 기꺼이 쓰겠다며 작성해나갔다. 무슨 일을 하고 있냐고 물으니 시내버스 운전을 한다고 했다. 그러면서 하는 말이 자기가 회사에 말해줄 테니까 형님도 여기 와서 고속버스를 운전하라는 것이다. 형님은 버스 운전을 해보았으니까 가능할 것이라는 말이었다. 나는 인천에서 지인이 관광버스 회사에서 틈틈이 스페어 기사로 일해온 게 있었다.

집으로 돌아와 그녀와 며칠간 상의를 했다. 그녀는 자기도 시골에 살아보고 싶었다고 하며 태백에 가기로 결정했다. 그렇게 바로 이사 준비를 했다. 다행히 이사는 일사천리로 진행되었다. 입사 후 전국 노선을 익히는 연수를 한 달 동안 받아야 했다. 그런데 절반 정도 받았을 때 기사가 모자르다고 정식으로 일하라며 배차를 넣어주었다. 다른 기사들은 나보고 특혜를 받았다며 부러워했다. 그렇게 나는 전국을 다니는 스페어 기사를 하게 되었다. 대개는 한두 개 노선의 스페어를 타는 게 관례처럼 되어 있으나 나는 버스 경력이 있다는 이유로 전국을 다니게 된 것이다.

그런데 문제는 한번 나가면 기본으로 3~4일씩 숙박을 해야만 했다. 집에 있는 아들이 걱정되었다. 하지만 어쩔 도리가 없으니 함께 살던 동거녀를 믿고 운행을 나갔다. 그렇게 7개월 정도를 별일 없이 지냈다. 동거녀는 심심하다며 컴퓨터를 사달라고 했다. 워낙 깍듯하게 나를 챙기던 사람이라 고마운 마음에 컴퓨터를 사주었다. 컴퓨터를 사주고 한 달이 지날 무렵, 퇴근 후 친하게 지내던 시내버스 기사가 "형님, 한 번만 동행해주세요!" 하길래 그러자고 하고 가던 중, 인적이 없는 도로에서 뒷모습이 낯익은 아이가 걸어가는 게 눈에 띄었다. 나는 '아차!' 싶은 마음이 들면서 혹시나 하고 버스를 세웠더니 역시나 아들이었다. 가슴이 벌렁거렸다. 집과는 상당히 멀리 떨어진 거리를 아이는 작은 배낭 하나 달랑 메고 걸어가고 있었다.

아들을 태운 후, 아들에게 어디를 가는 거냐고 물어보니 할아버지한테 가는 길이라고 했다. 거기가 어딘 줄 알고 걸어서 가느냐 했더니 차비가 없어서 걸어왔다고 했다. 집에 아무도 없냐고 물으니 아빠만 안 보이면 구박해서 무섭다고 말했다. 아들한테 미안해 눈물이 흘렀다. 아들을 데리고 집으로 들어가니 동거녀는 컴퓨터 책상에 앉아 있다가 놀라며 인사를 한다. 뭔가 이상한 느낌이 들어 컴퓨터 접속 기록을 살피니 남자와 쪽지를 주고받으며 채팅을 하고 있던 게 보였다. 그 당시 한창 유행하던 '아이러브스쿨'에 접속해 남자를 만나고 있는 것이었다. 내가 없어서 남자랑 채팅하냐고 물었다. 동거녀는 대답 대신 뜬금없이 "그럼 이제 나를 안 믿겠네?"라며 반문했다. 나는 믿는다고 말해줬다. 다툼이 생기는 게 싫었다.

그녀는 채팅하느라 아이가 나간 것도 모르고 있었다. 깊은 한숨이 나왔다. 아들한테는 미안했지만, 누군가 돌봐줄 사람이 필요했기에 연락하고 싶진 않았으나 전처에게 전화를 했다. 사정을 설명하고 당분간 아들을 맡아줄 수 없냐고 양해를 구했더니 자기는 벌써 재혼했기 때문에 그럴 수 없다며 보육원에 갖다 주라는 것이었다. 순간 욕지기가 올라와 육두문자를 날려주고 전화를 끊었다. 어떻게 친모라는 사람이 저렇게 말할 수가 있는지 울화가 치밀어 올랐다.

다음 날 다시 숙박을 떠났고 4일째 이른 시간에 퇴근해 돌아왔다. 대문을 열려고 손을 뻗는 순간, 왠지 가슴에서 '쿵' 하고 무너져 내리는 소리가 들렸다. '큰일이 났구나' 싶어서 대문을 열고 들어가니 아들 혼자 저금통을 들고 마루에 걸터앉아 울고 있었다. 직감적으로 '동거녀가 떠났구나!' 생각했다. 방으로 들어가니 편지 한 장 달랑 남기고 모든 짐을 챙겨서 떠나버린 것이었다. 마침 다음 날은 휴무라 상관이 없지만, 당장 아들을 어디에 맡겨야 할지 걱정되었다.

근처 산신당에 들어가 신들에게 빌면서 하소연했다. '나에게 왜 이렇게 가혹하게 하는 것이냐고', '어떻게 해야 이런 고통의 굴레를 벗어날 수 있냐?'고 답을 알려달라고 꺼이꺼이 소리 내어 울면서 기도했다. 울다 지쳐 깜빡 잠이 들었는데 아들이 흔들어 깨운다. 아들 얼굴을 보니 정신이 번쩍 들었다. 정신을 차리고 이리저리 생각해보니 어머니께 도와달라고 하는 것 말고는 답이 없었다. 바로 아들을 태우고 연천 남동생 집으로 향했다. 어머니께 아들을 맡아달라 부탁하니 태백으로 따라오시겠다고 하신다. 한시름 더는 순간이었다. 다음 날 출근 때문에 서둘러 짐을 챙겨 내려왔다.

다음 휴무일에 앞집에 사는 고물 장수가 이야기 좀 하자며 찾아왔다. 그동안 수십 번을 말하려고 했는데, 내가 무서워서 말을 걸지 못했다는 것이었다. 그런데 더는 미룰 수가 없어서 찾아왔다면서 말하기를 "선생님은 신내림을 안 받으면 오래 살지 못한다"라는 것이었다. 나는 크게 역정을 내면서 어이없는 소리 하지 말라고 말했다. 그러자 그는 그렇게 못 믿겠으면 다른 법사를 소개해줄 테니까 같이 가보자며 씩씩거린다. 하도 답답해하길래 법사를 만나러 같이 삼척으로 향했다. 법사가 사주를 묻길래 알려주었더니 왜 죽은 사람 사주로 자기를 놀리냐고 화를 냈다. 나도 화를 내면서 내 사주가 맞다고 하니까 법사는 한참을 생각하더니 어떻게 살아 있냐고 다시 물었다. 살아 있을 수가 없는 사주라는 것이다. 그래서 나는 저승을 몇 번 다녀왔다고 했더니 신내림 안 하면 오래 살지 못한다며 고물 장수와 똑같은 이야기를 했다.

그 말에 화가 나서 신이 있으면 인간을 잘살게 해줘야지, 어떻게 이렇게 철저히 망가트릴 수가 있냐며 법사에게 대들었다. 답답해 죽겠다며 한숨을 쉬더니 신 제자들은 원래 그렇게 단련시켜서 제자 삼는 것이라고 설명해주었다. 어릴 때 듣다가 오랫동안 잊어버리고 살았는데, 태백에 오니까 다시 신내림 하라는 말을 듣게 된 것이다. 나로서는 인정하고 싶지 않았다.

다시 일상에 묻혀서 생업을 이어가고 있었다. 이제는 여자라면 치가 떨려서 여자들이 말을 시키면 아주 거칠고 퉁명스럽게 대하기 시작했다. 특히 젊은 여자가 "아저씨, 저 예쁘니까 어디에 세워주세요!" 하면 바로 육두문자를 내뱉곤 했다.

그로부터 5개월 뒤 직업군인이었던 남동생이 전역한 후 어디론가 행방불명되었다는 연락을 받았다. 몇 년을 백방으로 찾아다녔지만, 허사였다. 어느덧 버스회사를 다닌 지 8년째가 되었다. 그날은 동서울로 가는 노선을 타는데, 영월을 15분쯤 지날 때, 갑자기 들어오는 경운기와 사고가 나고 말았다. 내가 피해자였다. 그런데 며칠 후 회사 공고문에 나를 감봉 3개월의 징계에 처한다는 내용이 올라왔다.

워낙 입바른 소리를 잘하는 성격이라 미운털이 박힌 처지지만, 이런 부당한 처사에 분노하지 않을 수 없었다. 바로 안전과장을 찾아서 철회시켜달라고 했더니 그렇게 안 된다는 답변이 왔다. 나는 다시 따져 물었다. 아무리 미운털이 박혀도 그렇지, 내가 피해자인데 어떻게 징계할 수가 있냐고 했더니 억울하면 소송하라며 비아냥거리는 것이었다. 일주일 정도 모든 자료들을 철저히 준비해서 노동청에 고소했다. 고소한 사실이 알려지자 사무실 직원들은 물론이고, 동료 기사들조차 비아냥거리며 나를 벌레 보듯 했다. 나는 아랑곳하지 않고 묵묵히 일만 했다. 다행히 배차 담당이 후배여서 재판하는 날마다 근무를 빼주곤 했다.

그러면서 차츰 떠날 계획을 세웠다. 제천에 거처를 마련하고 어머니와 아들을 그곳에서 지내게 하고, 휴무일이나 근무가 일찍 끝나는 날에는 그곳에 들리곤 했다. 그렇게 6개월 정도를 춘천까지 오가며 재판을 진행했다. 결과는 나의 완승이었다. 그 소식이 전해지자 사람들은 완전히 태도를 바꿨다. 참으로 간사한 인간들이었다. 전에는 "소송 걸면 이길 것 같으냐?"며 비웃던 사람들이 하루아침에 "이길 줄 알았다"며 아부성 발언을 했다.

그사이 아버지는 건강이 많이 나빠져 병원에 입원하게 되었다. 병원에는 무슨 일 있으면 바로 연락해달라고 연락처를 남겨놓았다. 2년 후 어느 날, 후배들이 술 한잔하자고 술집으로 이끌었다. 다음 날 출근해야 하는데도 불구하고 새벽까지 마셨다. 그런데 아무리 마셔도 취하질 않았다. 새벽 4시쯤 잠깐이라도 쉬었다가 출근하려고 집에 들어가서 누웠는데, 불길한 예감이 드는 게 도무지 잠이 오지가 않았다.

30분 정도 지날 때 휴대폰이 울렸다. 병원이었다. 머리카락이 쭈뼛섰다. 아버지가 돌아가셨다는 전화였다. 우선 배차 주임인 후배한테 전화해서 출근할 수 없음과 부고를 알렸다. 가족들한테 전부 알린 후, 병원으로 향했다. 영안실에 들어가 이름을 말하니 무연고자라 어떻게 해야 하나 걱정하고 있었는데 찾아와줘서 고맙다며 무척 반가워했다. 동네 통장을 맡고 있던 선배 형님한테 자초지종을 들어보니 아버지가 호적을 새로 만들어서 자신을 독신으로 만들었다는 이야기였다. 정말 어지간히 별난 양반이었다. 바로 밑의 여동생은 어릴 적 많이 맞은 아픔이 한으로 남았는지 끝내 장례식에 나타나지 않았다.

기도는 신들과 교감하는 바로미터다

아버지 장례가 끝나고 두 달 뒤, 나는 제천으로 발령을 받아서 아들과 함께 지내게 되었다. 어느 날은 안산 숙박코스를 갔는데, 젊은 여자 한 명이 차에서 안 내리고 그냥 앉아 있는 것이다. 안산에 도착했으니 내리라고 재차 말하는데도 머뭇거리며 내리려고 하지 않았다. 무슨 할 말이 있냐고 하니까 지갑을 잃어버려서 그러는데 3만 원만 빌려주면 내일 아침 첫차로 갈 거니까 그때 주겠다는 것이다. 나는 속는 셈치고 사진 찍고 전화번호를 확인하고 빌려주었다.

다음 날 출발시간이 되니 정말 그녀가 나타났다. 그녀는 원주에 도착해서 내리더니 빌려간 3만 원을 주면서 안산에서 언제든지 전화 주시면 밥을 사겠다고 하며 사라졌다. 그런데 1시간 반이 지나서 다시 안산으로 가려고 터미널 홈에 버스를 대는데, 그녀가 막 뛰어오더니 다시 타는 것이었다. 뭔가 이상하다고 생각했다. 하지만 내색하지 않았다. 일부러 나를 쫓아다닌다는 느낌이 강하게 와닿았다. 다시 안산 터미널에 도착했는데, 여전히 내릴 생각을 하지 않고 있었다. 10년이 넘도록 여자라면 이를 갈며 살았는데, 그런 모습이 좋아 보일 리가 없었다. 의도적으로 접근하는 게 느껴져서 바로 내리라고 했는데, 아랑곳하지 않고 일과 마쳤으면 저녁이나 먹으러 가자는 것이다.

돈 빌려준 답례를 하고 싶다며 애교를 부린다. 어차피 저녁을 먹어야 하니 같이 시내로 들어갔다. 반주를 곁들여 밥을 먹고 숙소로 들어가고 있는데, 그녀에게서 전화가 걸려온다. 지금 지갑을 또 잃어버렸는데 밥 먹었던 식당 앞으로 다시 와달라는 것이다. 의도적으로 접근하고 있다는 것을 확신하게 되었다. 다시 돌아가 보니 나를 기다리다 반갑게 생글거리며 맞아준다. 보자마자 "나는 여자를 안 믿는데 당신 나 좋아해?"라고 물었다. 그녀는 "눈치챘어요?" 하면서 애교를 부린다. 나는 다시 "그동안 당신 같은 여자 수없이 많았는데 육두문자 한번 들으면 전부 도망갔다!"라고 말했다. 그녀는 "그 여자들은 사람 볼 줄 모르니까 그렇죠!" 하는 거다. 당돌하기 짝이 없는 여자였다. 나는 다시 "그래? 뭔 일이 벌어져도 후회 안 할 자신 있어?"라고 했다. 그녀는 '해볼 테면 해봐라!' 하는 식으로 말했다. 정말 어이가 없었다. 나는 남자는 딴 데 가서 알아보고 조용히 들어가라 말했다. 그랬더니 "오늘만 날인가요? 내일 다시 만나면 되지요!" 하는 거다. 떨어지지 않을 거라는 섬뜩한 예감이 들었다.

그래서 좀 더 세게 몰아붙였다. 그러면 지금 나랑 같이 자러 갈 거냐고 물었다. 그러자 그녀는 오히려 반가워하면서 자기가 그러려고 나를 다시 불렀다는 것이다. 뭔가 석연치 않은 구석이 있었지만, 좀 더 함부로 대하면 떨어지겠지 하는 생각으로 그녀가 원하는 대로 들어주었다. 그러자 그녀는 본인은 고아인데 어려서부터 워낙 구박을 많이 받으며 자라서 내가 하는 건 오히려 귀엽다는 것이었다. 그 말을 들으니 그녀가 무척 가엾게 느껴졌다. 그런데 대화하면 할수록 자주 앞뒤가 연결이 안 되는 느낌을 받았다. 뭔가에 홀린 듯한 기분이었다.

그녀는 그동안 원주를 다니면서 나를 여러 번 보았는데, 다른 기사들하고 다르게 여자한테 거칠게 말하는 걸 보고 '여자한테 관심이 없는 사람이구나!'라고 생각했단다. '저런 사람과 살면 바람은 피지 않겠구나!'라고 생각되어서 '사귀어봐야겠다!'라고 마음먹었다고 했다. 나는 그녀에게 "나름대로 분석력은 뛰어나네!"라고 말했다. 그녀는 하도 많이 속아 상처를 받다 보니 자연스럽게 사람 보는 눈이 생기더라는 것이다. 고아라서 많이 외롭다는 말이 슬펐다.

나도 그동안 상처받지 않으려고 발버둥 치며 일부러 여자를 멀리하고 있었다. 또한, 남들이 우습게 보는 게 싫어서 강하게 말하고 거칠게 행동하며 살았다. 조금이라도 편파적이거나 정의롭지 못한 말과 행동으로 내 눈에 거슬리면 지위고하를 막론하고 항의하며 싸웠다. 회사와의 소송에서 이긴 후, 그런 행동은 더욱 노골화되었다. 그래서 내가 다니는 구역에선 나를 모르는 사람이 없었다. 오랜 세월 한결같이 그렇게 하니까 일종의 이미지 메이킹이 된 것이다.

그날 이후로 그녀는 계속해서 나를 따라다녔고, 6개월이 지날 무렵 그녀와 나는 연인이 되었다. 정식으로 연인이 되자마자 그녀는 나와 함께 살기를 원했다. 그렇게 제천에서 가족들과 살기 시작했다. 함께 살기 시작하면서 생각지도 못했던 문제가 생겼다. 한 번도 나에게 싫은 소리 한 번 안 하던 어머니가 나와 아내를 동시에 싫어하며, 매일같이 이유 없는 싸움을 걸어왔다. 왜 자꾸 그러시냐고 물으니 자기도 모르게 그냥 그런다는 것이다. 휴일에 너무나 답답한 나머지 월악산 기도처를 찾아갔다. 예전에 지인이 알려준 기도처인데, 가끔 힘들 때 다녀오곤 했었다.

산에 올라 향을 사르고 신께 기도를 올렸다. 지금의 답답함에 대한 해답을 알려달라고 했다. 말씀은 들리지 않았으나 느낌으로 알 수가 있었다. 신내림 하지 않은 것에 대한 벌전 같았다. 또 다른 답답함이 나를 짓누르는 게 느껴졌다. 하고 싶지 않은 일을 해야만 한다고 강요하는 것이니 나로서는 좋을 리가 없었다. 아니 받아들이기가 힘들었다. 그럼 계속해서 어머니와 다투며 살아야 한다는 말이 아닌가? 오래전부터 알코올중독이신 어머니는 이젠 아예 소주를 박스째 사놓고 드셨다.

손주와 둘이서 살 때도 종종 술을 드시고 아무 곳에나 쓰러져 계셨다. 그러면 모시고 오는 것 때문에 어린 손주를 힘들게 하더니, 이제는 객기를 부리는 지경이 되었다. 그사이 아내가 임신하게 되어서 빠르게 날짜를 잡고, 가족들과 가까운 지인들만 초대해서 제천에서 두 번째 결혼식을 치렀다. 아내가 고아라고 했기 때문에 그렇게 하기로 한 것이다. 그런데 전혀 이야기가 없어서 아무도 없는 줄 알았더니 처 이모라는 분이 예식에 나타났다. 조금 이상하긴 했지만 인사하고 그냥 넘어갔다. 임신 6개월이 되었을 때 혼인신고를 하려고 시청을 갔는데, 아내의 주민등록 번호로는 호적 조회가 안 된다고 한다. 어떻게 나오냐고 물으니 서로 다른 호적 두 개가 열리는데, 번호가 달라서 어느 게 진짜인지 알 수가 없다는 답변이다. 나는 두 개 모두 출력을 부탁해서 살펴보았다.

하나는 제부도로 출생신고가 되어 있는 가호적 형태였고, 다른 하나는 뜻밖에도 제천에서 출생신고가 되어 있는 호적이었다. 머리가 하얗게 변하는 순간이었다. '그럼 안산에서 나를 처음 본 게 아니라 제천에서부터 살펴보았단 말인가?'라는 의문이 생겼다. '그동안 했던 말들이 송두리째 꾸며낸 말이었나?' 하는 생각도 들었다. 그래도 태어날 아이를 위해서 혼인신고는 해야만 했다. 본적이 제천인 호적으로 우선 혼인신고를 마쳤다.

그리고 석 달 뒤 승용차를 청소하다 남아 있던 호적을 발견했다. 승용차에 놓아두고 일한다고 바빠서 잊어버리고 있었던 것이다. 나는 그것을 살펴보다 기절할 뻔했다. 처음에 나한테 말하기론 분명히 미혼이라고 했었는데, 거기에는 무려 네 번의 이혼 경력과 다섯 명의 자식이 등재되어 있었다. 아연실색하고 말았다. 무슨 말을 해도 얼버무리거나 피하기 급급했던 게 이런 이유가 있었구나 싶었다. 미치고 환장할 노릇이었다. 그동안 철저히 나를 속였다는 데 분노가 치밀었다. 사실대로 말했어도 되었을 텐데, 왜 거짓말을 한 것인지 궁금했다. 문득 결혼식 날 예고 없이 찾아왔던 아내의 이모는 진짜인지 알아보고 싶었다.

집에 가서 아내에게 내가 확인한 모든 것을 물으니 아내는 꿀 먹은 벙어리가 되어버렸다. 한참을 다그치니 모든 게 사실이라고 울면서 말했다. 어려서 부모에게 버려져 동네 이웃들 손에서 자랐단다. 14살이 되었을 때 동네 오빠한테 강간당해 아이를 낳게 되었고, 그것을 시작으로 때리면 아이만 남겨두고 도망쳐 나오길 여러 번 했다고 말했다. 호적에 안 올리고 살았던 적도 몇 번 있다고 했다. 아버지의 어린 시절이 떠올랐다. 남자도 살아내기 힘들었을 텐데 여자 몸으로 어떻게 견디며 살았을까 생각하니 마음이 아팠다. 그럼 혼인신고 된 호적은 어떻게 된 것이냐고 물으니 아버지 친구분이 면사무소에 있어서 그분이 제천의 지인을 통해서 새롭게 만들어준 호적이라는 것이다.

그럼 이모라는 분은 누구냐 했더니 대답을 안 한다. 또다시 다그치니 자기가 자주 가는 점집의 무녀라는 것이다. 왜 그렇게 온통 거짓말로 인생을 사느냐고 꾸짖었다. 그랬더니 고아라는 사실이 너무 싫어서 하나 둘 거짓말을 하다 보니 이제는 버릇이 되어버렸다고 했다. 그러곤 울면서 미안하다고 사과한다. 정말 불쌍한 여자라는 생각이 들었다. 한편으론 왜 나한테는 이런 사람만 붙는 것인지, 내 인생에 화도 나고 역겹게 느껴졌다. 오래전 춘천에서 내 목숨을 구해주었던 매춘부한테 했던 말이 떠올랐다. 나는 그때 그녀에게 "당신과 결혼 못 하면 나중에 당신 같은 여자랑 결혼할 것이다"라는 말을 농담처럼 했었다.

그러고 보니 살아오면서 내가 '어떻게 진행해야지' 했던 말들은 대부분 그렇게 흘러왔던 것을 알 수 있었다. 점점 내가 뱉어내는 말들이 무서워지기 시작했다. 그 무렵 어머니의 술주정은 점점 심해졌다. 급기야 우리랑 못 살겠다며 혼자만 살고 싶으니 우리 식구에게 떠나라고 말했다. 내가 말을 안 들어주자 형님까지 끌어들여 나를 압박하기에 이르렀다. 집수리하느라 돈을 많이 써서 돈이 없어 못 나간다고 했더니 무조건 나가라고 떼를 쓰는 것이었다. 끓어오르는 화를 참지 못한 나는 악담을 퍼붓고 말았다. "내가 나가면 어머니는 3일 안에 쓰러지고, 형은 2년 안에 죽을 거다! 그래도 괜찮냐?" 했더니 상관없으니까 나가라는 것이었다.

신명계의 문은 소리 없이 열렸다

나는 아내와 큰아들을 데리고 건너편 동네에 다 쓰러져가는 집을 구해서 수리하고 이사했다. 이사 후 2일째 근무 중에 큰아들이 전화를 걸어와 울면서 할머니가 쓰러졌다고 말했다. 어떻게 알았냐고 하니, 먼저 살던 동네 아저씨가 학교로 찾아와 알려주고 갔다고 했다. 순간 또 한 번 가슴이 철렁했다. 아들한테 바로 119에 전화하고 큰엄마한테도 전화해서 알려주라고 했다. 내가 할 수도 있었지만, 버스 운전 중이라 어쩔 수가 없었다. 또한, 아직 마음이 풀리지 않아 통화하고 싶은 마음도 없었다.

얼마 지나지 않아 둘째 아들이 태어났다. 그런데 기쁨도 잠시, 또 다른 걱정거리가 생겼다. 산모 몸조리와 큰아들 등하교 시키는 게 문제였다. 우선은 병원에 입원시켜놓고 산후조리원을 알아보기로 했다. 하지만 근처에 마땅한 곳이 없었다. 영업소에 휴직을 신청하니 기사가 부족

해서 안 된다고 했다. 어쩔 수 없이 사표를 내기로 결심했다. 3일 후, 휴무일에 사무실로 가서 사표를 제출하고 나왔다. 오랫동안 몸담고 있었던 회사라 그런지 아쉬움이 남았다. 당장 아내를 퇴원시키고 집에서 산후조리를 해주게 되었다. 큰아들도 아기 때부터 혼자 키웠기에 그 정도는 내게 아무것도 아니었다.

어느 정도 산후조리가 되었을 때 일거리를 찾아보았다. 아이의 등하교를 해주면서 할 수 있는 일은 거의 없었다. 생업을 이어가야 했기에 택배 사업을 시작했다. 집에 매일 들어올 수 있으니까 좋다고 생각했다. 아이들은 별일 없이 잘 자라 주었다. 처음 해보는 일이었지만 개척해나가는 재미가 있었다. 택배를 시작한 지 1년 반 정도 되었을 때 또 한 번 비보가 날아들었다. 내가 말을 해놓고도 까맣게 잊고 있었는데 거짓말 같은 일이 일어난 것이다. 어머니와 동조해서 나를 쫓아냈던 형님이 경부고속도로에서 교통사고로 즉사했다는 비보였다. 막냇동생한테 전화를 받는 순간, 내가 했던 말이 떠오르면서 머리카락이 서는 걸 느꼈다. 큰아들을 옆에 태우고 가다 사고가 났는데, 예전에 내가 겪을 뻔한 것처럼 차량이 전복되어 자기가 몰던 차에 본인 머리가 깔리는 끔찍한 사고였다.

단숨에 경주 동국대병원 영안실로 달려갔다. 머리가 엉망이 되어버린 모습을 보니 참담함이 말로 설명하기 힘들었다. 장례를 치르기 위해 부천으로 옮겼다. 장례 기간 내내 마음이 불편했다. 장지를 물어보니 제천으로 정했다고 했다. 무슨 조화일까 싶었다. 아버지도 근처인 영월에 모셨는데 형님도 제천으로 모신다니 무슨 조화를 부리는 것처럼 여겨졌다. 생각해보니 내가 아무 연고도 없는 제천에 와서 살고 있다는 것도 의아했다. 그동안 전혀 생각해보지 않았던 것들이 그날만은 이상하게 떠올랐다. 나는 제천에 아무런 연고가 없기에 굳이 이곳에서 살아갈 이유는 없었다. 도대체 무슨 이유 때문인지 알고 싶어졌다.

다시 일상으로 돌아와 생업을 이어갔다. 아내가 막둥이를 가졌다며 기뻐했다. 그러더니 아르바이트를 하겠다며 허락해달라고 졸랐다. 임신한 몸으로 어떻게 일을 하겠냐고 하니 걱정하지 말고 허락만 해달라고 졸랐다. 그런데 그 무렵부터 주머니에 넣어놓은 돈이 아침에 출근해보면 거의 다 사라지는 일이 벌어지기 시작했다.

처음에는 초등학생인 큰아들을 의심했다. 그래서 차 안에 숨겨두고 문을 잠가놓아도 아침이면 사라지는 일이 반복되었다. 큰아들이 아닌 건 분명해 보였다. 아내의 소행이라 확신하고, 하루는 술을 마시고 들어와 자는 척하고 있었더니 30분쯤 지나자 아내가 내 주머니에서 자동차 키를 꺼내 차를 뒤지고 있었다. 들어오기 전에 돈을 다른 곳에 숨겨놓고 왔더니 안달이 나서 씩씩거리고 다녔다. 정말 어처구니가 없었다. 돈 벌러 다니면서 내 돈까지 훔치는 게 이해가 가지 않았다. 다음 날은 더 황당한 일이 생겼다. 기름을 넣으려고 주유소를 갔는데 결제가 안 되는 것이었다. 잔액을 조회하니 0원이었다.

기름값이 문제가 아니라 카드 결제가 문제였다. 아내의 소행으로 여겨져 바로 아내한테 전화해서 물어보니 돈이 필요해 자기가 전부 인출

했다는 것이다. 기가 막힐 일이었다. 어디에 썼냐고 물으니 저녁에 집에 가서 말해준다며 전화를 일방적으로 끊어버린다. 현금 서비스를 받아서 당장 카드값부터 메꿨다. 저녁에 퇴근하고 집에 와서 물으니 아무런 말도 안 한다. 너무 화가 나서 소리를 질렀더니 예전에 두고 온 애들한테 돈을 보내고 있었던 것이었다. 그동안 살면서 적금을 들고 있다는 이야기도 모두 거짓말이었다. 남아 있는 돈이 한 푼도 없었다. 미칠 정도로 화가 났다. 순진하게 나는 또 멍청이가 되어 있었다. 모든 카드와 통장을 빼앗고, 지갑을 아예 숨겨놓고 다녔다.

한참 추운 겨울에 막내가 태어났다. 그날은 내가 옆에서 지켜주고 있었다. 제왕절개로 출산을 했는데, 아이가 체중도 덜 나가고 울지를 않는다는 산부인과 원장의 다급한 목소리가 가슴을 철렁하게 만들었다. 빨리 대학병원으로 옮겨야 한다는 것이다. 나는 바로 연락해줄 것을 부탁하고 아내를 입원실에 둔 채 응급차를 타고 원주 연세세브란스병원으로 향했다. 가는 동안 '제발 우리 아기 좀 살려달라'고 신께 기도했다. 병원에 도착한 후 아이는 바로 소아병동 중환자실 인큐베이터로 들어갔다.

그날부터 병원과 사무실을 오가면서 노숙했다. 아침에 눈을 뜨면 제천으로 출근했다가 퇴근하면 인큐베이터의 아기를 면회하고 소아 중환자실 앞에서 노숙했다. 그렇게 하기를 한 달하고 열흘이 지나니 정상으로 돌아왔다며 퇴원해도 좋다고 했다. 그렇게 기쁠 수가 없었다. 하루하루 죽으면 어쩌나 하고 걱정했는데 정상으로 돌아왔다니 그보다 기쁜 일은 없었다. 아기를 안고 집으로 들어가니 아내도 몹시 기뻐한다. 아기한테는 미안했지만, 그래도 혹시 몰라서 출생신고는 하지 않고 있었다. 백일이 되어갈 무렵에야 마음 놓고 출생신고를 했다. 그러다 보니 어느새 해를 넘겨버렸다.

막내아들 돌이 가까워질 무렵 퇴근 후 잠을 자고 있는데, 갑자기 하늘에서 집채만 한 불덩어리가 내려오더니 내 몸의 사방으로 들어왔다. 기겁하며 놀라 눈을 떴는데, 이번에는 내 몸이 붕 뜨더니 천장까지 올라갔다 방바닥으로 뚝 떨어지는데, 머리가 빡 하며 터지는 소리가 났다. 그러곤 입에서는 '내가 태백산 산신령이다!' 하고 말하고 있었다. 또 하는 말이 조만간 실종되었던 남동생이 올 테니 준비하라고 하는 것이다. 이건 또 무슨 일인가 하고 놀라서 어리둥절하고 있으니 아내가 '무불통신(無不通神)' 했다며 엄청나게 기뻐하는 것이었다. 나는 그 말이 무슨 뜻인지 몰라 물으니 신내림 없이 말문이 터졌다는 것이었다.

나는 무속에 대해서 문외한이었으나 아내는 오랫동안 점집을 찾아다녀서 무속에 관한 것들은 상당히 많은 것을 알고 있었다. 바로 다음 날부터 일을 할 수가 없었다. 나는 미쳐버린 사람처럼 헤매고 다니면서 아무에게나 눈에 보이는 대로 점을 쳐주거나 나쁜 걸 보면 욕을 내뱉고 지껄이며 다녔다. 나 스스로 도무지 통제가 안 되었다. 이러다가 무슨 일을 낼 것만 같았다. 3일째 되는 날, 평소 안면이 있던 무녀를 찾아갔다. 무녀는 나를 보더니 "어이구. 난리가 났네! 뭐가 잔뜩 덮어 씌였네!" 하는 것이다. 가리를 잡아야 한다는 것이다. 그게 무슨 말이냐고 물으니

신을 가려서 보낼 것은 보내고, 받을 것은 받아야 한다는 뜻이라고 했다.

그렇게 하려면 많은 금액의 돈이 필요하다는 것이 문제였다. 돈이 없다고 하니 “뭐 어떻게 되겠지! 급하니까 우선 재단에 쌀부터 올리자! 할아버지께 신고해야지!” 하면서 서두른다. 그날 저녁 집으로 돌아왔는데 나는 아내를 앞에다 앉혀놓고는 대뜸 “네 이년! 어디 멀쩡한 서방을 놔두고 딴살림을 차렸느냐, 이년아! 제 버릇 개 못 준다고 또 화냥질이 발동했냐?” 하면서 크게 호통을 쳤다. 내가 말을 하면서도 머리로는 무슨 말인지 납득이 가지 않았다. 몸과 머리가 따로 움직이고 있었다. 그 말을 듣던 아내는 바로 무릎을 꿇더니 눈물을 뚝뚝 흘리며 “할아버지! 잘못했습니다! 용서해주세요! 제 눈에 뭐가 씌었나 봐요!”라고 말했다.

100일 기도 후 달라진 세상에 대한 시선

무슨 말을 하는 것인지 도무지 알 수가 없었다. 그러곤 곧바로 잠이 들어버렸다. 꿈을 꾸는데 아내가 다른 남자랑 방을 얻어서 동거하는 모습이 보였다. 가는 곳마다 아이를 낳아놓고 싫증 나면 떠나버리는 수법을 반복하며 살아오고 있었다. 그렇게 해서 낳아놓은 아이가 여러 명이 되었다는 것을 알게 되었다. 아이들 울음소리에 잠이 깨어 거실로 나와 보니 아내는 보이지 않고 아이들은 울고 있었다. 혹시나 부랴부랴 지갑을 열어보았더니 카드가 한 장도 남아 있지 않았다. 통장을 찾아보았으나 그 역시 사라지고 없었다. 심지어 동전을 모아둔 돼지저금통까지 사라져버렸다. 그야말로 1원짜리 한 닢도 안 남기고 몽땅 털어 야반도주한 것이다.

아이들도 버려두고 자기만 살겠다고 도망가버린 것이었다. 허탈하기 이를 데 없었다. 쪽지 하나 남기지 못하고 도망갈 만큼 급박한 이유가 무엇일까 생각해보았다. 그때 어젯밤 일이 생각났다. 그러곤 아차 싶었다. '아내가 불륜을 저지르고 있었구나!' 생각했다. 어째서 첫 번째 이혼하고 혼자 10년 넘게 살다가 재혼한 두 번째 아내마저 이럴 수 있을까 싶었다. 은행 개점 시간에 맞춰서 통장 잔고를 확인하니 예상대로 0원이었다. 카드사에 전화해서 사용 내역을 확인하다가 까무러치게 놀랐다. 그동안 나 몰래 카드깡으로 보이는 것과 현금 서비스 등으로 5,000만 원이 넘는 금액을 빚으로 남겨놓은 상태였다.

당장 아이들과 어떻게 살라고 이런 만행을 저지르고 도망갈 수가 있는지 말이 나오지 않았다. 당장 꿈에 보았던 기억을 더듬어 아내가 딴살림을 차려 살고 있는 원룸을 찾아갔다. 신기하게도 정말 아내가 그곳에서 다른 남자와 동거를 하고 있었다. 숨이 막히고 기가 막혔다. 바로 경찰에 신고를 해버렸다. 더 이상 미련 두고 싶지 않았다. 둘은 불륜 현행범으로 잡혀갔다. 나는 무녀한테 가서 어제와 오늘 벌어진 이야기를 해줬다. 그런데 그녀가 조금 이상했다. 나의 눈치를 살피는 게 느껴졌다. 나는 그 틈을 놓치지 않고 아내가 여기 몇 번이나 왔었냐고 물었다. 무녀는 얼버무리며 대답을 못 한다. 전부 뒤집어엎어 버리기 전에 말하라고 윽박지르니 이실직고하기 시작한다. 그동안 아주 많이 왔었는데 남편이 숨겨놓은 돈을 찾게 해달라고 그래서 집에도 여러 번 왔었다는 것이다. 정말 어처구니가 없었다. "당신이 사기꾼이지, 무슨 무당이냐?"며 소리를 질렀다.

나는 그길로 뛰쳐나와 무작정 태백산으로 차를 몰았다. 그러고는 사람들의 통행이 적고 물이 흐르는 곳에 가서 작은 재단을 만든 뒤 정화수를 떠놓고 기도를 드렸다. 무념무상의 세계에 빠져서 시간 가는 줄도 몰랐다. 100일 기도를 드리라는 계시를 받고 눈을 떠보니 어두워지고 있었다. 기도를 시작하고 10분 남짓 된 것 같았는데, 벌써 6시간이 지나 있었다. 서둘러 산을 내려오면서 궁리해보았다. 100일 기도하려면 당장 아이들을 맡길 곳이 필요했다. 마땅히 생각나는 방법이 떠오르지 않았다. 하는 수 없이 인천에 사는 여동생한테 전화해서 급박한 사정을 이야기한 후, 서너 달 정도 아이들을 맡아줄 수 있겠냐고 물으니 흔쾌히 그렇게 해주겠다며 걱정하지 말라고 한다. 참으로 고마운 일이었다. 여동생 집에 머물고 있는 큰아들이 동생들을 보살펴줄 거라는 기대감도 있었다.

큰아들은 중학교 졸업 후 예술고에 진학시켜달라고 했으나 나는 가정 형편이 어려우니 인문계를 가라고 했다. 그리고 가까운 인문계 고등학교에 입학시켜놓았으나 등교 하루 만에 자퇴서를 냈다. 그러곤 돈 벌면서 검정고시를 보겠다고 하고는 고모 집으로 가버린 상황이었다. 바로 아이들 짐을 꾸려 한 번도 가보지 않았던 여동생 집으로 향했다. 전화 통화는 가끔 했지만 가보지는 않았었다. 알려준 주소로 찾아가 아이들을 맡기고 돌아서 나오는데 하염없이 눈물이 흐르고 또 흘렀다. 울면서 떨어지지 않으려는 아이들을 놓고 오는 것이 마음 아픈 일이라는 것을 새삼 느끼는 순간이었다.

큰아들도 어릴 때 맡길 사람이 없을 때 어쩔 수 없이 버스에 태우고 다니면서 일했던 순간도 있었다. 내가 밥 먹을 시간에 같이 먹지 못하면 먹을 걸 사주고 버스에 태우고 다녔다. 그러다 화장실이 가고 싶다고 하는데 고속도로의 특성상 아무 곳에다 세울 수가 없으니 뒤늦게 휴게소에 도착해보면, 이미 대소변으로 온통 엉망이 되어버린 후였다. 그러면 승객들 눈총을 몽땅 감수해야만 했었다. 그럴 때의 심정은 정말 땅을 파서 들어가고 싶었다. 그런데 이제는 아이를 둘씩이나 데리고 그런 상황을 살아야 한다는 게 한없이 막막하게 느껴졌다. 집으로 돌아와 계획을 세웠다. 하지만 가진 돈이 없으니 차에서 생활하며 기도하기로 작정하고 짐을 꾸렸다.

태백산에 들어가 기도를 시작하고 3일째 되었을 때 경찰한테서 전화가 걸려왔다. 아내가 현재 남아 있는 돈을 돌려줄 테니 고소를 취하해달라고 한다는 것이었다. 그래서 돈을 송금시켜주면 고려해보겠다고 말했다. 약 10분 뒤에 송금시켰다는 연락이 왔다. 700만 원이 입금된 것을 확인했다. 그동안 빼돌린 돈이 1억 원이 넘는데 겨우 700이라니 어이가 없었지만, 한 푼도 못 건질 거라고 생각했는데 그나마 이거라도 받아서 다행이라 생각했다. 도저히 받을 수 없을 것 같았는데 기도를 시작하고 불과 3일 만에 이런 일이 생기니 작은 기적처럼 느껴졌다. 지금은 일이 있어 갈 수 없으니 우선 풀어주라고 했다.

다음 날 아침에 경찰서로 가서 아내를 만나 고소 취하서를 내고 합의이혼 하기로 약속했다. 지금은 기도하러 가야 하니 법원에 접수 먼저 하러 가기로 하고 헤어졌다. 보름 정도 지나서 산신님께 사정을 말씀드리고, 아내에게 전화해 법원에서 만나자고 했다. 법원에 들어가니 우리 순서가 많이 밀려 있었다. 기다리는 동안 밖으로 나와 자판기 커피를 마시며 이야기를 나누었다. 나한테 왜 그렇게 했는지 물어보았다. 대답이 가관이었다. 점 보러 가는 데마다 "나한테 여자가 많은데 아마 지금도 여자 만나서 바람 피우고 있을 거다. 그러니 확인해봐라" 이렇게 말하더라는 것이었다.

그래서 실제로 택시를 타고 뒤따라 다녀보니 밥도 못 먹고 일하는 모습만 보였다는 것이다. 그런 모습을 보고도 미친 무녀들의 말을 믿고 싶더냐고 했다. 그랬더니 무녀들 말에 의하면 지금 안 그러면 나중에라도 너를 버릴 것이니까 마음 단단히 먹고 대책을 세우라 했다는 것이다. 그래서 '버려지는 것보다는 자기가 버려야겠다'라고 마음먹고 그렇게 했다며 울먹였다. 어떤 무녀는 홀아비인 자기 동생을 소개시켜주면서까지 몰아갔단 이야기였다. 직감적으로 지금 불륜남이 그놈이냐고 하니까 그렇단다. 그런 썩어빠진 무녀가 누구냐고 했더니 그건 절대 말해줄 수 없다고 버티며 악어 눈물만 흘리고 있었다.

우리 순서가 되어 판사 앞에 앉으니 이혼 사유가 성격 차이라고 적혀 있는데 맞냐고 질문했다. 나는 아내가 바람피우다 걸려서 그런데, 그것을 이혼 사유로 쓸 수는 없는 것 아니냐고 반문했다. 그랬더니 양육권을 비롯한 몇 가지 질문을 더 하더니 정식 이혼은 한 달간 숙려기간을 거친 후에 가능하다고 했다. 나는 당장 하고 싶으니 방법을 알려달라고 했다. 판사들끼리 숙의를 거치더니 법원에서 지정해주는 단체에 가서 상담받고 오면 바로 처리해주겠다고 했다. 나는 즉시 그렇게 했고, 바로 이혼했다.

모든 것을 마무리하고 계속해서 기도에 매진했다. 그 이후 100일이 다 되어가도록 특별한 것은 없었다. 변한 것이 있다면 마음이 아주 편안해졌고 툭하면 화가 나곤 했는데 그런 일이 없어졌다. 또한 15년이 넘도록 하루도 안 빠지고 마시던 술이 한잔도 생각나지 않았다. 어느덧 3일을 남겨둔 날이었다. 기도 중에 누군가 강하게 내 몸으로 들어오는 게 느껴졌다. 그러더니 처음 들어보는 알 수 없는 언어로 한참 동안 기도를 하더니 붓을 꺼내 들고 부적을 그리기 시작했다. 순간 조금 남아 있던 잡념마저 사라지고 머리가 아주 맑아졌다. 그때까지 살면서 처음으로 느껴보는 감정이었다.

기도 마지막 날, 예전 버스회사에서 친하게 지내던 기사가 헤어지고 처음으로 전화를 걸어왔다. 안부를 묻더니 지금 기도 끝났냐고 묻는 것이었다. 나는 속으로 놀라며 무슨 말을 하는 거냐고 반문했다. 자기가 어제 꿈을 꾸었는데, 내가 나타나서 오늘 100일 기도가 끝나니까 전화해달라고 했다는 것이었다. '신의 세계가 이런 조화를 부리는 능력이 있구나' 하고 깨닫는 순간이었다. 알고 보니 그 사람도 내가 퇴사할 무렵 퇴사하고 신내림을 받아 법사가 되었던 것이다. 지금 어디에 있냐고 하니까 태백에 있다고 했다. 나는 마침 잘되었다며 내가 기도하고 있던 위치와 찾아오는 방법을 일러주었다.

1시간 정도 지나서 그 법사는 다른 무녀와 같이 나를 찾아왔다. 반갑게 인사를 나누고 나를 보더니 "무불통신 하셨구만. 100일 기도까지 마쳤으니 조금만 다듬어서 법사 하면 되겠네!" 하고 말했다. 그러곤 가지고 온 간단한 재물들을 풀어서 신단을 차리더니 동서남북 사방으로 인사했다. 자리에 앉더니 북 고장을 꺼내어 치면서 경문을 읊기 시작한다. 한참을 그렇게 하더니 멈추고는 나에게 부채와 방울을 들든지, 아니면 삼지창과 칼을 들던지 마음 내키는 것을 잡으라고 했다. 나는 방울과 오방기를 집어 들었다. 그 법사는 몸이 시키는 대로 하라면서 다시 고장을 치기 시작했고, 그와 동시에 나는 하늘 높이 뛰었다.

세상에는 좋은 것도 나쁜 것도 없다

영화나 TV에서 굿을 하는 장면이 나올 때, 무녀나 법사가 무의를 입고 뛰는 것은 보았지만, 내가 그렇게 하늘 높이 펄쩍펄쩍 뛰게 될 줄은 몰랐다. 한참을 그렇게 정신없이 뛰는데, 갑자기 누군가 다시 내 몸으로 들어오는 게 느껴졌다. 고장을 치면서 나를 살피던 법사는 그것을 바로 알아차리곤 누가 오셨냐고 물었다. 그것이 '접신'이라는 것을 처음으로 알았다. 5시간가량 계속해서 그렇게 접신하면서 문답하고 점을 쳤다. 예전에 같이 근무했다는 정으로 바라는 것 없이 그런 일을 해준다는 것이 여간 고마운 일이 아니었다.

산에서 내려가 태백으로 향했다. 그 법사는 대동해서 같이 왔던 무녀의 법당에서 같이 기거하고 있었다. 법당 신명님들께 인사를 드린 후 그간의 안부를 묻고, 앞으로 해야 할 일들에 대해서 의논하고 조언을 구했다. 무속에 대해선 아는 게 전혀 없었던 나는 그 법사에게 배울 수밖에 없었다. 신당 차리는 거며 그물을 마련하는 일 등 해야 할 것이 무수히 많다는 것을 알게 되었다. 신불을 모시는 것이 가장 중요했다.

의논을 마치고 오랜만에 집으로 돌아오는 길이었다. 큰길에서 골목으로 접어들었는데, 많이 낯익은 아이가 배낭을 메고 큰길로 나서는 게 보였다. 혹시나 하는 마음에 다가가 살펴보니 둘째 아들이었다. 순간 너무나 화가 났다. 분명 인천에 있어야 할 아이가 집에 와 있으니 기절초풍할 노릇이었다. 그래서 어떻게 왔냐고 하니까 오늘 아침에 삼촌이 태워다주고 갔다는 것이었다.

그런데 여기는 왜 나왔냐고 물으니까 아무리 기다려도 아빠가 안 와서 찾으러 나왔다는 것이었다. 순간 심장이 멎는 줄 알았다. 너무나 아찔한 순간이었다. 행여나 내가 조금만 더 늦게 와서 교통사고라도 났으면 어떻게 되었을까 생각하니 참을 수가 없었다. 곧바로 여동생한테 전화했다. 어떻게 집에 사람도 없는데 확인도 안 하고 아이 혼자만 두고 갈 수가 있냐고 따졌다. 그러자 남동생한테 내가 집에 있는지 확인하고 오라고 했는데, 남동생이 그냥 와버렸다는 것이었다. 화가 가라앉지 않아서 남동생 바꾸라고 했더니 지금 나가고 없단다.

그래서 왜 둘째 혼자만 보냈냐고 하니까 큰 사고가 날 것 같은데 그러면 원망 듣게 될까 봐 어쩔 수 없이 보냈다는 거였다. 자꾸만 혼자 거리로 나가 돌아다녀서 몇 번이나 잃어버렸다 찾아오는 걸 반복했는지 모르겠다고 말했다. 아무리 그래도 그렇지 내가 집에 없는데 애가 큰길에 나왔다가 교통사고라도 났으면 어쩔 뻔했냐고 꾸짖었다.

통화를 끝내고 나서 아들을 데리고 집으로 들어갔다. 곰곰이 생각해 보니까 뭔가 심각한 문제가 있는 게 분명해 보였다. 저녁에 큰아들한테 전화를 걸었다. 왜 동생 혼자만 보냈는지 알고 있냐고 물으니까 선뜻 말하기를 꺼린다. 혼내지 않을 테니까 말하라고 했다. 그랬더니 둘째는 조금 컸다고 매일 방 안에다 혼자 가둬놓고 밖에서 문을 잠근 채 막내만 데리고 다녔다고 한다. 그러다 깜박하고 문을 안 잠그고 나가면 둘째가 밖으로 나가서 잃어버려 경찰이 찾아주곤 했다는 것이다. 문을 잠가놓고 나갔다 들어오면 방바닥에 대소변을 보고 나서 그걸 뭉개고 다녀 난리가 아니었다는 것이었다. 물론 일하러 나가고 볼일 보러 나가야 하니 이해는 하지만 화가 났다.

그리고 둘째에게 너무 미안했다. 매일같이 혼자 방 안에 갇혀 악쓰며 울다가 지쳐서 잠들기를 반복했을 텐데 얼마나 무서웠을까 생각하니 가슴이 답답해졌다. 또한, 얼마나 배가 고팠으면 자기가 싸놓은 대변을 먹었을까 생각하니 죽고 싶은 심정이었다. 나 하나 살겠다고 아이를 사지로 내몬 것 같아서 미안하기 짝이 없었다. 둘째를 꼭 안고 미안하다고 말하며 울고 또 울었다. 아들은 영문도 모르고 같이 울었다. 한참을 울고 있으니 둘째가 "배고파, 아빠!" 한다.

정신을 차리고 밥을 주려고 하니 여의치가 않았다. 아들을 차에 태우고 시내로 나갔다. 돈가스를 사주니 허겁지겁 순식간에 먹어 치운다. 그동안 얼마나 배를 곪았을지 미루어 짐작할 수 있었다. 또다시 미안해서 눈물이 흘렀다. 그래서 아들에게 이렇게 물어보았다. "고모 집에 있으면서 많이 힘들었니?" 하니까 약간 눈치를 보더니 "형이랑 있어서 좋았어요!" 하고 대답한다. '어린것이 벌써부터 눈치를 많이 보는구나' 하고 자책했다. 그러면서 "동생은 어떻게 할까?" 물으니 데리고 와서 같이 있었으면 좋겠다고 한다. 나는 다시 묻기를 "그럼 동생 데리고 올까?" 하니까 "네!" 하고 대답한다. 나는 곧바로 막내를 데리러 인천으로 차를 몰았다.

'죽이 되든, 밥이 되든 아빠가 너희들하고 있을게!'라고 다짐했다. 막내마저 데리고 와서 어린이집을 보내기로 하고, 야간 보육이 가능한 곳을 알아보았다. 다행히 영유아 전담 어린이집에 자리가 있다고 연락이 왔다. 엄마가 없다는 티를 내지 않게 하려고, 항상 깔끔하게 입혀서 보냈다. 옷도 매일같이 갈아입히고 아침밥도 꼭 먹여서 보냈다. 아이들을 보내고 나면, 전국 각지를 다니며 기도를 하거나 굿을 했다. 거의 당일치기로 다녀오는 경우가 많았다. 아이들을 늦어도 밤 9시까지는 어린이집에서 데려와야 하기 때문이었다.

어느 때는 부산에 갔다가 시간이 늦어져 엔진이 부서질 듯 달려서 제천까지 3시간 만에 도착한 일도 있었다. 2박 3일 동안 해야 하는 신내림 굿을 하러 가야 하는데, 도저히 아이들을 맡길 곳이 없어서 데리고 가기도 했다. 굿당에다 아이들을 맡겨놓고 쉬는 시간마다 들여다보았다. 사람들은 내게 "남자 혼자서 제자길 가는데 힘들어서 어떻게요? 아이들은 고아원에 맡겨요!"라거나 "남자가 혼자서 어떻게 애들 둘을 키워요? 힘들게 그러지 말고 보육원에 데려다줘요!"라고 말했다.

그렇게 말하는 이들에게 나는 "댁들 앞마당이나 잘 쓸고 사세요!" 또는 "당신 쌀이나 잘 삶아 드세요!"라고 말해주었다. 그리고 덧붙여 "큰아들도 엄마 없이 나 혼자 키웠는데, 작은애들도 충분히 키울 수 있으니까 걱정하지 말아요! 자기들끼리 좋아서 애들을 만들어놓았으면 책임을 지는 게 인지상정인 것을, 힘들다고 버리면 그게 인간인가요? 동물들도 자기 새끼는 책임질 줄 알아요!"라며 강하게 항변하곤 했다. 한번은 아이 둘을 데리고 다니는 게 정말 너무 힘들어서 사람들 말처럼 보육원에 데려다주려고 갔는데, 아이들이 울면서 "말 잘 들을 테니까 아빠랑 같이 살게 해줘요!"라고 말했다. 가슴이 무너져 내렸다. "그래! 죽어도 너희들 안 버릴게! 미안하다!" 하고는 그냥 나와버렸다. 그 후로 다시는 그런 말을 꺼내지 않았다. 그러나 전처가 저질러놓은 채무로 인해 점점 더 힘들어졌다.

나는 도저히 빚을 감당할 수 없어서 파산 신청을 했다. 기초생활수급자 신청도 했다. 매일같이 찾아오고 전화하는 채권추심 회사에 노이로제가 걸릴 지경이었다. 다행히 아이들은 무탈하게 잘 자라 주었고, 스스로 하는 것들이 많아졌다. 그리고 어린이집 야간보육 선생님이 힘들어하는 나를 보고 불쌍하다며 돕고 싶다는 마음을 전해왔다. 내가 며칠씩 굿하러 갈 때면 그 선생님은 무보수로 아이들을 집으로 데려가 보살펴주시곤 하셨다. 지금껏 살면서 가장 고마운 분이다. 이 지면을 빌려서 다시 한번 감사의 마음을 전한다. "선생님! 고마웠습니다!" 그 선생님은 교회를 다니는 권사님이셨다. 그럼에도 불구하고 무속인의 생활을 정말 잘 이해해주셨다.

굿일이 들어오면 불교용품점에 가야만 한다. 그곳에는 무수히 많은 종류의 사람이 드나든다. 무속인은 일이 없어도 불교용품점을 슈퍼마켓 가는 것처럼 자주 간다. 그곳에서 인연을 만나는 무속인도 많이 있다. 나랑 같이 다니던 일행 중에 나를 유달리 챙겨주던 무녀가 있었다. 그녀도 그곳에서 나를 만나 같이 다니게 되었다. 그녀는 미혼이었음에도 아이들을 잘 보살펴주었다. 몇 년을 그렇게 같이 다니다 보니까 정이 많이 들었다. 아이들도 잘 따라주고 하니 자연스럽게 정이 들어버린 것이다.

여자에게 알레르기가 있던 나였지만, 아이들을 잘 키워주겠다는 말에 그녀와 혼인신고만 하고 동거를 시작했다. 시내에 방을 하나 마련해서 아내와 아이들을 그곳에서 기거하게 했다. 굿일 할 때 꼭 필요한 일이 아니면, 그녀는 아이들과 생활했다. 나는 살던 집에서 신당을 살펴야 했기에 그렇게 하기로 했다. 그렇게 순조로운 일상이 이어지고 있어서 아주 만족하고 있었다. 그러던 어느 날, 도와주었던 법사가 넓은 집을 사서 평택으로 이사를 하기로 했다. 나와 아내도 이사를 도왔다. 내부공사는 우리가 직접 하기로 하고 같이 공사에 들어갔다. 두부 공장을 하던 것을 개조하는 작업이라 정말 힘들었다.

그런데 공사를 시작하고 열흘 정도 지날 무렵 짜증이 나면서 그 집을 쳐다보기도 싫어지기 시작했다. 왜 그럴까 싶어 접신을 해보았더니 법사와 아내가 불륜을 저지르고 있는 게 보였다. 또다시 허탈한 순간을 맞았다. 거기까지가 두 사람과의 끝이구나 하는 생각이 들었다. 그러면서 '나에게 극심한 고통을 주었던 사람이 있었기에 이처럼 고마운 분도 만날 수 있었다. 그러나 고마운 사람도 다시 나를 아프게 하고 상처를 주는구나! 세상에는 다 좋은 것도 없고, 그렇다고 다 나쁜 것도 없다'라는 것을 깨닫게 되었다. 나는 그 법사에게 저주를 퍼부었다. 미안하다고 했으나 소용없는 일이었다. 그렇게 나는 세 번째 이혼을 했다.

무녀와 법사들이 모이면 우주 안테나가 더욱 강해진다

5년간의 법사 생활에 회의가 찾아왔다. 나는 이렇게 종교를 직업으로 삼아 살아가는 건 사기꾼이라는 생각을 하게 되었다. 나는 다른 방법을 찾아보기로 했다. 나는 생업을 이어가기 위해서 이것저것 닥치는 대로 일을 찾아다녔다. 아이들을 돌보아야 했기 때문에 그 시간에 맞춰서 할 수 있는 일은 별로 없었다. 마트에서도 일하고, 택배 일도 했다. 농산물 시장에서 새벽일을 하기도 했다. 그러면서 쉬는 날마다 전국의 이름난 무속인들을 찾아다녔다.

때론 영험하다는 기도처를 찾아가서 기도를 올리기도 했다. 경북 영주의 어느 기도처에서는 색다른 경험을 하기도 했다. 접신 하는 방법과 신의 능력을 극대화하는 주문을 얻어내는 수확도 있었다. 비슷한 유형의 종교인들을 만나 공부하기도 했다. 역사학 교수를 만나서 한국인의 뿌리에 대해서 배우기도 했고, 명상가를 만나서 명상 공부를 하기도 했다. 산속에 은둔하는 도인을 만나서 도술을 익히기도 했다. 전국의 유명하다는 기도처와 유명 종교인을 찾아다니며 어느덧 2년이라는 시간이 흘렀다. 그러나 언제나 실망감만 안고 돌아왔다. 그러다 같은 지역이라서 가보지 않았던 마지막 한 곳을 찾아가 보았다.

그곳의 법사는 말이 정말 잘 통했다. 그동안의 무속인들과는 의식 차원이 달랐다. 내가 그동안 공부했던 것들에 대해서 그토록 허심탄회하게 이야기할 수 있었던 사람은 처음이었다. 무속 생활도 오래 한 분이었다. 그곳에서 나는 신내림을 다시 받았다. 그리고 그곳의 일원이 되어 그들과 함께하게 되었다. 흔히 무속인을 지칭해 부르기를, 만 가지의 신을 모신다고 해서 '만신'이라고 한다. 또한, 무속인들 각각을 지칭해 '각성받이'라고 말하기도 한다. 그곳에서는 또 다른 방식으로 굿거리를 진행하고 있었다. 낯설기는 했지만 적응해나갔다. 그곳에는 제자들이 여러 명 있었다. 그러나 나는 그곳에서 언제나 이방인 취급을 받았다.

그런데 신기하게도 굿을 하기 위해 법사와 무녀들이 많이 모여 있으면, 접신이 정말 잘되는 것을 매번 느꼈다. 그것은 우주로 향한 무속인 집단 안테나의 출력이 강해짐을 말하는 것이었다. 이것은 또 다른 발견이었다. 하지만 나는 만족하지 못했다. 의식성장을 위한 또 다른 무언가가 있을 것만 같고, 그것을 찾아내지 못하고 있는 것 같아 미치도록 답답했다. 그곳의 선생은 그런 나를 보고 언제까지 이상주의에만 빠져 있을 거냐고 나무라기도 했다. 그러나 내가 생각하기에 그것은 이상주의가 아니었다. 영성을 통한 의식성장을 말하는 것인데, 선생은 그것을 이상주의자라며 나를 매도했다.

그곳에서 1년이 되어갈 무렵 큰아들이 인천의 고모 집에 있다가 돌아왔다. 큰아들한테 동생들을 맡길 수 있어서 좋았다. 차를 타지 않아도 어린이집에 데려다줄 수 있는 곳으로 이사했다. 큰아들이 돌아오면서 나는 한층 수월해졌다. 그곳의 제자들과도 조금 친숙해졌다. 그런데 뜻하지 않은 일들이 벌어졌다. 금전적으로 어느 정도 안정이 되었다는 것을 알고는 몇몇이 내게 은밀한 금전거래를 요구하기 시작했다. 처음에는 이방인 취급하는 게 싫어서 몇 번 들어주었다. 그랬더니 점점 요구하는 금액이 커졌다. 관계가 어색해지는 게 싫어서 거절했다. 그랬더니 이번에는 다른 사람이 그렇게 접근해오는 것이었다. 그들은 몰래 나를 공유하고 있었다. 역시 두 번이 지나니까 요구금액이 커졌다. 이제는 안된다고 딱 잘라 거절했다. 거절 못 하는 내가 거절을 한 것이다. 약속을 안 지키는 것에 실망했기 때문이다.

그로부터 몇 달 후 나는 디스크 증상이 심해져 수술해야만 했다. 큰아들한테 동생들을 잘 보살펴달라고 부탁하고 병원에 입원했다. 입원 후 일주일쯤 되었을 때, 아주 좋지 못한 일이 영상으로 펼쳐졌다. 일명 '화경'이라고 하는 것인데, 일부의 능력 있는 무속인에게만 나타나는 현상이다. 나는 그 내용을 선생과 상의했으나 내 말을 믿으려 하지 않았다. 나는 그 일로 인해서 일생일대의 심각한 또 다른 좌절을 겪어야만 했다. 그 내용은 큰아들과 관련된 것이었다.

그들에게 영매로서의 능력이 있는 것인지 의구심이 들었다. 그 일로 나는 그들과의 인연을 끝내기로 했다. 나는 다시 혼자가 되었다. 굿일이 들어오면 예전에 함께했던 나이 많고 경력이 오래된 무녀들을 청배해서 일을 했다. 내가 무엇보다 싫어하는 것은 조그만 일을 엄청나게 대단한 것인 양 부풀리는 것이다. 그리고 절실함에 찾아온 내담자를 현혹시키거나 겁박해서 큰일로 몰아가는 사기꾼 종교인들이다. 그런 사람들로 인해서 무속인들이 멸시당하고 천대받는 것에 분노를 느낀다. 능력도 없는 사람을 신내림 해줘서 인생을 망치게 하고, 더욱 나락으로 떨어지게 만드는 것에 환멸을 느낀다.

그래서 정말 능력 있고 신기가 충만한 무녀들을 청배하는 것이다. 종교인이라면 모름지기 사람들의 모범이 되어야 하고, 손가락질 받으면 안 된다. 누군가의 인생을 '어드바이스'한다는 건 때에 따라 그 사람의 삶 전체를 뒤흔드는 일이기도 한 것이다. 그래서 더욱 신중해야 하며, 심사숙고해서 풀어가야 한다. 그런데 몇몇 잘나간다는 종교인이나 종교단체는 그렇게 걸려든 사람은 물론이고, 가족들마저도 철저히 망가트려 자기들 잇속만 챙긴다. 가진 돈 몽땅 털리고 그 집에서 노예처럼 사는 사람도 보았다. 심지어는 그 사람이 짬짬이 막노동해서 모아둔 돈마저 갖은 감언이설로 뺏으며 살아가는 영혼의 파괴자도 보았다.

나는 언제나 사람들에게 무슨 일을 하든지 영혼을 팔아먹는 짓은 하지 말라고 조언한다. 그것이 현재는 자기가 능력 있는 것인 양 여겨질지 몰라도 그것에 대한 죗값은 반드시 받게 된다고 일갈한다. 그래서 사람과의 관계를 망쳐놓지 말고 원망에 휩싸인 척을 짓지 말라고 한다. 신을 빙자해 영혼을 파는 종교인은 훨씬 더 큰 죗값을 받는 게 순리이기 때문이다. 사람들의 원망으로 쌓여진 주파수는 우주 법칙에 의해 증폭되는 원리를 가지고 있다. 현재의 대상이 거대한 힘을 가지고 있다면 시간이 좀 더 필요할 뿐이다. 실제로 당장 큰 굿을 해야 하는 경우는 별로 없다. 단지 내담자와 무속인의 욕심이 그것을 가능케 만드는 것이다.

한 번의 효과로 대박을 바라는 도둑놈 심보가 만들어낸 허상이다. 무슨 일을 하더라도 꾸준해야 능력도 발휘하고 효과도 나타나는 법이다. 신내림을 받는 강신무라고 해서 신명님들이 사기 치라고 가르침을 주지는 않는다. 잘못 배운 인간의 욕심이 화를 자초하는 것임을 명심해야 한다. 옛날 무속인들은 종교를 직업으로 선택하지 않았다. 농사꾼이 되기도 했고 장사치가 되기도 했다. 그러다 단골이 찾아오면 점을 쳐주고, 굿거리가 들어오면 며칠 동안 부정을 멀리하며 정갈한 몸 상태를 유지하고 정성 들여 기도한 후에 굿을 벌여 마을잔치가 되는 경우가 비일비재했다.

그러나 지금의 무속인들은 당일치기 굿거리를 당연하게 여기는 경우가 많아졌다. 아무리 과학이 발전해서 빨라진 세상이라고는 하지만, 신을 섬기는 일을 인터넷 검색하듯이 해서는 진정한 효과를 볼 수가 없다. 나무를 살필 때 보통의 사람은 외부에 드러난 모습만 보게 된다. 그러나 진정한 종교인이라면 나무의 뿌리를 들여다보고 살펴볼 줄 알아야 한다. 그런데 많은 사람들은 그것을 파악조차 못 하는 경우가 많다. 그래서 굿을 잘못해 효과가 없다며 사기꾼으로 고소당하는 무속인이 왕왕 나온다. 대가를 받을 땐 거기에 상응하는 확실한 효과를 내야 하는 건 당연하다.

고로 종교인이라면 소명 의식과 의무감이 있어야만 한다. 항상 영성을 통한 의식성장에 힘쓰고 우주의 에너지로 하나님과 연결될 때, 종교인은 종교인 이상의 능력을 발휘하게 될 것이다. 그것은 회사의 홈페이지를 새롭게 꾸미고, 콘텐츠를 하나씩 늘려가거나 세분화하는 것처럼 굉장히 중요한 일이다. 사람은 누구나 영적 능력을 가지고 태어난다. 이는 태어난 직후의 아기를 물이 가득 찬 수영장에 넣어보면 알 수 있다. 그 아기는 지금 막 태어나 아무것도 배운 적이 없으나 본능적으로 수영을 아주 잘한다. 그것은 신의 능력이다.

그러나 보통 18개월쯤 되면서 그런 능력이 서서히 사라진다. 이유는 역사적 굴레의 반복되는 윤회 속에서 외부로부터의 계속되는 학습과 통제에 의해 신의 능력이 사멸되기 때문이다. “이거 안 돼!”, “저거 하지 마”, “이렇게 해봐!”, “저렇게 해봐!” 등등 무수히 많은 가르침과 통제가 오히려 인간의 한계 능력으로 강등시키는 결과를 만드는 것이다. 그런데 아이러니하게도 인간은 자라면서 신을 찾아 나서기 시작한다. 빠르면 10대 초반부터 시작해 거의 평생을 신을 찾아 헤매며 살아간다. 그래서 교회를 다니고, 절에 나가기도 하며, 성당을 찾는다. 때론 이름 모를 종교에 심취해 인생을 망치기도 하고, 어떤 이는 득도의 경지에 이르기도 한다.

그렇게 해서 종교는 생겨나는 것이다. 그중에 일부 의식이 깨어 있는 사람들이 영성을 발전시켜 의식을 성장시키고 자신을 특별하게 만들어 존경받는 인물로 거듭나는 것임을 알아야 한다. 그런 사람들은 자신이 신적 능력이 있음을 자각하고, 그것을 의식혁명을 통해서 발전시켜나가는 노력을 게을리하지 않는다. 그래서 의식이 성장하면 종교를 초월하게 되고, 남들이 못 보는 것을 보게 된다. 그런 능력은 다양한 방식으로 나타난다. 사물을 꿰뚫어 볼 수도 있고 미래를 예측할 수도 있으며, 전혀 배운 적 없는 그림이나 글씨를 통해서 능력을 발휘한다. 어떤 이는 뛰어난 학습 능력으로 부를 움켜쥐기도 한다.

4장

•

있는 그대로의 나를 사랑하라

모든 것은 나로부터 시작되었다

언제나 그랬듯이 새벽에 일어나 신당에 청수를 올리고 기도를 한다. 그러곤 아침밥을 짓고 아이들을 깨워서 씻기고 밥 먹이고 깨끗하게 옷 입혀 준비물과 함께 어린이집에 데려다준다. 그래야 나의 일과를 시작할 수 있다. 항상 그렇게 이어져온 일상이다. 그런데 거기에 커다란 변화를 가져다주는 일이 생겨났다. 이것은 내 인생 최대의 쇼킹한 사건이었다. 큰아들이 여자친구가 있다며 데리고 왔는데, 아직 결혼하기엔 이른 나이임에도 불구하고 임신을 시켜버린 것이었다. 참으로 난감한 일이었다. 큰아들의 여자친구는 나와 같이 활동하던 나이 많은 무녀였기 때문이다. 내가 살아오면서 염려했던 일이 실제로 일어난 것이다.

엄마 없이 자라서 엄마의 정을 많이 그리워하는 걸 염려했는데, 눈앞에 그런 현상이 펼쳐진 것이었다. 임신까지 해버렸으니 어찌할 도리가 없었다. 나의 숙명이라 여겼다. 낙태하라고 할 수도 없었다. 이러한 모든 것은 나로부터 시작된 것이니 어쩔 수 없는 노릇이라고 생각했다. 내가 엄마 없이 자라나게 했고, 아이들을 데리고 굿당에 가서 그들을 만나게 한 것이니 내가 이렇게 만들었다고 자책했다. 당장 살아갈 곳이 없어서 살던 집을 아들한테 내주고, 나는 다른 집을 마련해 작은 아이들을 데리고 나왔다.

1년 후에 큰아들은 다시 갈 곳이 없다며 찾아왔다. 어쩔 수 없이 집에 들어와 같이 살자고 했다. 며느리랑 한집에 있기가 불편해서 매일같이 밖으로 나갔다. 일이 없는 날은 역사 강의나 인문학 강의를 들으러 다녔다. 누군가에게 멘토가 되기 위해서는 해박한 지식과 풍부한 경험이 필요하기 때문에 시간이 될 때마다 공부를 했다.

종교인도 여러 형태가 있지만, 자신의 근간인 조상의 뿌리와 나라의 근간이 되는 역사에 대해서 어느 정도는 공부해야 한다고 생각한다. 종교인은 선생님과 같은 입장이다. 옛날에는 종교인을 선생님으로 불렀다. 그것은 멘토에게 요구되는 엄격한 기준이기도 하다. 예를 들면, 학교에서 그릇된 행동과 언행으로 사람들의 입방아에 오르내리고 손가락질받는 선생님이 학생들에게 제대로 된 교육을 할 수 없는 것과 같은 이치라고 생각하면 된다. 그래서 무속인은 무속인다워야 하며, 목사는 목사다워야 한다. 또한, 같은 이유로 신부는 신부다워야 하고, 스님은 스님다워야 한다. 그래야 종교인으로 존경받을 수 있고, 멘토가 될 수 있다.

그런데 안타깝게도 요즘에는 그러한 스승이나 멘토를 만나는 게 정말 어렵다. 조금만 가까워지면 사심을 내세워 욕심을 부리고, 심지어는 그 사람을 파멸로 몰아가기도 한다. 때로는 극단적인 상황이 전개되는 것을 어렵지 않게 접하곤 한다. 따라서 그런 사람을 가려보는 마음의 눈을 가져야 한다. 그렇게 되기 위해서는 마음 공부를 할 수 있는 서적을 많이 읽거나 명상을 통한 의식의 크기를 키워 성장해나가기를 권고하는 바다.

나는 지금껏 15년이 넘는 기간 동안 우주의 기운을 받는 명상과 단전호흡을 시행해오고 있다. 그것은 마음뿐만 아니라 건강을 지켜내는 측면에서도 아주 유용한 도구가 되어준다. 나는 살면서 어렵고 고통스러운 일을 많이 겪었다. 또한 화나는 일도 엄청나게 많이 겪었으며, 좌절감에 빠지는 일도 많았다. 그럴 때마다 나는 깊은 명상에 빠져 나를 돌아보는 시간을 가지곤 했다. 그리고 '모든 것은 나로부터 시작되었다'라고 마음속으로 되새긴다.

흔히들 막다른 어려움에 직면했을 때 나는 이렇게 할 수밖에 없었다고 말하곤 한다. 그러나 그것 또한 본인이 선택한 것임을 명심해야 한다. 단 하나 남은 선택마저도 선택은 선택인 것이다. 단 하나 남은 그것마저도 선택하지 않을 권리는 누구에게나 있기 때문이다. 그렇기 때문에 어떠한 선택이든 본인의 책임이 따르는 것이다. 이것은 인간이면 누구나 해당하는 것이지만, 종교인이나 정치인에게는 더욱 막중한 책임이 있다는 걸 명심했으면 한다.

내가 건강을 지키기 위한 여러 가지 방법 중에 하루도 빼먹지 않고 하는 게 있다. 그것은 매일 아침 일어나면 공복인 상태로 '음양탕'을 커다란 컵으로 한 컵 마시는 것이다. '음양탕'이란 뜨거운 물과 차가운 물을 3:1의 비율로 섞은 것으로, 《동의보감》에도 나와 있다. 음양탕을 장기간 복용하는 건 돈 들이지 않고 내 몸을 해독하는 방법이다. 다른 것 한 가지는 너무나 흔해서 사람들이 좋은 것인지 인식조차 못 하는 감자나 고구마가 있다. 그것을 깍두기처럼 잘게 썰어서 밥에 넣어 먹으면 어지간한 잔병은 찾아오지 않는다.

그런 식생활을 한다면 설령 병마가 찾아온다 해도 빠르게 회복할 수 있다. 육신이 건강해야 정신도 건강할 수 있으며, 반대로 정신이 건강해야 육신도 건강하게 되는 이치다. 그럴 때 남을 배려해가며 함께 살아갈 수 있게 된다. 사람들은 신께 '무엇을 원하니까 갖게 해주세요!'라고 기도한다. 그러나 우주는 여러분들이 원하는 것을 보내주는 게 아니라 필요한 것을 보내준다. 자동차나 옷 또는 집 같은 것들이다. 더 크고 좋은 집을 원한다면 남을 먼저 이롭게 도와주면 된다. 그러면 부는 자동적으로 따라오게 될 것이다.

《신약성서》에 '가난하고 불쌍한 자를 돕기 위해 비록 얼마 되지는 않지만, 정성 어린 돈을 그에게 주었다'는 어느 미망인의 이야기가 있다. 그처럼 우주는 부자가 자선단체에 많은 돈을 기부하는 것보다 가난한 사람이나 친절한 사람이 마음을 담아 기부하는 것을 더 큰 선물로 여긴다. 돈 많은 대부분의 부자는 자신들의 명예나 홍보를 위한 수단으로 기부를 하기 때문이다. 그러니 좋은 마음을 가지고 기부를 계속한다면 언젠가 부유하게 될 것이다. 붓다는 부귀를 버리고 출가해 영적인 사람이 되었고, 예수 또한 가난했지만 부정한 돈을 받지 않았다. 그러니 독자 여러분도 영성을 통한 부를 이루어내길 바란다.

영적 능력의 매체로 산다는 것은

독자 여러분은 어떤 삶을 살아야 성공한 삶이라고 생각하는지 묻고 싶다. 독자 여러분도 충분히 성공한 삶을 살았다고 생각하기를 바란다. 여러분도 살면서 어려움을 이겨내고, 그것을 통해서 경험하고 배우기도 했을 것이다. 그것을 목록으로 적어보면 상당한 길이가 될 것이다. 그러나 현재의 생활이 가난하다면, 그것은 남을 돕는 데 소홀했기 때문일 것이다. 기부하는 것만 남을 돕는 것이 아니다. 나의 경험과 지식을 바탕으로 남을 이롭게 한다면, 그들은 당신에게 막대한 부를 안겨다 줄 것이다. 당신의 풍부한 경험과 지식은 돈으로 바꿀 수 있기 때문이다.

거기에 대한 방법을 모른다면 성공한 경험자를 찾아가 도움을 받으면 된다. 나는 신내림을 받고 난 후부터 사람을 만나면, 상대방이 자동으로 스캔이 된다. 물론 그것은 때로 나를 괴롭히는 일이 되기도 한다. 자동으로 스캔은 되지만, 그것을 통해 알게 된 내용을 말하기는 힘들다.

그러나 꼭 말을 해줘야 하는 상황이 되면 난감해진다. 좋은 일이면 괜찮지만, 안 좋은 일이면 난감해진다. 그런 측면에서 영적 능력의 매체로 산다는 것은 여간 괴로운 일이 아닐 수 없다. 가능한 한 나를 찾아온 내담자가 아니면 신경 쓰지 않으려고 한다. 하지만 그게 마음대로 되지 않을 때가 많다.

그럴 때 한참 동안 말을 해줘야 할지, 말아야 할지 고민하게 되는 것이다. 나는 현재 중증의 호흡기 환자다. 이것은 죽는 날까지 함께 가야 하는 친구가 되었다. 언제나 마약성 약품을 복용해야만 통증을 덜어낼 수 있다. 나는 수술로 성대를 제거해서 성대가 없다. 기도 협착과 폐쇄성 폐 질환, 그리고 천식을 동반한 호흡기 질병은 어느 날 갑자기 나의 친구로 찾아왔다. 이러한 질병이 있음에도 불구하고, 오히려 영적성장은 더 크게 일어났다. 더불어 의식혁명도 함께 일어났다. 5년 전 나의 불행한 처지가 신문의 한 지면을 장식한 일이 있었다. 그것을 시작으로 3~4년 전에는 몇 개의 방송국 작가들로부터 인터뷰 요청을 받기도 했다.

그들과 몇 달간 긴 시간 동안 이야기를 나누곤 했었다. 그들은 하나같이 묻는 패턴이 비슷했다. 질문 중 하나는 "요즘은 무엇을 하며 지내고 있냐?"는 것이었다. 나는 언제나 똑같이 대부분의 시간을 명상하며 지내고 있다고 대답했다. 그들은 이런 내 대답을 어이없다는 듯이 무시하고 다른 답변을 유도했다. 그들은 나를 진정으로 이해하려고 하지 않았다. 내가 마약으로도 통증이 가라앉지 않으면, 명상을 통해서 통증을 다스리고 있다는 걸 믿으려고 하지 않는 것이다. 그들은 선입견과 편협한 생각으로 자신들이 의도하는 방향으로 대답해줄 것을 요구하는 듯했다.

나는 그들에게 크게 실망했다. 대본 작가라면서 어떻게 저렇게 편협한 생각을 하는지 이해가 되지 않았다. 어쩌면 이 책을 읽고 있는 독자 여러분 중에도 명상에 대한 나의 경험을 이해하지 못하거나 이해하려고 하지 않는 분들도 있을 것이다. 그러나 영성을 통한 명상은 내 몸의 차크라를 통해 우주의 에너지를 받아들여 치유의 기적을 가져올 수 있다. 큰 병은 살아가는 데 있어 가르침을 받는 계기가 될 수 있다. 하던 일을 멈추어야 하고, 삶과 죽음이 무엇인지 생각하게 된다. 일상의 활동을 뒤로하고, 극적인 삶의 전환점을 체험하기도 한다. 이와 같은 체험은 대개 강렬하고 충격적이다. 그래서 먹고사는 문제를 제쳐두고 '내가 왜 지구 행성에 와서 고통받고 있지?'라는 근본적인 문제를 통해 영혼의 목적을 탐구하게 되는 것이다. 또한, 병은 삶을 바라보는 관점을 변화시키기도 한다. 나 또한 병석에 누워서 오랫동안 움직일 수 없었다. 그때 아주 사소한 일이지만 중요한 배설을 위해 화장실을 가는 그 작은 행위가 그렇게 크게 느껴질 수가 없었다.

반면에 소중하다고 생각했던 것들이 무의미하게 느껴졌다. 내가 없어도 세상은 굴러가고, 하던 일마저도 누군가에 의해서 계속 이어져가고 있다. 때로는 전생의 업보를 갚기 위해 질병이 오는 경우도 있다. 또는 차크라나 오라장의 손상으로 인해서 질병이 오는 경우가 있기도 하다. 이러한 질병 뒤에 가려져 있는 영적인 이유를 알 수 있다면, 치유의 순간도 빠르게 다가온다. 질병이 길어지면 우울증이 오는 경우가 많다. 우울증이 극도로 심해지면 개그 프로를 보면서도 눈물이 흐른다. 나는 우울증에서 벗어나기 위해 핸드폰에 좋은 글이나 음악을 틀어놓고 명상을 하곤 했다. 예전에 기분 좋았던 일을 떠올리기도 하고, 병이 치유되는 미래를 그려보기도 했다.

그런 환경 속에서 자신을 들여다보게 되고 격려하면서 치유로 한 발짝 다가가는 것이다. 나는 9년 전 큰아들 내외가 들어와 함께 살게 되면서 거의 매일 밖으로 나가게 되었다. 산에 가서 기도할 때도 있었고, 다른 무속인과 작은 정성을 들이려고 바다에 갈 때도 있었다. 내담자가 없을 때는 아르바이트를 하며 지냈다. 그러다 지인의 부탁으로 화물택배업을 도와주게 되었다. 택배업은 굉장히 힘들어서 인력을 구하는 게 운영의 척도가 될 정도다. 그 지인은 우리 집이 사무실 근처에 있었던 관계로 자주 도움을 청해왔다.

부탁을 들어주다 보니 아예 몇 달을 도와달라고 했다. 나는 하는 일이 있어서 그렇게까지 해주기는 힘들고, 직원을 구할 때까지만 해주겠다고 했다. 오랜만에 해보는 택배 일이 새롭게 느껴졌다. 일하면서 청풍호 호수 길을 달리고 있으니 그냥 일을 하지 않고 지나갈 때와는 다른 느낌이었다. 그런데 이틀이 되는 날부터 이상한 현상이 나타나기 시작했다. TV 화면을 보는 것처럼 화경으로 펼쳐지는 장면이 있었다. 내가 사고를 당하고 치료하는 과정과 저승을 떠다니는 영상이 계속해서 보이는 것이었다. 어느 날은 하루에도 몇 번씩 나타나기도 했다.

무속인으로 살면서 남들과 다른 탁월한 능력이 있다면, 화경으로 볼 수 있는 능력이다. 그만큼 눈앞에 펼쳐진 광경은 끔찍하기 이를 데 없었다. 처음엔 다른 내담자가 겪는 걸 나로 빗대어 보여준다고 생각하기도 했다. 그래서 조만간 내담자가 찾아올 것 같다고 생각했다. 보름쯤 되었을 때는 '신께서 경고를 아주 심하게 하시는구나!'라고 생각했다. 하루도 끊이지 않고 한 달 가까이 이어지는 영상에 섬뜩함마저 느꼈다. 나는 더 이상 일하기 어려울 것 같다는 뜻을 전하면서 빨리 직원을 구하라고 했다.

큰아들은 딸린 가족이 생겼으니 가장의 책임을 다하고자 용접을 배워서 공장을 나가고 있었다. 자기 가족을 위해 책임을 다하는 모습이 굉장히 듬직하게 느껴졌지만, 한편으론 어린 나이에 벌써 저렇게 한다는 것에 마음이 짠해졌다. 아비로써 살길을 마련해주지 못한 것에 대한 미안한 마음도 있었다. 나 또한 어린아이 둘을 데리고 살면서 형편이 여의치가 않았다. 그렇기에 무언가 해주고 싶어도 마음만 앞설 뿐, 별다른 도리가 없었다.

내가 집에 있기가 불편하게 느껴졌던 이유 중 하나는 어린 손녀가 나만 보면 악을 쓰면서 울었기 때문이다. 게다가 며느리와 작은 아이들과의 관계도 불편했기에 마음이 편치 않았다. 어떤 면에선 큰소리 내는 게 싫어서 회피하게 된 것도 있다. 애초에 시아버지와 며느리가 서로에 대한 불신이 있었기 때문이 아닐까 생각한다. 함께 활동하던 무녀가 나의 며느리가 되리라곤 꿈에도 생각해보지 않았기 때문이다. 그곳에서 함께 활동할 당시에도 나와는 거리가 있었던 탓도 있었다. 앞에서도 이야기했지만, 그들은 언제나 나를 이방인 취급을 했기 때문이다. 그들과 가까이하지 못했던 이유는 워낙 낯가림이 심한 것도 있으나, 영매로서 미래에 그들과의 관계에 어떤 일이 생길까 불길한 마음도 있었다.

그것은 지금도 변함이 없다. 예를 들어, 처음 가는 어떤 집이 왠지 들어가기 싫거나 그 집의 사람이 만나기 싫어질 때가 있다. 그런 이유를 바로 알 때도 있지만, 때로는 한참 지난 후에 알게 될 때도 있다. 분명한 것은 내가 그렇게 행동한 데는 이유가 반드시 있다는 것이다. 단지 당시에 바로 그러한 이유를 알 수 있었느냐, 아니면 시간이 흐른 뒤에 그런 이유를 찾을 수 있게 되느냐의 차이만 있을 뿐이다. 다행히 큰아들 내외는 처음에 내가 염려하던 것을 불식시키고도 남을 만큼 열심히 살아가고 있다. 그리고 몇 번의 실패를 했지만, 지금은 어엿한 사업체를 운영하며 실패했을 때의 채무를 열심히 갚고 있다.

그렇게 열심히 살아가는 큰아들 내외를 볼 때면 아비로서 흐뭇하고 대견한 마음이 든다. 어려서부터 엄마 없이 자랐지만 엇나가지 않고 올바르게 커준 게 고맙고, 책임지는 삶을 산다는 것에 격려의 박수를 보내고 싶다. 아들딸 잘 키우며 시동생들도 잘 살펴주는 며느리에게도 애틋한 마음이 든다. 하루가 다르게 커가는 손주들과 이제는 어엿한 청년이 된 작은 아이들을 보면서 내가 살아온 세월을 돌아보게 된다. 큰아들 이

후로 띠동갑인 둘째를 낳았을 때 큰아들은 작은 시샘을 부렸으나 막내가 태어난 후로는 어엿한 형님으로 동생들을 돌보며 나를 도와주기에 내가 덜 힘들게 살아올 수 있었다고 생각한다.

5일 안에 장사 치를 거니까 준비하세요

내 성격은 누군가의 부탁을 받았을 때, 안 하면 안 했지 대충 하는 일은 없다. 그만큼 뒷말 듣는 것을 아주 경계한다. 어차피 하겠다고 마음먹었으면 확실하고 깔끔하게 하는 걸 추구한다. 그래서 택배 직원을 구할 때까지 해주겠다는 약속을 지키기 위해 그날도 아침 일찍 출근했다. 다른 날과 다름없이 전표를 챙기고 배송 물품을 지역별로 나누어 싣고 1차로 배송을 나갔다. 1시간 정도 지나서 다시 두 번째 배송을 가기 위해 짐을 싣고 있었다. 한 차 가득 싣고 마지막으로 드럼통 하나를 지게차로 떠서 실었다. 그런데 지게차를 뒤로 빼는 순간, 지게차 포크가 미끄러지면서 드럼통에 구멍을 내고 말았다.

드럼통에서는 구멍을 통해 맑은 액체가 뿜어져 나왔다. 나는 그것을 막으려 애썼고, 그 과정에서 온몸에 액체를 뒤집어쓰고 말았다. 머리부터 발끝까지 샤워하듯 뒤집어써버린 것이다. 얼마 지나지 않아 눈이 쓰라리고 온몸이 따끔거리기 시작했다. 나는 얼른 수돗물에 눈을 씻고 나서 별거 아니겠지 하고 배송을 나갔다. 20분을 달려 멀리 떨어진 공단 지역에 도착했는데, 갑자기 눈이 보이지 않고 숨쉬기가 힘들어졌다. 순식간에 호흡곤란이 왔다. 119를 부르고 사무실에 전화해서 "와서 차를 가져가라"라고 말하고는 정신을 잃었다. 간간이 구급차의 사이렌 소리가 들리기도 했지만 어딘지 알 수는 없었다.

처음에 도착한 병원은 제천의 명지병원이었다. 응급실에서 기도삽관 후, 큰 병원으로 가야 한다는 응급실 의사의 권유에 따라 원주 세브란스 기독병원 응급실로 긴급 후송되었다. 나중에 큰아들한테 전해 들은 이야기는 내 상태가 어떤 상황인지 모르고 접촉했던 의사와 간호사들이 적게는 3일에서 많게는 한 달 반씩이나 입원을 하게 되었다는 것이다. 나 자신도 무엇에 오염된 것인지 인지하지 못한 채 정신을 잃고 말았던 것이었다. 세브란스병원 응급실에서도 같은 상황이 발생해서 많은 의료진이 입원하는 사태가 발생했다고 말했다. 피부가 녹아내리는 걸 발견하고 나서야 내가 황산에 중독된 것으로 밝혀졌다.

나는 곧바로 중환자실 일반 침대에서 특별관리 구역으로 옮겨져서 격리되었다. 그 당시 나한테는 소아과와 산부인과를 제외한 모든 진료과 교수가 붙었다. 내게 투여되었던 주사약 대부분은 비급여 주사약이었으며, 교수들 특진비만 해도 상당한 금액이었다. 중환자실 입원비는 하루 500만 원에 육박했다. 응급의학과 교수는 내 상태를 보고는 보호자인 큰아들에게 5일 안에 사망할 것 같으니 가족들에게 알리고, 장례

준비를 하라고 말했다고 한다. 온몸의 피부는 녹아서 손가락이며 발가락이 붙어버렸다. 눈동자도 화상을 입어서 각막이 하얗게 풍선처럼 부풀어 올라 튀어나와 있었다.

또한, 혓바닥은 병들어 죽은 소처럼 길게 늘어져 있었다고 했다. 사고 나기 전 한 달 동안 보아왔던 영상이었다. 하지만 아들에게 전해 듣는 순간에는 그토록 처참한 모습이었다는 게 상상이 되지 않았다. 심지어 성기를 비롯해 사타구니조차 피부가 녹아서 모두 붙어버린 상태였다. 아버지의 상태가 점점 심각해지니 큰아들은 담당 교수의 조언대로 친척들에게 아버지가 돌아가실 것 같다는 연락을 취했다. 연락을 받은 가족과 친척들은 하나둘 병원으로 찾아왔다. 그러나 2일이 지나고, 3일이 지나도 내 상태가 달라지지 않자 기다리던 친척들은 지쳐갔다. 어쩔 수 없이 부조금만 전달하고 사망하면 다시 연락을 달라는 말을 남기고, 모두 일상으로 돌아가는 웃지 못할 상황이 연출되기도 했다.

경제적으로 여유롭지 못한 처지에 갑자기 병원 중환자실에 입원했으니 나이 어린 큰아들에게는 여간 난감한 일이 아니었다. 당장 눈덩이처럼 불어나는 병원비부터 걱정이었다. 그러나 어린 나이에 할 수 있는 게 아무것도 없었다. 당장 동생들과 가족들 생계도 걱정해야 하는 처지가 된 것이다. 큰아들이 얼마나 곤란해했을지 짐작된다. 다행히 며느리가 많은 걸 처리해주어서 큰 도움이 되었다.

며느리와 큰아들은 아이와 동생들을 챙겨서 어린이집에 보내고, 하루 두 번 있는 중환자실 면회 시간에 맞춰서 제천에서 원주를 왕복하며 나를 문병했다. 정말 고맙고 미안한 일이었다. 내가 혼수상태에 있을 동안 큰아들이 동동거리며 살아갔을 생각을 하니 이 책을 쓰고 있는 지금도 눈물이 글썽거린다. 이 책을 통해서 다시 한번 고마운 마음을 전한다.

"아버지 병간호를 해줘서 고맙고, 동생들도 아버지를 대신해 잘 보살펴주어서 정말 고마웠다. 아버지는 언제나 너희들 모두가 건강하고 행복하게 뜻하는 대로 이루며 살아가기를 간절히 기도한다. 어떠한 일이 있어도 너희들을 응원하며 너희들의 성공을 바라는 마음이 간절하다. 동생들한테 무슨 일이 있을 때마다 아버지를 대신해 적극적으로 대처해주는 것에 대해 고마운 마음도 함께 전한다. 아버지가 표현이 서툴러서 많은 것을 전달하지 못했지만, 너희를 사랑하는 마음은 언제나 한결같다는 것을 알기 바란다. 아버지도 식구가 많은 집에서 태어났지만, 고아나 다름없이 자라온 처지라 누구보다 큰아들의 마음을 잘 이해한다. 항상 우리 가족의 든든한 버팀목이 되어줘서 아버지의 마음이 굉장히 흡족하다. 동생들도 그런 형을 믿고 잘 따라주는 모습에 아버지는 한결 든든한 심정이다."

그 사고로 인해 일반 택배로 보낼 수 없는 독극물인 황산을 보낸 업체와 그것을 받아와 발송한 업체들이 경찰 조사를 받았지만, 약한 처벌로 끝난 것으로 알고 있다. 내가 다행히 살아나서 그들은 안도의 한숨을 쉬었을 것이다. 위험물은 운송료가 비싸니까 일반 물품으로 위장해서 보낸 것이었다. 물품 취급을 잘못한 나의 잘못도 있지만, 택배비를 아껴 보겠단 얄팍한 마음으로 사람의 목숨을 사지로 몰아넣은 그들이 원망스러웠다. 여러 해 동안 그렇게 보냈어도 아무 일 없었다는 그들의 태도에 역겨움을 느꼈다. 안전은 아무리 강조해도 지나치지 않다.

사고라는 건 어디서든 일어나게 되어 있고, 언제든 일어날 수 있다. 언제까지나 아무 일도 일어나지 않으면 다행이지만, 이렇듯 사고가 발생하면 큰 문제가 되는 것이다. 아무도 일부러 사고를 유발하거나 사고가 나기를 바라지는 않는다. 나는 9년 전, 황산을 뒤집어쓰는 이 사고로 인해서 평생 불구의 몸이 되었다. 중증의 호흡기 환자로 지금 당장 길을 걷다 죽어도 이상할 것 하나 없는 불구의 몸이 되어버린 것이다. 처음에 비해서 많이 좋아진 상태이긴 하지만, 지금도 빨리 걸을 수가 없다. 그리고 계단을 오르는 것 또한 어렵다. 무거운 것도 잘 못 든다.

언제나 기관지 확장제를 주머니에 넣고 다니며, 숨쉬기 힘들 때마다 흡입해야 한다. 기관지 확장제는 내겐 없어서는 안 되는 약품이다. 보통의 약으로는 통증이 가라앉지 않아서 마약성 약품으로 먹어야만 견뎌낼 수 있다. 그래서 내가 먹는 약들은 정해진 약국에서만 살 수 있다. 연세세브란스병원 근처에는 수많은 약국들이 즐비하게 늘어서 있다. 그러나 그 많은 약국 중에 딱 두 곳에서만 나의 약을 살 수 있다. 마약 성분의 약은 엄격한 관리를 요구하고 있어서 자격을 갖춘 약사만이 취급할 수 있기 때문이다. 이렇게 구입하기도 어려운 약을 나는 평생 동안 복용해야만 목숨을 연명할 수 있다.

육신은 망가져서 병마에 시달리고 있으나 의식은 오히려 더욱 맑아지고, 심령을 통한 내적 안정은 훨씬 높은 수치로 올라가는 게 느껴진다. 나는 좋은 에너지를 최대한 많이 품기 위해 좋은 기운의 사람들을 만나길 즐겨 한다. 나의 '오라장'을 깨끗하게 관리하기 위함이다. '오라장'이란 정신적으로나, 감정적으로나, 신체적으로나 모두 통합된 건강 상태를 말한다. 독자 여러분은 감기나 다른 전염병처럼 바이러스만 전염되는 것이 아니라는 것을 아는가. 하품도 전염되며 슬픔도 전염된다. 옆에 있는 사람이 하품을 하면 잠시 후 나도 덩달아 하품하게 되는 것과 같다.

이렇듯 슬픔도 전염이 되어서 이유 없이 슬픈 기분이 드는 것이다. 이런 현상은 자신의 오라장이 손상을 입었기 때문이다. 오라장이 공격받지 않으려면, 항상 영성을 수련해서 본인의 오라장을 최상의 상태로 만들어야 한다. 이것이 자기 책임을 다하는 것이다. 자기 책임은 영적으로 얼마나 성숙되어 있는지를 나타내는 표시다. 나는 사고 이후 면역력이 바닥인 상태다. 그래서 감기조차도 나에겐 치명적이다. 그렇기 때문에 오라장의 상태를 항상 점검한다. 또한, 피치 못하게 여러 사람이 있는 곳을 갈 때는 우주의 기운을 받아 주위에 보호막을 쳐서 나를 보호한다.

독자 여러분도 조금만 연습하면 충분히 해낼 수 있다. 특히 나처럼 극도로 건강이 안 좋은 분들은 꼭 실천해서 자신의 몸 상태를 최상으로 만들기 바란다. 나는 그런 방법으로 내 몸을 유지하고 있으며, 겉으로 보기에 전혀 환자로 보이지 않는다. 겉으로 보이는 모습이 멀쩡하니 꾀

병이라고 말하는 사람도 자주 보게 된다. 나의 진단서에는 몇 가지의 병명 외에 추가로 '근로 능력 없음'이라는 문구가 표기되어 있다. 다시 말해, 호흡기질환으로 인해서 나는 이제 아무런 노동을 할 수 없음을 의미한다. 다만 힘이 들어가지 않는 일은 가볍게 할 수 있는 상황이다.

60일간 떠났던 저승에서 겪었던 일

사고 당시 중환자실에 격리되어 있을 때, 자기들을 오염시켰다며 유달리 나를 미워하던 간호사가 있었다. 나를 살피러 와서는 밉다며 꼬집고, 욕을 하기도 하면서 의도적으로 나를 괴롭혔다. 나의 영혼은 내 몸에서 빠져나와 이런 모습을 지켜보며 경악했다. 나도 모르고 당한 사고인데, 내가 일부러 자기들에게 해를 입힌 것처럼 화풀이를 하는 데 분노가 일어났다. 중환자실에서 시작된 저승으로의 임사체험은 약 60일이 넘는 동안 지속해서 일어났다. 주로 나를 치료하거나 간호하는 사람들을 살펴보는 것이 대부분이었다. 어떤 때는 일생 동안 살아오며 보고 겪었던 일들이 짧은 순간, 아주 빠르게 지나가는 것을 보았다.

어릴 때 겪었던 임사체험의 과정이 다시 보이기도 했다. 아버지한테 쫓기며 산으로 도망가던 모습도 보았다. 중환자실에서는 내가 고통을 이기지 못하고 소리를 지르며 괴로워하니 전신마취를 자주 했다고 한다. 그럴 때 내 영혼은 몸에서 빠져나와 나를 살펴보기를 반복하곤 했었다. 나중에 큰아들에게서 전해 들은 내 모습을 내 영혼은 이미 지켜보고 있었다. 또 어느 때는 화려한 빛 속으로 빨려 들어간 후, 구름을 타고 다니면서 얼굴도 모르던 누나와 어릴 적 죽은 형님을 만났다. 누나와 형님은 나를 보았지만 놀라지도 않았다. 아무런 말도 하지 않았고, 그저 돌아가라고 손짓만 하고 계셨다.

누나는 색동저고리를 입고 있었고, 형님은 어릴 적 내가 보았던 모습 그대로였다. 돌아올 때마다 나는 온몸이 불에 타들어가는 듯한 극심한 고통을 느끼며 내 몸으로 돌아왔다. 나는 신에게 차라리 죽여달라고 빌었다. 지옥 불에 떨어져도 이런 고통보다는 덜하지 않겠냐고 소리쳤다. 그때 차분하지만, 또렷한 목소리가 들려왔다.

"저승에서 느끼는 고통을 현생에서 느끼는 것이다! 전생의 카르마에 의한 업보를 풀어가는 중이다! 네가 법사로 살면서 다른 사람의 고통을 내게 넘겨달라고 축원했지 않았냐?"

당시에는 이 말이 뜻하는 바를 몰랐다.

훗날 퇴원하고 나서 명상하고 있을 때 자아를 통해서 해답을 찾게 되었다. 한번은 영화 〈아바타〉에 나오는 아주 화려한 초원 같은 곳에서 꽃사슴이 되어 다른 동물들과 신나게 뛰어놀다 돌아오기도 했다. 내가 동물이 되는 것은 전혀 상상해보지 않았지만, 소녀 같은 마음의 꽃사슴이 되어 있었다. 그러나 신기하게도 몸은 동물이었으나 생각과 마음은 사람처럼 느끼고 있었다. 아주 잠깐씩 정신이 돌아올 때면 통증으로 인한 고통스러움에 몸부림치다가 다시 정신을 잃어버리길 반복했다. 그 고통의 강도는 글로 표현하기가 어려울 정도다. 온몸의 세포가 녹아내리는 느낌이라면 비유가 될까?

어느 날은 블랙홀 같은 커다랗고 끝도 안 보이는 검은 구덩이 속으로 빨려 들어가고 있었다. 그때 하얀색 두루마기를 입은 아버지와 수호령이 함께 나타났다. 빨려 들어가는 나를 뒤에서 잡으며 아직 아이들이 어린데, 그들을 두고 벌써가면 안 된다고 했다. 그러면서 끌어올려 주어 돌아오는 일도 있었다. 한번은 전생과 전 전생을 한꺼번에 체험하기도 했다. 두 생은 아랫부분과 윗부분으로 나뉘어 있었다. 전 전생의 나는 중국 한나라 때의 장군이었다. 전투에 이기고 돌아와 어느 홍등가에서 부하들과 연회를 베풀고 있었다. 내가 겪은 저승의 특이한 점은 이동할 때 계단이나 길이 없다는 것이었다.

아랫부분의 전 전생에서 윗부분의 전생으로 이동할 때는 점프하듯이 날아서 상위 단계로 올라갔다. 그러면서 윗부분에 발을 닿는 순간, 내 모습도 같이 변해 있었다. 전생의 내 모습은 산악과 사막으로 이어지는 유럽과 아프리카의 국경에서 말을 타고 달리는 장수의 모습이었다. 그곳에서 전생의 처를 만나 사랑을 나누기도 했다. 그녀의 모습은 남미 여인의 얼굴이었다. 그 외에도 많은 날에 걸쳐서 수많은 체험을 했지만, 일일이 열거하기는 어려움이 있다. 임사체험을 통해서 나는 세상을 대하는 마음이 좀 더 극단적으로 변하기는 했지만, 세상을 사랑하는 마음이 훨씬 커져 있는 건 부인할 수 없는 사실이다.

그리고 누가 가르쳐준 것인지 기억은 없으나 어느 날부터 양자 원리에 대한 말이 튀어나오기 시작했다. 양자는 에너지의 최소량의 단위를 말한다. 나는 이것을 영, 혼, 체를 설명할 때 주로 이야기하곤 한다. 나 자신을 예로 든다면, 아무리 터무니없고 기괴한 사건이라도 발생 확률이 제로가 아닌 이상 일어난다는 것이다. 세계적으로 희귀한 사례인 필자의 황산 누출 사고를 어느 누가 예단할 수 있었겠나? 그러나 사고는 어쩔 수 없이 일어난 것이다. 다른 예를 든다면, 바위를 쪼개고 쪼개서 모래알로 만들고, 모래알을 다시 쪼개고 쪼개다 보면 결국 아무것도 남지 않게 된다는 것이다.

필자가 물리학 전문가는 아니기 때문에 자세히 서술하진 못하지만, 기본원리가 그렇다는 것이다. 그것은 우주가 에너지 형태를 띤 아주 미세한 점들로 이어져 있는 것을 말하기도 한다. 다시 말해, 공간은 비어 있으나 형태로 존재한다는 것이고, 그런 생각을 나는 글로 표현하는 것이다. 생각이라는 것은 무한히 많은 것을 만들어낼 수 있으며, 무한히 많은 것을 이루어낼 수 있다. 부정한 생각을 많이 하는 사람은 좋지 못한 기운을 끌어들여 계속 어려운 상황이 펼쳐진다. 반면 발전적이고 좋은 생각을 많이 하는 사람은 좋은 기운을 끌어와서 본인이 원하는 대로 삶을 영위해나갈 것이다.

우주는 이렇듯 입자와 파동으로 이루어져 있으며, 사람 또한 입자와 파동으로 구성된 점들이 모여서 세포를 이루고 형태로 나타나는 것이다. 이런 힘에는 의식과 지성을 가진 정신이 존재한다. 어떠한 생각이 반복될 때, 그것은 무의식에 자리 잡게 되고, 그런 무의식이 의식을 지배하는 구조가 형성되는 것이기도 하다. 무의식의 공간은 텅 비어 있는 공간이라 여겨지지만, 알고리즘에 의한 연결고리 형태로 우주 공간과 연결되어 있다. 우리가 의식하지 못하고 있는 것뿐이다. 우리가 살면서 산소가 눈에 보이지 않아 실제의 가치를 제대로 느끼지 못하는 이치다. 그러나 산소가 없으면 우리는 호흡할 수 없어서 죽게 되는 원리다.

사람은 간절하게 되면 자기도 모르게 '기도'라는 것을 한다. 기도할 때는 방법이 중요한데, 본인이 원하는 것이 온전히 이루어졌을 때의 느낌을 갖는 게 무엇보다 중요하다. 그래야 온전히 내 것으로 이루어지는 기적을 맛보게 될 것이다. 그것은 우주와 연결된 무의식의 지배를 받기 때문이다. 영적 매체인 종교인들이 신들과 교감하는 것과는 전혀 다른 측면의 기도다. 이것은 어떤 면에서 《도덕경》에 나오는 무위와 같은 개념일 수 있다. 즉, 본성대로 흘러가도록 내버려두어 자연스럽게 모든 것이 이루어지게 한다는 논리다. 다시 말해, 무엇을 이루어지게 해달라고 하면, 그 대상에게 주도권을 내어주어 힘들어지게 된다는 말이다.

'내 인생의 주도권은 나에게 있다'는 것을 제대로 인식하라. 기도할 때도 그와 같은 방법으로 행하면 당신의 기도는 이루어진다. 이와 같은 방식으로 기도하면, 하나님은 우주 어디에든 존재하니 당신 기도의 의도를 알아채고 우주의 에너지를 당겨오는 시스템인 것이다. 이러한 방법으로 당신의 역량을 좋은 쪽으로 펼쳐간다면 무한하게 이루어진다.

나는 지금껏 이와 같은 방법으로 건강이 더 이상 나빠지지 않게 유지해오고 있다. 아니, 아주 조금씩이지만 점점 더 건강해지고 있다. 중환자실에서 일반병실로 옮기고 나서도 나의 임사체험은 한동안 계속되었다. 당시 나는 녹아버린 피부로 인해 손과 발은 물론, 온갖 관절 부위가 모두 붙어 있었다. 시력도 잃었으며 말을 할 수도 없는 상태였다. 제대로 걷는 것조차 어려웠다. 일반병실로 옮겨지고 며칠 후 큰아들이 입영통지서를 받았다. 병간호를 해야 했던 아들은 곧바로 징집면제 신청서를 냈다. 일반병실로 옮긴 후 인턴들이 나의 상처 부위를 소독하는 데 어려움을 호소했다. 어쩔 수 없이 나는 인턴에게 약품과 메스 하나를 두고 가라고 했다. 그리고 눈으로 볼 수는 없으나 손으로 더듬어가면서 치료했다.

우여곡절 끝에 징집면제 신청서가 접수되었으나 입원비가 문제였다. 근로복지공단에 산업재해 신청서를 접수시키고 산재 승인을 받았다. 그러나 경험이 없었던 나는 또 다른 장벽에 부딪혀 허탈감을 맛보아야 했다. 산재보험은 일반 의료보험처럼 운영된다는 것이었다. 다시 말해, 자기부담금이 있다는 것이었다. 내게 투여되는 고가의 주사약과 연고 등은 대부분 보험적용이 안 되는 비급여 항목이었다. 심지어는 주삿바늘이나 반창고마저도 비급여 항목이었다. 병원비는 그렇게 하루에도 수백만 원씩 늘어나 감당할 수준을 이미 넘어서 버렸다.

개인보험으로 일부를 충당했으나 눈덩이처럼 불어나는 병원비 앞에서는 속수무책이었다. 입원비를 중간에 정산을 제때 못해서 그랬던 것일까? 중증의 환자인 내게 호흡기내과 담당 교수는 어느 날 더 이상 해줄 것이 없으니 퇴원하라는 통보를 해왔다. 너무 화가 나고 어이가 없었다. 나는 병원에 진료과를 바꿔줄 것을 요청했다. 그랬더니 일단 퇴원했다가 한 달 후 다시 돌아와야 한다는 것이었다. 나는 어쩔 수 없이 처음에 갔던 명지병원으로 전원했다. 명지병원으로 다시 갔더니 응급실 직원들 여러 명을 입원하게 만든 장본인이라고 나를 보며 수근거렸다. 얼굴이 뜨거워졌다.

고비 때마다 나타나는 나의 수호령

나는 그곳에서 20일 만에 상태가 급격히 악화되어 세브란스병원으로 돌아갔다. 나의 진료과는 이비인후과로 바뀌었다. 그때부터 길고도 지루한 수술과의 전쟁이 시작되었다. 이비인후과 교수님은 내 상태를 면밀하게 알아보기 위해 미국의 유명한 교수에게 자문받기도 했다. 세계적으로 희귀한 케이스의 환자다 보니까 치료자료가 없다는 것이었다. 우선은 목에 구멍을 뚫어서 기계를 삽입했다. 기계는 3일마다 교체해야만 했다. 그것은 내게 또 다른 고통이었다. 기계 교체는 여간 신중하지 않고서는 할 수 없는 과정이었다. 3~4년 차 전공의도 제대로 못해서 몇 번씩 다시 해야만 하는 고난도 시술이었다.

한번은 3년 차 전공의가 기계를 교체하다가 제대로 삽입하지 못해서 대동맥 혈관을 터트리고 말았다. 혈액이 얼굴에 있는 모든 구멍으로 분수처럼 뿜어져 나왔다. 눈에서는 그야말로 피 눈물이 흘렀고, 콧구멍과

귓구멍에서도 피가 흘러나왔다. 순식간에 기도가 막힌 것은 당연했고, 이비인후과는 아수라장이 되었다. 교수가 급하게 뛰어왔으나 사태는 걷잡을 수 없게 되어버렸다. 바로 중환자실로 다시 들어가야만 했다. 나는 숨이 멎는 것을 느끼며 정신을 잃어버리고 말았다. 나의 영혼은 또다시 내 몸에서 빠져나와 나를 지켜보다가 검은 옷을 입은 저승사자 모습을 한 남자를 따라갔다.

병원을 벗어나자 곧바로 커다란 바위산이 나왔다. 저승사자와 나는 커다란 바위산을 아무런 저항도 없이 뚫고 지나갔다. 그러자 넓게 펼쳐진 평원 위로 구름이 있었고, 구름 지대를 지나자 온통 붉은색의 핏빛이 감도는 지역이 나왔다. 조금 더 들어가자 폭포가 나왔는데, 그 폭포에선 물이 아닌 피가 흘러내리고 있었다. 폭포 밑을 지나갈 때, 한 번도 본 적 없는 할머니가 내 이름을 불렀다. 그러곤, 나를 찾아 멀리서 왔다면서 잘못 왔으니 다른 곳으로 가자고 했다. 할머니가 계신 곳을 바라보는데, 그곳에는 낯익게 느껴지는 사람들이 많이 있었다. 그곳은 선조들의 마을이라고 내 몸이 느낌으로 알려주고 있었다.

수호령 할머니는 "지금껏 네가 알고 있던 것을 많이 비워라! 그러면 새로운 것을 많이 알려주겠다!"라고 말씀하시며 빨리 가자고 나를 잡았다. 그 순간 내 몸으로 돌아왔고, 온몸이 바늘로 찌르는 듯한 고통이 느껴졌다. 기도삽관이 되어 있었으나 의식은 오락가락했다. 3일을 혼수상태로 있다가 깨어났다. 5일이 지나고 어느 정도 안정을 찾은 후에 일반병실로 옮겨갔다. 당장 생계가 걱정되었던 상황이라 큰아들을 집으로 돌려보내고, 나는 혼자서 투병 생활을 이어나갔다. 피부가 어느 정도 안정을 찾아가자 역설적이게 본격적으로 화학반응이 나타나기 시작했다.

폐와 위장, 기도와 성대까지 광범위하게 화학반응이 일어났다. 그리고 성기의 귀두 부분도 화학반응에 의해 돌덩이처럼 딱딱하게 굳어가고 있었다. 아무리 좋고 값비싼 연고를 발라도 아무 소용이 없었다. 방광에 꽂아놓은 소변 줄도 짓누르며 내게 고통을 안겨주었다. 성형외과 교수는 아무리 치료해도 점점 심각해지니 귀두를 잘라버려야 한다는 진단을 내렸다. 수술 전 3일에 걸쳐 모든 검사를 진행했다. 며칠 뒤 수술 날짜가 되어서 수술실로 들어갔다. 수술 침대로 옮겨지고 마취과 교수가 전신마취를 하려는 순간, 내 몸은 갑자기 마치 불구덩이에 던져진 것처럼 온몸이 벌겋게 불타올랐다.

나는 그 순간, 어떤 힘이 내 몸에 작용하는 걸 느꼈다. 나의 수호령 할아버지가 나를 잡아당겼으나 묶여 있어서 여의치가 않으니 내 몸 안으로 들어오는 게 느껴졌다. 그러곤 내 몸이 갑자기 뜨거워졌다. 마취과 교수는 마취를 포기하고 체온을 재더니 40도라면서 혼수상태가 올 것 같아 마취를 진행할 수 없다고 했다. 결국, 수술을 포기하고 수술실 밖으로 실려 나왔다. 수술실 밖으로 실려 나오자마자 수호령은 짙은 미소를 남기며, 내 몸에서 빠져나와 어디론가 떠나버렸다. 나는 금방 멀쩡해졌고 웃음이 나왔다. 그래도 성형외과 간호사는 내게 해열제 주사를 놓았다.

수호령께서는 아직 젊은 나이에 벌써 남자의 기능을 죽게 내버려둘 수는 없다고 하셨다. 이렇듯 수호령은 고비 때마다 나타나서 나를 지켜주고 계신다. 병실에 돌아온 나는 손으로 더듬어가면서 귀두의 돌처럼 굳어버린 부분을 찾아 메스로 조금씩 잘라냈다. 피가 흘러 환자복과 침대가 엉망이 되었지만, 내가 살기 위해서 어쩔 수 없이 해내야만 했다. 안과 치료도 매일 병행하고 있었다. 안과 교수는 내 눈은 물 빠진 논바닥처럼 쩍쩍 갈라져서 각막을 이식하지 않고는 회복할 방법이 없다고 말했다. 아주 절망적이었다. 그런데 왠지 내 마음은 크게 걱정되지 않았다. 나는 보호자가 없는 관계로 실습생들이 많이 도와주었다.

내게 가장 중요한 문제는 석션(suction)이었다. 내 손에는 긴급호출 벨이 쥐여 있었다. 가래로 인한 기도 막힘 현상이 수시로 일어났기 때문이다. 병동의 모든 간호사는 물론, 실습생들도 나에게 집중해 특별히 신경써야만 했다. 말을 할 수 없는 상태였으니 벨을 누르는 방법으로 도움을 요청했다. 도움 요청의 대부분은 석션이었다. 그러나 석션을 제대로 할 줄 아는 간호사가 없었다. 가슴을 잘못 찔러 고통을 주는 간호사가 대부분이었다. 아이러니하게도 제일 오래된 20년 차 간호사가 제일 못했고, 오히려 실습생이 가장 잘해주었다. 그래서 나는 실습생을 매일 기다렸다.

기도가 막히면 불과 몇 초 사이에 숨이 멎는 경우가 다반사로 일어났다. 매일같이 사경을 헤매는 여정이 나를 힘들게 했다. 일반병실이다 보니 다른 환자들은 급박한 나의 사정은 아랑곳없이 석션하는 것이 더럽다며 핀잔주는 경우가 많았다. 그러면 처치가 끝난 후, 나는 그 사람을 향해서 아무 물건이나 마구 집어 던지곤 했다. 매일같이 그런 상황은 반복되었고, 나중엔 누구도 나에게 빈정대지 않았다. 화학반응으로 인해 위와 폐 속에 생겨난 혹을 제거하는 수술은 주말을 제외하고 거의 매일 실시되었다. 두 달 정도 지나서는 이비인후과 수술이 재개되었다. 성대에 화학반응이 일어나 기도 협착이 일어나는 현상이 벌어졌다.

담당 교수는 성대를 제거하는 수술을 해야 하는데, 한꺼번에 할 수가 없어서 조금씩 나누어 실시해야 한다고 했다. 몇 달에 걸쳐 일곱 번의 수술을 시행했다. 그러나 증상은 좀처럼 나아지지 않았다. 그때부터 나는 수도권을 위주로 중부지역의 대학병원 유랑을 떠나게 되었다. 이름난 교수를 찾아서 수술 받기를 여러 번 했지만, 뚜렷한 효과는 없었고 조금 지나면 다시 재발했다. 그때까지 내게 행해진 크고 작은 수술은 30번을 넘어섰다. 중부지역에 자리한 대부분의 대학병원을 거쳐왔다. 몇 달간의 병원 유랑생활에 나는 서서히 지쳐갔다. 원주 세브란스병원으로 돌아왔다. 이비인후과 교수는 한 번 더 수술을 진행했다.

수술 후 한 달 정도 지났을 때, 담당 교수가 속상한 얼굴로 할 말이 있다고 했다. 교수는 자신이 실력이 없어서 더 이상 치료하기 어려울 것 같으니 다른 방법을 찾아보자고 했다. 참으로 허탈한 순간이었다. 나는 아직 눈도 안 보이고 말도 할 수 없는데, 더 이상 할 수 있는 게 없다고 하니 답답할 뿐이었다. 그래도 안과 치료는 최대한 열심히 한 결과, 조금씩 효과가 나타나기 시작했다.

마른 논바닥처럼 갈라져 있던 각막의 상태가 점차 찌그러진 플라스틱 같은 모양으로 돌아오고 있었다. 사고 후 8개월 정도가 되자, 흐릿하지만 형체를 알아볼 정도가 되었다. 그런 상태로 희망을 품고 눈에 좋다는 것은 모조리 시도했다. 각막을 이식하지 않아도 살아갈 수 있을 만큼 만드는 게 목적이었다.

그런데 어느 날, 큰조카한테서 전화가 걸려왔다. 어머니가 돌아가셨다는 것이다. 난감한 상황이었다. 병원 침대에서 산소호흡기에 의존하고 있던 처지라 어디로 이동을 한다는 게 여간 힘든 일이 아니었다. 담당 교수에게 필담으로 의논했더니 어머니가 돌아가셨는데 안 갈 수는 없으니 다녀오라고 했다. 어떻게 가느냐고 하니까 여행용 산소통을 준비해줄 테니까 걱정하지 말고 다녀오라며 편의를 제공해주었다. 정말 이루 말할 수 없이 고마운 분이다.

응급상황이 발생하면 조치해줄 테니까 연락을 주라면서 개인번호도 알려주었다. 지금껏 살아오면서 그 교수님처럼 헌신적으로 환자를 챙겨주는 의사는 만나지 못했다. 물론 내가 중증의 위급한 환자이기에 그럴 수도 있겠다 싶었지만, 충분히 가지 못하게 할 수도 있는데, 환자의 입장을 먼저 고려해주었다는 게 고마웠다. 큰아들한테 연락해서 곧바로 인천으로 달려갔다. 어머니는 우리 가족을 쫓아내고 이틀 만에 쓰러져 줄곧 8년을 요양병원에 누워 계셨다. 그런데 아들이 쓰러져 사경을 헤매고 있다가 다시 살아나기 시작하니까 당신이 이승을 떠나겠다고 서두르는 모양새가 별로 마음에 들지는 않았다.

그래도 장례는 치러야 했기에 산소통을 둘러매고 장례식장으로 향했다. 내가 도착했을 땐, 이미 모든 가족이 도착해 있었다. 나는 친구들과 동창들한테 어머니 부고를 알렸다. 그날도 바로 밑의 여동생은 장례식장에 나타나지 않았다. 아버지 장례식에도 안 오더니 어머니 장례식에도 오지 않은 것이다. 어릴 적 매 맞고 살아온 것이 얼마나 한으로 남았기에 저리도 매정할 수 있을까 싶었다. 그렇다고 가정을 이루고 사는 다 큰 성인을 강제로 끌고 올 수도 없으니 마음만 답답할 뿐이었다. 생각보다 많은 조문객이 다녀갔다. 자식이 여럿 있으니 어머니 마지막 가시는 길이 쓸쓸하지는 않았을 것이다. 어머니, 왕생극락 하소서.

보고도 믿을 수 없는 치유의 능력

어머니 장례를 치르는 동안에 오랫동안 만나지 못했던 친구들과 동창들, 그리고 궁금했던 지인들을 많이 만났다. 그들은 하나같이 나의 상태를 보고 염려해주었다. 삼일장을 치르고 병원으로 돌아와 일주일쯤 되었을 때 교수님이 찾으셨다. 진료실로 내려가 교수님과 면담을 하는데, 마지막이라 생각하고 한 번만 더 해보자고 하신다. 강남 세브란스병원의 호흡기내과 교수와 친분이 있는데, 내 이야기를 했더니 보내라고 했다는 것이다. 어떤 분이냐고 물으니 대구 지하철 화재 참사의 전담 교수님이라는 것이다. 다음 날, 바로 강남 세브란스병원으로의 전원이 이루어졌다.

3일에 걸쳐서 검사하고 나니 병실이 없어 당장 수술하기가 어렵다면서 양해해달라고 하신다. 그리고 행여나 수술이 잘못되면 병원에 책임을 묻지 않는다는 각서에 사인하라고 했다. 그만큼 위험한 수술이라는 것이었다. 일주일 정도를 기다려야 하니 집에서 편안히 쉬다가 다시 오라고 한다. 나는 당장 숨이 멎을 것 같은 데 기다려야 한다고 하니 미칠 노릇이었다. 왠지 마지막이 될 수도 있다는 불안감이 엄습해왔다. 그냥 수술하지 말까 하는 생각도 들었다. 그런데 죽기밖에 더하겠냐는 마음이 더 커졌다. 그렇다면 내 생의 마지막이 될지도 모르는 이 상황에 무엇을 하면 될까를 고민했다.

일주일을 집에서만 허비하기엔 너무 아깝다는 생각이 들었다. 몰골은 말이 아니게 형편없지만, 아이들과 같이 우리 가족만의 추억 만들기를 해보고 싶었다. 며느리가 들어오고 얼마 지나지 않아서 내가 다치는 바람에 가족외식 한 번 제대로 해본 적이 없었다. 나는 바로 가족 수대로 김포발 제주행 왕복 티켓을 구매했다. 그러곤 아이들한테 제주도로 여행을 갈 거니까 짐을 챙겨서 원주 세브란스병원으로 오라고 했다. 추운 겨울이지만 그래도 뭔가를 남기고 떠나야 한다는 절박함 같은 게 있었다. 나는 원주 세브란스병원으로 돌아가서 교수님한테 목에 박혀 있는 기계를 제거해달라고 말했다.

교수님은 위험해서 안 된다고 했지만, 나는 죽어도 원망하지 않을 테니까 빼달라고 말했다. 기계를 삽입한 상태로 아이들과 여행하기는 싫다고 떼를 썼다. 한참을 고민하던 교수님은 항상 조심하라고 하면서 기계를 제거해주셨다. 기계를 빼고 나니까 갑자기 숨 쉬는 게 힘들어졌다. 하지만 티 내지 않으려고 안간힘을 썼다. 평소에 즐기던 복식호흡을 하니 한결 편안해졌다. 약속 시각에 맞춰서 큰아들이 동생들과 가족을 데리고 병원에 도착했다. 큰아들과 며느리는 내 상태를 걱정하며, 겨울에 제주도까지 가는 게 괜찮겠냐고 물었다. 나는 너희들과 가족여행을 한 번도 해보지 못했기에 꼭 가고 싶다고 말했다.

큰아들은 눈물을 글썽이며 알겠다고 하고는 떠날 채비를 했다. 경차인 마티즈에 온 가족이 모두 타니까 비좁긴 했지만, 즐거운 마음으로 김포공항을 향해 달렸다. 장기 주차권을 끊어서 주차해놓고 비행기에 올랐다. 아이들은 처음 타보는 비행기에 신나 있었다. 제주에 도착하니 저녁이 가까워졌다. 공항에서 렌터카를 빌려오니 아이들은 그것도 신기하게 여겼다. 내가 그동안 너무나 무심했구나 싶었다. 숙소를 잡으려고 용두암 근처로 갔다. 겨울이라 그런지 문을 열어놓은 펜션이나 식당이 없었다. 30분 정도를 돌다가 식당과 숙소를 함께 운영하는 곳으로 들어갔다. 식당은 이미 문을 닫아서 식사는 안 되고 묵는 것은 가능하다 하길래 일단 짐부터 풀었다.

그리고 근처를 둘러보다가 허름한 식당을 발견했다. 허름하긴 했지만, 제주도 흑돼지를 파는 곳이었다. 참나무로 구워내는 흑돼지는 감칠맛이 아주 일품이었다. 무엇보다 아이들이 정말 맛있다며 좋아했다. 오길 잘했다는 마음이 들었다. 진작에 함께하지 못한 게 미안했다. 가끔 가까운 곳에 캠핑을 가기는 했었지만, 이렇게 작정하고 멀리 여행을 오기는 처음이었다. 제주의 밤바다는 육지와는 다르게 아주 매서운 칼바람이 불어왔다. 해변 근처에 있는 식당이라서 바람의 세기가 고스란히 느껴졌다.

혹여 마지막 여행이 될지도 모른다고 생각하니 가슴이 먹먹해져왔다. 그러나 아이들은 그저 맛있고 신나서 아버지의 기분 같은 건 안중에도 없는 듯 보였다. 그런 아이들 모습을 보니까 뿌듯한 마음이 들었다. 혹시 몰라서 큰아들한테 아버지한테 무슨 일이 생기면, 바로 119를 부르라고 이야기해두었다. 바람이 차가우니까 걷는 게 더욱 힘들어졌다. 그래도 될 수 있으면 티 안 나게 하려고 애썼다. 제주도에 처음으로 여행을 왔는데 불편해할까 봐 신경이 쓰였다. 갓난쟁이 손녀는 힘들었는지 엄마 품에서 잠들어 있었다.

목에 기계를 삽입해놓았을 때는 음식을 먹을 수 없어서 영양제 주사로 연명하고 있었다. 그런데 기계를 제거하고 나니 음식을 먹을 수 있었다. 흑돼지 고기를 몇 점 먹어보았다. 정말 꿀맛이었다. 특히나 사장님이 권해주는 울릉도산 명이나물에 싸서 먹는 흑돼지 고기는 아주 일품이었다. 제주도는 물가가 높기로 유명하다. 그중에 식비의 비중이 훨씬 높다. 제주 여행객들은 숙박비보다 높은 식비에 혀를 내두른다. 그런데 그날 우리가 찾았던 흑돼지 집은 정말 착한 가격으로 우리를 맞아주었다. 내가 특별한 여행을 왔다고 하니까 특별한 혜택을 주었는지 모르겠지만, 행복한 밥상을 고맙게 받았다. 1년 가까이 영양제로 연명해오다가 고기를 먹으니까 기운이 솟아오르는 게 느껴졌다.

3박 4일로 계획하고 떠나온 여행의 하루가 그렇게 저물어가고 있었다. 다음 날부터 우리 가족은 제주도 곳곳을 누비며 여행을 이어갔다. 아주 오랜만에 떠나온 제주도 여행이라 모든 것이 낯설었다. 오래전 혼자만의 여행을 왔을 때는 개발되지 않은 곳이 많았는데, 그때의 모습과 는 비교할 수 없을 만큼 변해 있었다. 예전엔 없었던 박물관들이 갖가지 이름을 달고 우후죽순 생겨나 있었다. 그렇게 많은 박물관을 둘러보는 것만 해도 이틀이나 걸렸다. 아이들을 데리고 왔으니 아이들이 좋아하는 것 위주로 다닐 수밖에 없었다. 감귤농장에서 감귤 따기 체험도 해보고, 말도 타보며 마음껏 즐기게 해줬다.

사람 마음이 참 이상한 게 평상시 같았으면 돈을 아낀다며 많은 걸 안 된다고 했을 것이다. 그렇지만 마지막이 될지도 모른다고 생각하니까 원하는 대로 마음껏 해주고 싶었다. 그만큼 당시의 상태는 절박했다. 조금만 움직여도 숨이 차서 주저앉아 버리기 일쑤였고, 쉴 새 없이 가래가 올라와 힘들었다. 하지만 사진도 많이 찍어주고 많은 놀이를 했다. 아직 어리기만 한 작은 아이들이 마음에 많이 걸렸다. 넉넉하지 못한 부모를 만나서 힘든데, 지금은 그런 아버지가 내일을 장담할 수 없는 환자가 되어 있으니 더욱 불쌍했다. 큰아들한테도 미안했다.

아직 성인이라고 하기엔 무리가 있는 나이임에도 가정을 이루고 살면서 가족을 돌보고 가장의 책임을 다하려 애쓰고 있었다. 그런데 내가 잘못되어서 동생들까지 책임지게 한다면 정말 못 할 짓이라는 생각이 들었다. 어려서부터 고생만 시키고 잘해준 것도 없는데, 또 다른 짐을 안겨줄 수는 없다고 생각했다. 그러니까 어떻게든 살아남아야 한다고 다짐하게 되었다. 여행을 마치고 돌아오는 날, 아침에 눈이 내리기 시작했다. 아침을 먹고 예약된 11시 30분 비행기를 타기 위해 1시간 전에 도착하니 눈 때문에 결항이라는 것이었다. 언제 갈 수 있냐고 물어보니 알 수 없다는 대답이 돌아왔다.

최소한 3시간은 기다려야 한다는 안내였다. 아이들은 공항 내부를 다니며 사진도 찍고, 나름대로 놀거리를 찾아서 놀고 있었다. 라운지 식당에서 점심을 먹고 나니 비행기가 뜰 수 있다고 했다. 예상했던 시간보다 훨씬 빠르게 비행기에 올랐다. 알고 보니 갓난아기가 있어서 특별히 빠르게 탑승할 수 있도록 배려를 해준 것이었다. 그런데 또 다른 문제가 생겼다. 비행기가 김포공항 상공에 도착은 했으나 활주로에 눈이 많이 내려서 착륙을 못 하고 20분이 넘도록 선회만 하고 있었다. 승객들이 불안해지기 시작하는 순간, 기장이 착륙을 시도하고 있었다. 조금 흔들리는 감이 있었으나 무사히 착륙했다.

공항을 빠져나오니 눈이 상당히 많이 내리고 있었다. 올 때와 마찬가지로 경차인 마티즈에 모두 타고 집으로 향했다. 무게가 많이 나가니까 눈길임에도 오히려 안정감이 있어서 안전하게 올 수 있었다. 나는 집에서 남은 기간 휴식을 취한 후, 강남 세브란스병원에 입원했다. 따라오겠다는 큰아들을 말릴 수 없어서 동행했다. 입원 수속만 마치고 돌아가라고 했다. 다음 날 바로 수술에 들어갔다. 수술하고 3일 뒤 담당교수는 수술이 아주 만족스럽게 되었다고 말해주었다. 실제로 숨쉬기가 훨씬 편하게 느껴졌다. 호흡하는 데 몇 밀리미터의 차이가 이렇게 크게 느껴질 줄 몰랐다.

정말 감사하다며 몇 번이고 인사했다. 보름 정도를 입원해 있으면서 경과를 지켜보다가 퇴원해도 된다는 진단이 나왔다. 나는 다시 원주로 돌아왔고, 수술 부위를 안정시키며 폐와 위장에 남아 있던 나머지 혹들을 제거하는 수술을 받았다. 메스로 도려낸 상처 부위는 우리나라에서 제일 비싼 연고를 사다 발랐다. 당연히 비급여 품목이었고, 자그마한 연고가 70만 원이나 했다. 그런데 효과는 정말 놀라웠다. 눈으로 보고도 믿을 수 없을 만큼 피부 재생력도 빠르고, 아기 피부처럼 살아나고 있었다.

내가 살면서 꼭 해야 할 일

1년이 넘도록 입원해 있는 동안 같은 병실에 있던 환자가 죽는 모습을 여러 번 보게 되었다. 특히 호흡기 병동의 환자들은 멀쩡하게 들어왔다가도 순식간에 코마 상태가 되곤 했다. 마지막 입원실에 들어가고 나서 이틀 뒤 새로운 환자가 들어왔다. 식물인간 상태의 교통사고 환자였다. 중증의 환자들이 죽어나가는 것을 보면서 삶이란 참으로 부질없다는 생각을 많이 하게 되었다. 그 교통사고 환자의 보호자는 여자였는데, 별로 걱정하는 기색이 없어 보였다. 무슨 이유인지는 몰라도 오히려 마음이 편안해 보였고, 정말 최선을 다해서 병간호를 하고 있었다. 움직이기 힘들고, 말을 못 하는 나의 처지가 딱했는지 그녀는 내게도 도움을 주었다.

그녀는 나와 많은 필담을 나누었다. 그녀도 병원 생활이 1년이 다 되어간다고 했다. 처음에는 매일같이 울고불고하면서 신세 한탄만 했다고 한다. 하지만 석 달이 지나고 나니 그냥 자신이 할 수 있는 것만 하자고 마음먹었고, 그러고 나니까 오히려 한층 차분한 마음이 들더라고 했다. 나한테는 왜 잘해주냐고 물었다. 그랬더니 그냥 왠지 모르게 마음이 끌리고, 보호자도 없는 게 불쌍해 보여서 그렇다고 했다. 나는 그녀에게 마음 써줘서 고맙다고 했다. 그녀는 한 달 정도 지난 뒤, 병원에서 퇴원하라는 통보를 받고 다른 병원으로 옮겼다. 다른 병원에 옮기고 나서도 석 달 이상을 수시로 나에게 찾아와서 돌봐주었다.

나에겐 고마운 일이었지만, 도무지 이해하기 어려워 뭔가 다른 뜻이 있으리라 여겼다. 그녀는 나와 계속 만날 수 있기를 바란다고 했다. 나는 퇴원하기에 앞서 병원비를 해결해야만 했다. 병원 사회복지과의 도움을 받아서 일부를 해결했다. 하지만 그것으론 턱없이 부족했다. 때마침 다행히도 월드비전에서 작은 아이들을 후원해주고 있었는데, 그것을 계기로 도움을 주겠다고 전해왔다. 그렇게 1년하고도 넉 달 동안의 병원 생활을 끝내고 집으로 돌아왔다. 그러나 나는 여전히 일상생활이 힘들었다. 씻는 것조차 숨이 차서 버거웠다.

하지만 이제는 나 자신과의 싸움이라고 생각했다. 어떻게 하면 좀 더 숨쉬기가 편안해질 수 있는지를 습득해나갔다. 집으로 와서도 1년이 넘도록 산소호흡기에 의존해서 살아야만 했다. 그 무렵이 되어서야 겨우 스스로 숨 쉬는 게 가능해지기 시작했다. 조금씩 움직일 수도 있게 되면서 명상에 본격적으로 관심을 갖게 되었다. 오랜 병원 생활에 정신적으로 피폐해져 우울증이 나를 괴롭히고 있었다. 또한, 독성 강한 약물로 인한 무기력증이 나를 자꾸 나락으로 몰아가고 있었다. 그럼에도 나는 불편한 몸으로 작은 아이들을 돌보아야 했다.

큰아들한테 모든 걸 맡기는 것은 스스로가 용납할 수 없었다. 내가 살아 있는 한 어떻게 해서든지 내가 부양하는 게 맞다고 생각했다. 작은 아이들도 형수랑 사는 것을 달가워하지 않았다. 형수가 시동생들이 어리다고 너무 함부로 윽박지르는 게 무서워서 싫다는 것이었다. 그 문제로 인해 큰아들 내외와 다투고 이사를 가버렸다. 그러니 작은 아이들은 오롯이 내 몫이 될 수밖에 없었다. 큰아들을 키울 때도 그랬지만 아이들을 버릴 수는 없었다. 아이들은 내가 살면서 꼭 지켜내야 할 아픈 손가락이었다.

주위에선 여전히 힘들게 그러지 말고 아이들을 보육원에 맡기라고 생각 없이 말하곤 했다. 그렇게 말하는 사람들과는 연락을 끊어버리고 만나지 않았다. 그리고 아무리 아파도 신당에 청수는 매일 올리고 기도드렸다. 그것이 나를 지탱해줄 버팀목이었기에 게을리할 수 없었다. 말하는 연습도 열심히 했다. 음악 시간에 발성 연습하듯이 열심히 소리 내어 외쳤다. 그러면서 주술 할 때 사용하는 기도문도 따라 했다. 성대가 제거된 몸으로 할 수 있는 나름의 호흡 방법도 익혀나갔다. 성대가 없는 상태에서 오는 호흡곤란과 바깥공기가 흡입될 때 나오는 기침을 어떻게 효과적으로 막아내느냐가 관건이었다.

5개월 정도를 그야말로 피 터지게 노력했더니 자연스럽진 않지만, 말이 나오기 시작했다. 기계를 목에 삽입하고 살았으면 기계음의 목소리만 나왔을 것이다. 그러나 나는 목이 아예 망가져서 어쩔 수 없는 상황이 되더라도 내 힘으로 말하며 살아가기를 원했다. 흐릿하게 형체만 보이던 시력도 사물이 구분될 정도로 회복이 되어갔다. 점점 삶의 희망이 보이고 있었다. 이제는 아이들을 보살피기 위해 생계에 보탬이 되는 일을 해야만 했다. 노동을 할 수 없는 몸으로 어떻게 생업을 해나가야 할지 갈피를 잡지 못하고 있었다. 한참 그런 고민을 하고 있을 때, 병원에서 만났던 그녀에게 상담 요청이 들어왔다.

힘들게 투병 생활하던 나를 도와준 것이 고마웠기에 상담을 진행해보니 그녀는 알코올 의존증이 굉장히 심해 보였다. 우선은 치료를 해야 할 것 같다고 했더니 흔쾌히 따라주었다. 며칠 동안 준비해서 정신병동으로 입원시켰다. 그녀는 자신이 병원에서 나를 보살펴줬던 것처럼 내가 자신을 보호해주길 바라고 있었다. 자신의 가족도 있었지만, 내게 보호자가 되어주기를 바라는 것은 시절 인연이 닿아 있기 때문이다. 그녀는 3개월 입원한 후에 퇴원하게 되었다. 퇴원하고 나서 살펴본 그녀는 신병을 앓고 있는 게 보였다. 벗겨내 보려고 한 달을 애써 보았으나 다른 대안이 없어 보였다.

예전에 함께 활동하던 나이 많은 무녀에게 찾아가 의논했다. 나는 지금 건강이 급격하게 나빠져서 신 제자를 받을 수 없는 처지니 무녀님이 맡아달라고 했다. 그분은 나의 부탁이라면 흔쾌히 들어주겠다고 했다. 며칠 뒤 날을 잡아 태백산 굿당에 들어가서 2박 3일의 신내림 굿을 진행했다. 신내림을 받은 그녀는 곧바로 100일 기도에 들어갔다. 그사이 나는 친구로부터 건강기능식품 네트워크 사업을 권유받았다. 평소에 다단계라고 해서 극도의 반감을 갖고 있던 나는 일언지하(一言之下)에 거절했다. 그러나 그 친구는 몇 달 동안 계속해서 권유의 손길을 내밀었다. 나는 국내기업도 아닌, 내가 싫어하는 미국기업 제품이라는 것에 더 싫다고 말했다.

그런데 거의 동시에 나와 친하게 지내던 지인이 똑같은 회사의 제품으로 나에게 도움을 주고 싶다며 접근했다. 무조건 먹어보고 효과 없으면 두 번 다시 말하지 않겠다는 것이었다. 나는 고칠 수 있는 질병이 아니라서 아무리 좋은 약을 먹어도 소용이 없다고 일갈했다. 그러면서 한편으론 '여러 명이 동시에 같은 방법으로 접근해오는 걸 보면 분명 좋은 효과가 있으니까 저렇게들 하겠지!'라고 생각하게 되었다. 그때부터 친구를 통해 그 회사에 대해 알아보기 시작했다. 우선은 나에게 필요한 제품을 권유받아 먹어보기 시작했다.

제품을 복용하고 3일째부터 효과가 나타나기 시작했다. 정말 기적에 가까운 놀라운 일이 일어나고 있었다. 그 당시 나는 몇 년 동안 강력한 성분의 약품을 복용하고 있었다. 그로 인한 부작용으로 심각한 무기력증과 우울증에 시달리고 있었다. 그런데 불과 3일 만에 기분이 전환되고, 무기력증이 사라지는 엄청난 경험을 하게 된 것이다. 그 제품은 내게 사막의 오아시스와도 같은 효력을 안겨주었다. 나는 본격적으로 그 회사를 알아보았다.

그 회사는 현대인들이 쓰고 있는 대부분의 약을 처음으로 만들어낸, 역사가 오래된 회사라는 걸 알게 되었다. 그 회사는 지금 인류가 가장 많이 쓰고 있는 아스피린이나 안티푸라빈의 신약을 세계 최초로 만들어낸 회사였고, 약국 체인을 세계 최초로 퍼트린 회사이기도 했다. 지금껏 살면서 접하고 있던 많은 약품과 관련된 것들이 그 회사가 시초였다는 것이 놀라웠다. 그리고 교육을 받으면서 한층 의식이 성장되는 것을 느꼈다. 그 교육은 부자를 대하는 시선을 바꾸어놓았고, 세상을 바라보는 눈높이를 바꾸어버렸다. 신내림을 받고 나서 나 자신의 의식이 많은 성장을 했다고 생각했다. 하지만 사실은 우물 안 개구리였다는 것을 알게 되는 계기가 되었다.

이렇게 좋은 제품으로 사람들 건강도 챙겨주고 돈도 벌 수 있다면 정말 좋은 사업이라고 판단했다. 자연스럽게 대체의학에 관한 공부도 하게 되었다. 어릴 적부터 아버지를 따라다니며 익혔던 약초 공부가 많은 도움이 되었다. 내가 취급하는 제품을 복용하게 되면서 병원 처방 약을 멀리하게 되었다. 그러자 아이러니하게도 내 몸의 상태는 무기력증에서 서서히 벗어났다. 정신적으로도 굉장히 안정을 찾아갔다. 같은 그룹의 사업자들은 내 몸의 상태를 사례로 삼아 사업을 펼치기도 했다. 눈앞에 펼쳐진 당사자의 효과 입증에 많은 분들이 동조하고 나섰다.

나 또한 내 몸을 증거로 사업을 펼쳐나가며 많은 분들의 건강과 의식 성장을 도왔다. 몇십 년 동안 손발의 관절이 굽어서 고생하던 분들도 있었다. 그분들에게 제품을 복용하게 하니 빠르면 일주일에서 늦어도 한 달 사이에 멀쩡하게 돌아오는 모습을 보면서 희열을 느끼기도 했다. 건강기능식품을 공부하면서 몸을 해독하는 것이 얼마나 중요한 것인지 알게 되었다. 아무리 좋은 약을 먹어도 해독하지 않은 상태로는 효과가 미미하다는 것은 우주의 이치와도 같았다. '쓸데없는 생각을 비울 때 비로소 좋은 생각이 들어갈 수 있다'라는 이치다.

우주의 주파수는 나를 또 다른 세계로 이끌었다

내게 신내림을 받았던 그녀는 100일 기도를 마쳤다면서 나를 찾아왔다. 기도가 끝나고 산에서 내려올 때 남편을 입원시켜놓은 병원에서 남편이 사망했으니 시신을 인수해가라는 연락이 와서 정신을 가다듬을 경황도 없이 장례를 치르고 왔다고 했다. 이젠 정말 마음으로라도 의지할 사람이 없으니 진정한 보호자가 되어달라고 다시 나에게 간청해왔다. 나에게는 돌보아야 할 가족이 있어서 당신까지 책임질 여력이 없다고 하니 신내림을 해줬으니 책임을 지라면서 떼를 썼다. 그래서 나는 당신도 알다시피 현재 말하는 게 힘들어 고장 치며 축원하는 것도 할 수 없어서 깃발도 내리고 내담자를 안 받고 있다고 했다.

그랬더니 자기도 나를 따라다니며 네트워크 사업을 하겠다는 것이었다. 그러면 무슨 일이 있어도 나중에 나를 원망하지 말라고 말했다. 몇 달 사이 내게는 꽤 많은 라인이 형성되어 있었다. 대부분 중증 환자인

내가 몰라보게 치유된 것을 보고 합류한 사람들이었다. 네트워크 사업을 해보신 분들은 알겠지만, A, B 라인을 형성해가는 게 상당히 어려운 작업이다. 그러나 그 회사는 보상체계가 합리적이라 의외로 편리하게 사업을 펼쳐갈 수 있었다. 사업 아이템은 무궁무진했다. 다만 얼마나 지속적으로 할 수 있느냐가 관건이었다. 그러기 위해서는 끊임없는 동기부여가 필요했고, 멈추지 않는 교육이 필수였다.

부정적인 성향이었던 내 마인드가 무한긍정의 마인드로 바뀌었다. 나는 무슨 일이든지 항상 내가 먼저 실천해보고 남들에게 전수하는 방법을 썼다. 매일같이 의식을 성장시키는 강의를 하고 토론하며 사업을 펼칠 방법을 연구했다. 사업을 1년 정도 진행하니 제법 돈벌이도 되었다. 왜 진작 이런 걸 몰랐을까 생각하며 재미있게 일하고 있었다. 그런데 하루는 친구에게서 모바일 청첩장이 문자로 날아왔다. 결혼시킬 만한 나이의 자녀가 있던 터라 아무런 의심 없이 문자를 열어보았다. 그 순간 알 수 없는 앱이 깔리면서 갑자기 핸드폰이 먹통이 되어버렸다.

너무나 부지불식간에 일어난 일이라 어안이 벙벙했다. 평소에 나는 핸드폰으로 모든 업무를 처리하고 있어서 모든 정보를 그곳에 메모해두고 있었다. 나는 말로만 듣던 해킹을 당한 것이다. 바로 경찰에 신고했지만, 서버가 외국에 있어서 범인을 잡기가 어렵다는 말만 들었다. 나는 그날 적지 않은 금액이 들어 있던 통장 하나를 털려버렸다. 곧바로 전화번호를 바꾸어버렸다. 그것을 시작으로 넉 달 동안 세 번이나 해킹을 당했다. 해킹을 당할 때마다 전화번호를 바꾸었지만 아무런 소용이 없었다. 나중에 알게 된 사실은 한번 해킹하고 나면 그들의 타깃이 되어 전화기를 꺼놓지 않는 이상 소용이 없다는 것이었다.

일의 특성상 핸드폰을 꺼놓을 수 없으니 당하고 만 것이었다. 그렇게 나는 가지고 있던 모든 것을 털려버리고 하루아침에 벼락 거지가 되었다. 당연히 하던 사업도 멈출 수밖에 없었다. 자금을 모두 다 털려버렸으니 아무것도 할 수 있는 게 없었다. 삶이 나에게 또 다른 시련을 안겨주고 있었다. 중증 환자의 몸으로 겨우 조금씩 자리 잡아가고 있었는데, 벼락 거지가 되고 나니 예전보다 더 커다란 허탈감이 찾아왔다. 아이들이 어려서 들어갈 돈도 많은데 손써볼 방법이 없었다.

나는 다시 무기력 상태에 빠져버렸고 아무런 연락도 받지 않았다. 아니, 연락을 받을 수 있는 상황이 아니었다. 침대에 누워서 꼼짝할 수가 없었다. 사고 났던 당시로 돌아간 것만 같았다. 모든 것이 귀찮고 의미가 없었다. 아침에 겨우겨우 일어나 아이들을 통학시키고 나면 온종일 침대에 누워서 꼼짝도 할 수 없을 만큼 무기력증에 빠졌다. 그전에 병원비를 빌려서 해결했기에 하루도 빠지지 않고 채권자가 찾아왔다. 극심한 스트레스에 건강도 급격히 나빠지기 시작했다. 수입이 전혀 없으니 공과금도 체납되기 시작했다. 6개월 치가 밀리니까 수도가 끊기고 며칠 안에 전기마저 끊는다는 통보가 왔다. 시청 사회복지과에 전화를 걸어 사정을 이야기하면서 도움을 청했다.

다음 날 시청 직원이 나와서 현장실사를 하더니 도와주겠다고 했다.

그런데 이상한 것은 예전 같으면 죽고 싶다는 생각이 들 법도 한데, 미쳐버릴 만큼 힘들었지만 죽고 싶다는 생각은 들지 않았다. 나는 얼마 후 다시 입원하게 되었고 수술해야만 했다. 그렇게 입원하고, 수술하고, 퇴원하기를 4년 동안 반복해야만 했다. 나를 따라다니던 그녀는 내가 다시 병원 생활을 이어가는 사이 친정 식구들과 어울리며 알코올 의존증이 재발해 있었다. 보호자가 역할을 제대로 못 하니 길 잃은 기러기 신세가 되어버린 것이었다. 도저히 이대로는 아이들까지 망가지겠다 싶어서 정신을 가다듬기 시작했다.

그녀의 도움을 받아 사람이 많은 유원지를 찾아다니며 옥수수를 팔기 시작했다. 자연 속으로 다니니 정신이 조금씩 회복되어갔다. 수입도 생각했던 것보다 훨씬 좋았다. 몇 년 동안 경제활동을 전혀 못 하고 있다가 갑자기 생각지 않은 수입이 생기니까 삶의 의지가 되살아났다. 휴가철이 끝날 때까지 밤을 새워가면서 장사를 이어갔다. 그것으로 약간의 빚을 갚을 수 있었다. 나는 다시 명상을 하면서 내 몸을 치유하고 아이들이 안정되게 살 수 있도록 신경 썼다. 아이들 학교에서 걱정하는 편지를 자주 보내왔기 때문이다.

막내아들이 학교에서 매 맞고 다닌다는 편지에 온몸이 떨려왔다. 학교에 찾아가 문제를 해결하려고 했으나 그리 간단한 일이 아니었다. 한 아이가 전교생을 상대로 폭력을 저지른 사건인데, 학교에서는 문제를 덮기에 급급해 보였다. 문제의 심각성을 깨닫고 그때부터 시민운동에 뛰어들었다. 시민단체와 연계해 사회적으로 시끄러운 부조리와 비리에 대항해나갔다. 워낙 인지도가 있는 단체에서 활동하다 보니까 뉴스에 자주 등장하기도 했다. 대표적인 것을 두 가지만 이야기하자면, 몇 년 전 제천에서 일어나 전국적으로 말썽이 되었던 누드 펜션 사건이 있었다. 그것을 일주일 내내 쫓아다니며 문 닫게 만든 사건이다. 다른 한 가지는 그 무렵 대구의 수학학원에서 원장이 여중생을 성폭행한 사건이었다. 그것도 쫓아가서 문 닫게 하고 처벌받게 했다. 전국을 다니며 많은 사람들과 마주하다 보니 세상에 보이는 것이 전부가 아니란 걸 알 수 있었다. 시민단체에도 부조리가 있는 걸 접하면서 많은 실망을 했다.

집으로 돌아가야겠다고 마음먹었다. 내 몸으로 할 수 있는 일들을 찾기 시작했다. 그러나 조금만 움직여도 숨이 끊어질 것 같은 어려움과 한번 시작하면 금방 멈추지 않는 기침 때문에 사람들 눈치가 보였다. 될 수 있으면 사람들과 말을 적게 하는 일을 찾았다. 그렇게 사람들과 덜 마주치는 방법을 찾게 되었다. 그것은 오래전에 그만두었던 요식업이었다. 그런데 주방에서 뜨거운 불을 매일 다루며 몇 달을 일하다 보니 다시금 호흡기에 문제가 생겼다. 하는 수 없이 또 병원에 입원해서 수술을 했다. 이제 남아 있는 생에는 병원에 입원하는 것을 그만하고 싶다는 생각이 들었다.

그래서 더욱 명상에 몰두하게 되었다. 나는 주로 유튜브 영상을 통해서 명상을 한다. 그러던 중 4년 전 어느 가을날, 명상음악을 검색하고 있는데 뜬금없이 '바로 응답받는 기도법'이라는 영상이 보였다. 호기심에 영상을 열어보니 무속인과는 전혀 상관없는 내용의 영상이었다. 그런데 나는 이 영상을 보고 머리를 강하게 얻어맞는 충격을 느꼈다.

한동안 잠들어 있던 나의 영성이 깨어나고 있었다. 어릴 적부터 막연하게만 가지고 있던 작가라는 꿈을 실현할 수 있겠다는 느낌이 들었다. 느낌이 아니라 확신이 들었다. 그 영상은 '김도사'라는 닉네임으로 활동하는 대한민국 책쓰기 코치의 1인자인 '한책협'의 김태광 대표님 영상이었다. 우주의 안테나는 그렇게 나를 또 다른 세계로 이끌어주었다. 나의 꿈을 이루기 위한 여정이 시작된 것이다. 네트워크 사업을 하면서 깨닫게 된 것은 '세상의 어떤 것이든 내 것으로 만들려면 대가 지불을 해야만 한다'라는 점이었다. 분명하고 확실한 배움을 위해서 특강을 신청하고, 그 강의를 통해서 수업에 참여하는 방법에 대해 알게 되었다.

하지만 보통의 인문학 강의나 성공자들의 세미나와는 비교가 안 되게 높은 수강료가 필요했다. 당장의 생업조차도 막막했던 나에게는 그림의 떡이나 마찬가지였다. 그렇다고 그대로 물러날 내가 아니었다. 평소에 늘 사용하는 끌어당김의 법칙을 이용해서 나는 이미 작가라는 이미지를 심어나갔다. 차근차근 준비해나가기로 마음먹고, 당장 생활패턴부터 바꾸어나갔다. 짬짬이 이어오던 시민운동이나 정당 활동을 일제히 접어버렸다. 내가 책 쓰기를 완성하는 날까지 오로지 생업과 책 쓰기에만 전념하겠다고 마음먹었다. 주위에서 아무리 비난하고 손가락질하더라도 신경 쓰지 않기로 했다.

어느 날은 나에게 신내림을 받은 무녀에게서 전화가 왔다. 친정에 있는데 엄마가 못 나가게 한다는 것이었다. 그 목소리를 듣는 순간, 내 입에서는 "너 금방 죽을 것 같으니까 그대로 있어! 내가 119 불러줄게!"라고 했다. 내 말이 끝남과 동시에 그녀가 비명을 질렀다. 그렇게 그녀는 나와의 통화를 마지막으로 젊은 나이에도 불구하고 서둘러 저세상으로 가버렸다. 알고 보니 그녀는 친정 엄마와 지내면서 매일같이 술을 마시고 있었던 것이었다. 알코올 의존증이 심한 걸 알면서도 친정 엄마는 그녀와 마주 앉아 매일같이 술을 마셨고, 끝내는 간경화가 심해져 돌이킬 수 없는 지경이 되고 말았다. 결국은 친정 엄마가 딸을 사지로 보내버린 것이다.

나의 삶은 모든 게 기적이다

내가 아이들과 너무나 어렵게 생활하고 있는 게 이름만 대면 알 만한 모 신문에 실려서 며칠간 포털 검색순위에도 올랐던 적이 있었다. 동창 한 명이 그 신문 기사를 보고 가명으로 나갔음에도 나를 알아보았다. 친구를 비롯한 국회의원, 시의원, 자선단체 등 여기저기서 연락이 왔다. 얼마 후 초등학교 동창들이 모금했다고 하면서 고맙게도 거액의 성금을 보내왔다. 나는 그날 성금을 고맙게 받고 나서 얼마나 많이 울었는지 모르겠다. 동창들이 나를 생각해주는 마음이 너무나 감동적이었다. 전혀 예상하지 못했던 일이었다. 그런 만큼 동창들의 마음은 크게 느껴졌다.

동창들의 마음은 모든 게 멈춘 것처럼 답답했던 처지에 커다란 밑거름이 되었다. 나는 그 돈으로 큰아들과 함께 새롭게 배달 대행 사업을 시작했다. 큰아들과 시작한 배달 대행업은 기존 업체들의 방해로 인해 많은 어려움을 겪게 되었다. 제천에는 그 당시 세 개의 배달 대행업체가 있었는데, 그중 두 개 업체에서 끝없이 우리를 괴롭혔다. 어느 지역이나 텃세라는 게 있지만, 제천은 예전부터 텃세가 심하기로 아주 악명 높은 지역이다. 제천 출신이 아니면 그야말로 어디서건 명함조차 내밀지 못할 정도다. 그런 곳에서 살아남으려니까 역겨울 만큼 방해를 심하게 받았다. 온갖 악성 루머는 기본이고, 툭하면 갖은 방법으로 신고해서 영업 방해를 했다. 그런 와중에도 큰아들은 정말 열심히 영업하며 사업을 꾸려나갔다. 절실함이 있기에 어떻게든 이겨내서 성공시켜야만 했다.

나는 건강하던 시절, 주변에 절실한 도움이 필요한 사람들을 몇 명 도와주고 있었다. 그중에는 학생도 있었고, 할머니도 있었으며, 젊지만 정신적인 문제로 경제 활동을 못하는 사람들이었다. 어려운 형편에도 나는 그들을 도왔었다. 지금 그들 중 몇 명은 세상을 떠났다. 내가 여러 사람의 도움을 받는 것은 과거에 내가 먼저 그렇게 살아왔기 때문에 하늘이 도움을 준 것이라는 생각이 든다. 내가 건강한 몸으로 살아가고 있었다면 이런 깨달음은 얻지 못했을 것이다. 그런 면에서 중증의 호흡기 환자가 되어버린 일은 안타까운 것이지만, 많은 사람의 사랑을 받았다는 점에서 얻은 것이 더 많다고 느낀다.

작가가 되려는 나의 소원을 이루기 위해서는 의식 수준을 좀 더 개선시켜나갈 필요성이 있었다. 그것은 초의식의 수준으로 변화시키는 것이다. 다시 말해서, 현재의 나를 버림으로써 자아개념을 바꾸는 것이다. 그것은 지금까지 살아온 인생관을 바꿀 정도의 변화가 있어야만 하는 일이다. 완전히 변한다는 것은 그토록 오랜 세월 알고 있던 개념들을 버리고, 아이가 새로 태어나는 것처럼 의식에 대한 새로운 개념을 심어야 하는 어려운 일이다.

사람이라면 누구나 생각이라는 걸 하면서 살아가기 마련이다. 끝없이 이어지는 생각에서 어떤 것을 잡아내 차원 높은 생각으로 바꾸어가냐는 것이 핵심이라 할 수 있다. 나는 기회가 있을 때마다 사람들에게 어느 시점이 되면 책을 써서 작가가 되겠다고 말하기 시작했다. 나의 꿈을 구체화하기 시작한 것이다. 많은 사람이 그런 나를 비웃거나 비아냥거리기 바빴다. 그러나 나는 그런 사람의 말에는 귀를 기울이지 않았다. 부정적인 에너지는 나에게 전혀 도움이 되지 않기 때문이다. 그때부터 내 몸에도 새로운 변화가 일어나기 시작했다. 한 해도 안 빠지고 입원과 수술을 반복하던 것이 없어진 것이다.

그러던 어느 날, 어릴 때 헤어졌다 만나게 된 친구가 나에게 프랜차이즈 점포 운영을 맡아달라고 했다. 그 친구는 유명 햄버거 프랜차이즈인 맘스터치를 운영하고 있었는데, 직원을 구하는 게 너무 힘드니 함께 운영해보자고 했다. 굉장히 어려운 상황에서 간신히 끌어가고 있는 게 딱해 보였다. 어차피 교육비도 마련해야 하니 기꺼이 같이하겠다 했다. 막상 들어가 보니까 모든 시스템이 엉망이었다. 전혀 수익이 날 수 없는 구조로 운영되고 있었다. 운영기준도 없었고, 매뉴얼은 있으나 마나 할 정도로 기분에 따라 운영하고 있었다. 나는 모든 걸 뜯어고치기로 했다.

굴러온 돌이 하루아침에 변화를 주려니까 직원들의 반발이 심했다.

더군다나 나를 영입한 친구는 강 건너 불구경하듯이 하거나 직원들과 동조해 나에게 반기를 들었다. 너무나 화가 났지만, 계속해서 바꾸어나갔다. 몸에 밴 습관을 바꾸는 것은 하루아침에 되는 일이 아니다. 하루에도 몇 번씩 압박하고 고지시키며 고쳐나갔다. 고객들도 선별해서 손해만 입히는 고객들은 과감하게 정리해버렸다. 그런 과정에서 조그만 마찰이 생기기도 했다.

그러나 한 달이 지나면서 쓸데없이 나가던 지출이 눈에 띄게 주는 것이 보였다. 그제야 그 친구는 내 말에 조금씩 동조하기 시작했다. 나는 목숨을 걸고 매장을 운영해나갔다. 언제나 즐거운 마음으로 하려고 애썼다. 그래야 덜 힘들고 오랫동안 지속할 수 있기 때문이다. 처음에는 내게 색안경을 끼고 보던 사람들도 응원해주기 시작했다. 하루도 쉬는 날 없이 매장 문을 열었다. 무엇이든 지속성을 가지고 임할 때 사람들은 인정하게 된다. 그래야 의식의 변화도 일어날 수 있다.

무엇으로도 변화되지 않는 부정적인 생각은 자신의 정신만 파괴할 뿐이다. 오히려 주변 사람들까지 영향을 끼친다. 그 가운데에서 높은 의식을 유지하기란 여간 어려운 일이 아니다. 근성이 없으면 결코 지켜낼 수 없는 일이다. 나를 지키고 매장의 좋은 분위기를 높이기 위해 나는 매일같이 명상하고 계속해서 끌어당김의 법칙이 적용되는 우주 시스템을 이용했다. 그것은 나의 목표에 몰입해야만 지켜낼 수 있는 것이다.

나는 작가라는 꿈을 잃어버리거나 게을리하지 않기 위해서 가끔 특강을 들으러 가곤 했다. 확실한 꿈이 있기에 버틸 수 있었다. 아침 10시 오픈부터 밤 12시 마감까지 하루도 쉬지 않고 몇 년 동안 강행군을 했지만, 결코 물러서지 않았다. 많은 양의 단체주문이 있을 때는 밤을 새워 일하는 경우도 많았다.

드디어 내가 예견했던 시기가 도래해 매장을 부동산에 내놨다. 나는 될 수 있으면, 나와 같은 방법이나 더 나은 방법으로 운영해줄 사람을 찾고 있었다. 여러 해 동안 오랜 시간 공을 들여 영업해놓은 업체를 놓치는 건 손실이 크기 때문이었다. 많은 사람이 문의해왔으나 넘기지 않고 버텼다. 1년여의 기다림 끝에 아주 안성맞춤인 사람이 나타났다. 경험도 있는데 의욕도 넘쳤으며 패기 있고 활기찬 게 매장을 운영하기에 최적화된 사람이었다. 바로 계약을 체결하고 기술 전수에 들어갔다.

생각보다 아이디어가 풍부해서 나보다 훨씬 발전적으로 운영할 수 있겠다 싶었다. 최대한 세심하게 노하우를 전수해주었다. 경험에서 체득한 노하우는 그 어떤 기교보다도 값비싼 기술이다. 나도 꿈을 이루기 위한 발걸음을 옮기기 시작했다. 평소 시간이 없어서 엄두조차 내지 못했던 책 읽기를 시작했다. 내가 쓰고자 했던 주제와 비슷한 책들에서부터 의식혁명에 관한 책들을 읽어나갔다. 그런 것들을 바탕으로 인해 내 안에 내재되어 있는 자아에게 좀 더 건설적인 선택만 하는 습관을 길러주고 있다.

태어난 순간부터 영유아기를 거치고 아동의 시기를 지나 성년이 되고 중년에 이르렀다. 그러는 동안 쉼 없는 변화를 거치며 나의 생각도 전혀 다르게 변화하기를 내 안의 자아에게 요구한다. 인간이 태어날 때 창조주는 자기의 일부를 인간에게 심었다고 생각한다. 그래서 창조주와 본질적으로 같은 영혼의 불꽃이 있는 인간은 스스로 창조주가 되는 것이다. 그것은 내부로부터 일어나는 생각과 의식만으로 무한한 능력을 펼칠 수 있다는 것이다.

지금 이 글을 쓰면서 나의 삶은 모든 게 기적이라는 생각이 들었다. 많은 임사체험을 하면서도 살아난 것이 그렇다. 또한, 위기가 닥칠 때마다 누군가에 의해 구원되었고, 오히려 좋은 쪽으로 변화를 가져왔으니 분명한 기적이다. 나는 계속해서 새로운 기적을 만들어갈 것이다. 인간의 능력은 무한하다. 그렇기 때문에 나 또한 무한한 능력의 소유자로 세상에 나를 드러낼 것이다. 나는 나의 신성을 믿는다. 요한복음 10장 34절에는 '내가 너희를 신이라 했다'라는 내용이 있고, 마태복음 19장 26절에는 '하나님은 다 하실 수 있다'라고 적고 있다. 이 말은, '신을 밀어내지 않은 내 자아는 전지전능하며, 이루지 못할 것은 아무것도 없다'는 뜻이다. 고로 '신은 외부에 있는 것이 아니라 나의 일부'인 것이다. 내 영혼의 불꽃을 키워서 그 에너지를 삶 속으로 끌어들여 자아가 원하는 것에 귀 기울이길 바란다.

나의 삶은 모든 것이 기적이다

제1판 1쇄 | 2022년 7월 29일

지은이 | 유진우
펴낸이 | 오형규
펴낸곳 | 한국경제신문*i*
기획·제작 | ㈜두드림미디어
책임편집 | 최윤경, 배성분 **디자인** | 김진나 nah1052@naver.com

주소 | 서울특별시 중구 청파로 463
기획출판팀 | 02-333-3577
E-mail | dodreamedia@naver.com(원고 투고 및 출판 관련 문의)
등록 | 제 2-315(1967. 5. 15)

ISBN 978-89-475-4835-9 (03810)

책 내용에 관한 궁금증은 표지 앞날개에 있는 저자의 이메일이나 저자의 각종 SNS 연락처로 문의해주시길 바랍니다.

책값은 뒤표지에 있습니다.
잘못 만들어진 책은 구입처에서 바꿔드립니다.